五月の迷子

魚住陽子

目次

Ⅰ

II

I

料理

女は男に逢って帰ってくると、決まって強い匂いのする料理を作った。

大蒜の味のシチュー、オレガノやハーブのたくさん入った魚介のトマトソース煮。生姜や葱の匂いがぷんぷんする中華料理にすることもあった。冷蔵庫に材料が不足している時は、唐辛子やごま油をふんだんに使わずにはいられなかった。

それは男との逢瀬の匂いをごまかすための消臭効果だったのかもしれない。いつも少し物足らない中途半端な欲望の引き起こす苛立ちのせいということもあった。

「外出した日は決まって、しつこいものが出てくるね」

ずいぶん迂闊な話だった。半年もたって、夫にさりげなく指摘されるまで、女はまったくそのことに頓着していなかった。

「そうかしら。疲れているのと、自然に身体が欲しているのかもしれないわね」

とはいっても、女はそれほど料理のレパートリーが豊富だったわけではないので、献立は案外早く一巡して、今日はカレーだった。

煮込んでから時が経っていないので、まだ味にこくがなく、肉や野菜にカレー粉や香辛料がからまっただけの、何だか匂いばかりつんつんする若い味だった。

「不味い」

女はなおざりに聞いた。

「いや、これはこれで美味いよ。でも明日になればもっと美味くなるだろうね」

夫の言葉に女は薄く笑った。毎日男と逢うわけではない。明日はきっと目的もなく、買い物に行き、ぼんやり台所に立ち、薄味の煮物、豆腐や白身の魚といった曖昧な味の料理を作るだろう。残ったカレーは冷凍できなくはないが、煮直したり、また味見をしたりするのも億劫なので、多分捨ててしまうに違いない。食傷しやすいのは食べ物のことだけではなく、女の生活全般に言えることだった。

錯乱などどこにもなくて白木蓮

蔦

そもそものなれ初めは風船蔓だった。

九月もすでに半ばだというのに、厳しい残暑が続いていた。男はコピー機の営業で、一日中町を歩いていたからハンカチ大のタオルで顔や首や、人目のないところではわきの下や、腹までごしごしこするように拭いても、自分が汗と埃と体臭の入り混じったいやな匂いを発し始めていることに気づいていた。

コピーやカラープリンターのぶ厚いカタログを入れたカバンの中に、替えのシャツと下着が入っていたが、その日は郊外の小さな町を歩いていたので、着替えの出来そうな店を見つけることも出来ずにいた。

汗まみれになりながら、小さな家の前を通りかかると手入れの行き届いた庭がいかにも涼しげな影を作っていた。門や垣根はなく、何という名前かわからない木には白い花が満開だった。風が吹くと、その花がゆらゆら揺れ、奥で風鈴の音がかすかに聞こえた。

思わず立ち止まると、足元に低い柵がこしらえてあって、そこに緑色の風船が無数に揺れている。まわりには白い小さな花が点々と散っていた。

男は風船のひとつに触れ、掌の中で揺らしてみた。

「可愛い風船でしょ。それが茶色になると、中の種が小さな音をさせますのよ」

垣根の内側から大きな日よけ帽が現れて、言った。金属に少量の硝子を混ぜたような涼しい声だった。

女とはそうして逢った。

庭に案内されて、汗まみれの身体に恐縮していると、家には誰もいないから遠慮なく着替えをしてくれていいという。

庭の広さに比べると、家の中は古く、小さかった。

洗面所で顔も洗って、出てくると、冷たい麦茶を振舞われた。

男は親切にむくいるために、庭を熱心に誉めた。誉め過ぎたくらいだったかもしれない。女は帽子をぬぐと髪は半白で、瘦せた顔には皺が目立った。男より十五くらいは年上に見えたから、気安さもあったに違いない。

その日、女の家を辞してから、思いもかけず駅前の自転車屋と自営業の小さなプラスチック工場でコピー機が売れた。

男の会社は家電の安売り店と違ってアフターサービスが売りだったから、何度か同じ町に通い、行くたびに女の家を訪れた。ちょうど昼どきだったりすると、そうめんをご馳走になったりもした。

女は雨の日以外は一日中庭にいるらしかった。そうして手をかけているせいで、植物はいつもたっぷりの水と光を受けて、行くたびに違う花が咲いていた。ずっと都会のマンション暮らしだったので、呆れるほど植物に関して無知だった男に、女は熱心に花の名前や、木の名前を教えた。

「あなたがもう来てくれなくなるようで、風船蔓を刈ってしまうことができずにいるの」

夏の疲れが出たらしい女がいっそうやつれた顔で訴えた日、男は初めて女の家に泊まった。

秋も深くなると、庭には男の見たこともない、形も色も異なった実が次々と熟して落ちた。

食べられるものも、食べられないものもあった。芽が出るものも、朽ちて腐るものも、風に乗って遠くへ行くものもあった。たったこれだけの庭によくこれほどの木の葉があったものだと呆れるほど、落葉が落ちた。燃やしても、燃やしても、集めても、集めても、木の葉は降り続けた。永遠になくならないように思えたけれど、ある日気がつくと、庭はきれいさっぱり裸になっていた。

女は男の家庭の詮索もせず、嫉妬もせず、男が気まぐれに訪ねるたびに、機嫌よく迎えた。話題はほとんど庭の植物の消息で、自分のことは一切口にしなかった。

「おまえにとって、庭は大事な子供みたいなものなんだな」

一度男がそう言った時だけ女は「とんでもない。子供だなんて」と少し気色ばんだ様子で答えた。若い時は、この女は存外奔放だったのではないか、と思わせるほど、女の目が艶に光った。

裸の庭に三度雪が積もり、やがて春になった。

細いしだれ桜をかわきりに、木々は競うように次々と芽吹き、花を咲かせた。まるで、毎日が祭りか、祝日のように、緑が吹き上げ、花が滝のようにしだれ、渦巻いて流れた。

春からずっと、正気を逸したかと疑うほどはしゃいでいた女の身体からは、咲き始めた花のような、濡れた緑や、少し粘り気のある樹液のような強い匂いがした。

男は女の庭にある花や木の名前をほとんど覚えてしまっていた。営業で見知らぬ町に行っても、時々同じ木や花があると、立ち止まって眺めた。名前が出てこないと、女の庭を頭に描いて、だいたい思い出すことができた。


もう女にも、女の庭にも興味がなくなり、訪問も間遠になってしまった頃、病んで寝付いた女から「花に水をやってくれないだろうか」と呼ばれた。

行ってみると、なるほど庭は荒れていた。こんな所にこんなものが、と思うほど木や、垣根や、あらゆるものに、蔦や、蔓の類がからまっている。からまりあっていればいるほど、花の色は濃く、葉は大きく、匂いは複雑で、芳しかった。

「いいのよ。そのままにしといてちょうだい。この家ごと、みんなのっとられてしまってもかまわないのだから」

藤の木も、クレマチスも、蔓薔薇も、のうぜん蔓も、時計草も、女は繁るにまかせて、ベッドの上から眺めていた。カラス瓜の白い花も、定家蔓も、女のいる部屋を目指して蔓を伸ばしてくるように見えた。

「じきにアケビの実がこのあたりから垂れ下がるわねえ。むべの実も。あなたに食べさせてあげるわ」

女は痩せた細い手を男の首にかけて言ったりした。

人恋わん手に秋草の匂いして

指輪

見間違うはずもない、良く知っている、小さな光が目の前をすっと横切って、私は思わず顔を上げた。

完璧に化粧をした若い女が軽やかな足どりで、入り口の会計に向かうところだった。多分整形に違いないつんと尖った形のいい鼻梁をみせて、女は一人分のコーヒー代を支払っている。レジに立っている男は美しい女だけに見せる鷹揚な笑みを浮かべて、女を見つめている。

私はただうっとりと、女の財布に添えられた薬指に見入っていた。

やっぱり間違いない。シンプルなプラチナにブリリアントカットの大粒のダイヤが深くカットした台にさりげなく止められている。女が財布を仕舞う時、ダイヤが琥珀と金を混ぜた微妙な色に眩しく光った。

「ジュエリーデザイナーなんかはブラウンダイヤって言うらしいけど、私たちはシャンペンカラーって呼んでるの。ほら、まるでシャンペンの泡みたいな色でしょ。特にあなたのは茶色がとても薄くて。見方によってはオレンジ色に見えるくらい。指輪はどれも形と大きさはすっかり同じでも、色だけは微妙に違うの。中にはブラウンと言っても紫色に見えるほど濃い色のものもあるのよ」

私に指輪を売った女友達は言っていた。去年たった一人の息子を交通事故で失ってから、痩せ続けて、指輪のサイズがあわないらしく彼女のダイヤは横にまわっていて見えなかった。同じ指輪がある特定の女たちだけにひっそりと売られる。

キーワードは絶望と孤独。

完璧に化粧した美しい女はどんな絶望を経験し、どれほど深い孤独に耐えたのだろう。細いヒールをはいた格好のいい脚が遠ざかって行くのを見送りながら、私はおずおずとしわくちゃのレシートを渡す。美しい若い女の余韻を味わっている男は、私の指に彼女と同じ指輪が光っていることに気づくはずもない。

三十年連れ添った夫に、隠されたもう一つの生活があり、幼稚園に入る小さな娘までいたという事実が私を絶望の淵に落とした。怒りと悲しみをくぐり抜けるまでどのくらいの日数がかかっただろう。離婚届に判を押した翌日、まるで何もかも見通しているように、女友達は指輪を持って私を訪れた。

指輪を持つためのもう一つのキーワードは愛。自らに対する全き愛。

私はゆっくりした足取りでエレベーターに乗る。デパートの照明は、ダイヤを一層美しく輝かせて、シャンパンの消えない泡は金色にまたたく。

ふと視線を感じて目を上げると、向かい側の下りのエレベーターに乗った女がすれ違いざま、かすかに笑ったように見えた。

振り返ると、大きな紙袋を提げた手の指に、よく似た指輪が光っていたような。

私は自分の錯覚に一人で笑った。

プラチナの台に、2キャラットのブラウンダイヤ。こんなに美しいのに、ダイヤはどれも偽物だった。

失せものの出でて寂しき月夜かな

美しい骨

彼女はこの前に会った時より一層小さくなっていた。ぷっちりむくんだ脚が、もうホテルの椅子からちょっと浮いているように見えた。手を振ると、明るい色のフリルのついたワンピースの襟も、肩も、ふかふか動いた。柔らかな薄茶色の髪が頬をおおって彼女をますますダックスフンドのように見せていた。

「あなたの演奏、とっても良かったわ。特に、私、アンコールの時に弾いたスカルラッティが好きよ。クララ・ハスキルを思い出すくらい」

音楽の話になると、少女のように目を輝かすのは昔とちっとも変わっていない。

私は郷里の小さな町で彼女に十年間ピアノを習った。

「でも、最初のブラームスは、ちょっと、乱暴ね」

私たちはしばらく音楽の話や、ピアノ教室の仲間の話に興じて過ごす。

「ところで、先生。今日の骨は」

姿勢が少し崩れて、生あくびを堪えている。疲れてきたらしいのを察して、私は別れの挨拶代わりになっている質問をする。

彼女はいつも唇から少しはみ出しているルージュを噛んではにかみ、テーブルの下にある小さな袋を上げて見せた。

「なんだと、思う。とっても素敵なものをホテルのアーケードで見つけたの」

「指輪ですか。それとも、ブレスレットかしら」

「だめねえ、ぜんぜん違う。私はブレスレットはしないの。もう重くてね」

上京するたびに、彼女はいつも教え子の演奏会の記念を兼ねて一つだけ、「きれえなもの」を奮発する習慣があった。彼女が「きれえなもの」を買って、いそいそと帰郷するのを骨を咥えた犬に例えて「先生の骨」と呼んで私たちはからかいの種にしていた。

「あのね。兎なの。真っ白な絹の耳に、紫色のちりめんの衣装をつけた兎。しっぽは、ふわふわな真綿で出来ているのよ」

言われてみれば、膝にのせた小さな袋の中から、兎の真っ白な耳がのぞいているような気がした。

訃報が届いたのは、それから半年後のことだった。

家族を持たなかった彼女のために、懐かしいグランドピアノの前で私たちはささやかな通夜をした。

通夜が終わる頃、誰が言うともなく「先生の骨」のことが話題になった。

「ずっと昔、まだ先生が若かった頃、大きなヴェネチアングラスを買ったことがあったのよ。あれはやっぱり赤が深いほど高価なんですってね。血のように真っ赤で、怖いような色だっておっしゃっていたのを覚えているわ」

「私の演奏会の時は、冬だったの。とってもあったかいふわふわの狐のショールを見つけたって、喜んでいらしたわ。銀色の見事な縞がそりゃあ、美しいって」

「私は逆に夏休みコンサートだった。先生、暑がりだったから、とってもいい麻のシーツを奮発したって。極上の麻は洗えば洗うほど柔らかく、肌になじむのよって大きな袋を抱えて、嬉しそうだった」

「忘れんぼうだから、賑やかに鳴る時計をずっと探していて、スイス製の鳩時計を見つけたって喜んでいたのに」

私たちは話しながら、がらんとした、質素を通り越して、貧しいとさえ言える部屋の中を見回した。箪笥の中はからっぽで、時計はおろか、どんな色のグラスも見当たらなかった。勿論、最後の買い物となったはずの兎の人形の影も形もなかった。

「でもお歳を召してからは大きな買い物はなさらなかったわ。お婆ちゃんが、ルビーなんて、似合わないのはわかっているから帽子のピンにしたって」

「そうね。だんだん小さくて、軽いもの。演奏会の時だけ身につける贅沢だって、スワトーのそりゃあ繊細なハンカチを買ったそうよ。イニシャルを入れてもらって」

棺に納められた彼女は古いウールのワンピース姿だった。供花の他に、彼女の旅立ちを飾るどんな宝飾も、見事な細工のハンカチもありはしなかった。

思い起こしてみれば、彼女の「きれえなもの」を実際に見た者はいないのだった。

故郷の丘の上の焼き場で小さな身体はすぐに灰になった。私たちは残った骨をひとつずつ拾って形見にした。どの骨も象牙のキーのように固く、美しかった。

神の手も触れざるものよ雪の降る

言葉

「よしなさいよ、あんな娘。みっともない。未練や、やきもちで言ってるんじゃないのよ。呆れて怒る気にもならない。まるっきり子供じゃあないの。二十一歳って言うけど、どうせ歳をごまかしてるのよ。パスポートとか、運転免許証で。本人が言っただけで信じてしまうなんて、まったく男ってどこまで甘い動物なのかしらね。二十歳過ぎていなければ、仕事もないし、男だって、警戒するからね。誰かに入れ知恵されたのよ、きっと。

歳を聞かれたら、二十一。名前はレイ。それ以上煩わしく聞いてくる奴がいたら、アタシ、ニホンゴ、ヨクワカラナイって言えばいいと。ありきたりの手じゃないの。欲望に目の眩んだ男はたやすく誤魔化されても、女はね、そんなに簡単には騙されないのよ。私だって、あんたがみすみす格好の餌になるのを黙って見ているわけにはいかないんだから。

ずいぶんお粗末な服着てたわね。真冬だって言うのに、Tシャツ一枚で、素足にサンダル。赤い髪を背中まで垂らして、安物のイヤリングをして。爪の手入れだけは完璧だったけど、多分部屋で何もすることがないんでしょうね。どうせ同じような娘と狭いアパートで暮らしているんでしょ。青いつけ睫なんかして、こってりしたアイラインに囲まれた沼みたいな目で見つめられれば、ふらふらっとしちゃうのね、男は。あんなに若いのに、罠だけは上手に張るんだから、あの手の娘は。

手脚は虫みたいに痩せてるくせに、胸は立派で、腰はくびれてる。まあ、外から見たら、確かにそう見えるわね。本物かどうかは別にして。

私は何もわからない、人を好きになる、ことしか。そんな様子であなたの腕にぶら下がっていたじゃないの。私がどんなに睨んでも、決して顔を上げなかった。ほんとに言葉がわからないのかしら。時々細く描いた眉が上がって、薄い唇が波打つみたいに歪んだのに、あなたは気づかなかったでしょ。商談が終わるのを待っているずるい猫みたい。あの娘はきっと私の言っていることも、あなたの答えもみんなわかっているのよ。サンダルをはいた足をステップを踏むみたいに動かしていたじゃない。あれはきっと笑っていたんだと思うわ。あの娘はきっとおかしくてたまらなかったのよ。自分のために、男が一人の女を捨てるっていうことが。

これだけ言っても、まだわかってくれないのね。あんな娘のためにあなたが捨て去ってしまうもののことも、ちょっとは考えてみてよ。二人で育んで作りあげてきたものが、もう一度他の誰かと、あるいはあんな娘と作り直せるものか、どうか」
「ふた言目にはあんな娘、あんな娘、と君は言うがね。気づかなかったかい。あの娘は若い時の君によく似ているよ。二十年の歳月と、すべての言葉を取り去った君にうりふたつじゃないか」

むしられし堕天使の羽根吹雪かな

猫

ごめんね。あんたから大切に預かった、この猫。ああ、また名前が思いだせない。太った三毛猫だよ。足と鼻の頭が黒い。けっこう重いね。太りぎみの器量良しの、かすれ声で鳴く、ミコだったかねえ。ミヨだったか。ミカだったか。あっ、それは家の孫の名前かもしれない。やだねえ、最近は子供の名前まで、犬や猫の名前とおんなじようになっちゃって。

どっちにしても、この猫。もうあたしには飼えないんだよ。重いだろ、よく食べるし、ちっとも言うことは聞かないしね。何よりも、あたしは、明日、あんたが預けられて死んだ、同じホームへ行くことになったもんだから。

変な話じゃあないか。寝たっきりでも、下の世話さえ一人じゃあできない痴呆でも引き受けるのに、ペットだけはお断りなんて。この猫の方がどんなに利巧で、手間要らずかしれないのに。あたしが、「食い扶持くらいだすから、猫だけは連れていきたい」って言ったら、嫁は笑ったよ。自分の世話も満足に出来ないのに、ペットを飼えるはずがないって。まあ、道理だねえ。あたしもそれ以上は何も言えなかった。

ずいぶん迷ったよ。隣近所の誰か、持ち家に住んでる年寄りに貰ってもらおうかって。預ける時に鰹節か、煮干でも、ちょっと気張って、ペットフード代を置いてくれれば、文句はないと思うんだよ。でも、猫だって年寄りの所を順繰りに預けられるのは、哀れな気がしてさ。お迎えは順番どおりって、わけでもないから、新しい飼い主が死んだりしたら、また同じことだしね。

言い訳を言うのも、たいがいにするよ。あんたは死んで、すっかり何もかもお見通しの身分なんだから、きっとわかってくれる。二人でよく歩いた沈丁花の木のあたりで案外、みんな見てるかもしれないしね。

猫はここに置いてきぼりにするよ。おっぽなして、捨てることにしたよ。長い冬があけて、もう春だ。このあたりにはノラの仲間も一杯いて、餌さえあれば、けっこう生きていけると思うよ。あと二、三年。多分この猫だって、それくらいが寿命だからね。生きものはみんな、あまり長く生きない方がいいよ。どっちにしても。

きれいだねえ。もう辛夷《こぶし》の花が咲いてる。最初はまんさく。その次が木瓜《ぼけ》で、今は辛夷の花があっちこっちで、真っ白。嫁が言うには、ホームには、連翹《れんぎょう》も咲くし、桜も咲く。花見もしてくれるそうじゃないか。おばあちゃんの好きなツツジもきれいですって、さ。ホームの案内に写真が載っていたんだそうだよ。春が来て、花が咲けば、どこに居ても、まだちょっとは嬉しいよ。時々甘いものでも持って、誰かが会いにきてくれれば、おんの字だね。あたしは、蕨餅と、水羊羹が好きだよ。

ミーコはすあまが好きだった。ミーコだったよね。この猫の名前。あんたがよくちぎって、やってたじゃあないか。黒い湿った鼻で、花びらみたいな餅の匂いをかいで。あんたも、あたしも、猫も、あの頃が一番よかった。一人で、気楽で、まだ歯も、腰も、脚も、丈夫でね。人様の手をわずらわすこともなくってさ。

よしよし、じきに自由にしてやるよ。ベンチがあって、屑籠があって、売店も近くにあるあたりに放そうと思ってきたけど、この公園は広すぎて、じきに迷っちゃう。

やだねえ、いい歳をした爺さんが、まだ夏でもないのにパンツいっちょうで駆けているなんて。見てるだけで、怖気をふるうよ。ああ、しんどい。ちょっと休んでいこうよ、ミケ。おまえの首のまわりをこんなふうに撫ぜることももうないんだもの。ホームなんてさ、猫だか熊だか、犬だか、得体の知れないむくむくしたぬいぐるみばっかりなんだから。気色の悪いもんだよ。静電気がちりちりする毛なんか、触っても、撫ぜても、あったかくも、気持ち良くもない。あそこは、生き物の形だけして、生きていないものばかりだよ。

さあ、お行き。これは餞別。千円札を首輪に縫い付けておいたよ。誰かが気づいておまえに餌でも買ってくれるといいけど。どうぞあたしを怨まないでおくれ。前の飼い主を怨むのは、もっと筋違いだよ。あたしだって、こんなに早くホームへ行くなんて、思ってもみなかったんだから。怨むなら、ギョウセイを怨むんだなって、きのう息子が嫁と話していた。でも、あたしは誰も怨んじゃあいないよ。ゆっくりとだけれど、こんなふうに歩けるしね。耳だって、鼻だって、まだミイくらいには働くんだからね。

のっそり、ゆっくり。いなくなったと思ったら、また戻ってきて。おまえも未練があるのかい。年寄りを残して行くのが気がかりかい。目には油断のならない獣の光があるのに、優しい体をしてるねえ。そのしっぽ。何度もあたしの布団を叩いて、起こしてくれたじゃあないか。あたしだってさ、できればおまえを抱いて、死にたかったよ。

もう、行くかい。そんなに足を振るったら、木の葉が飛ぶよ。家猫は野良に比べると潔癖だから、しばらくはこのあたりの汚さに閉口するだろうね。でも、すぐ慣れる。あたしだって、明日から四人部屋の窮屈な暮らしに慣れなくちゃあならないんだよ。

ああ、とうとう行っちゃった。去年の落ち葉の溜まっている紅葉谷をいっさんに駆けていくよ。あっちにいい匂いのする物でもあるのかねえ。優しい声の雌猫が呼んでいるのかもしれない。もうすっかり、尻尾も見えない。ミケだったか、ミヨだったか。あれっ、それは死んだあ

んたの名前だったけか。もしかしたら、あたしの名前かい。じゃあ今さっき、この胸から出て
行って、いなくなったのは一体、何だったろう。

蕾とも言うべき日々やしでこぶし

ホーム

「もう、やめよう。こんなこと」

どこからか飛んできた矢が胸の真中より少し逸れた個所に突き刺さっていた。矢尻をつかんで引き抜いた傷口から見えない血が流れ出していたから、男のいる町に向かう女の顔は徐々に青ざめて、貧血は世界の隅々まで及ぶように思えた。

見えるものすべての色彩が奇妙に淡く、濃い色はどこにもなかった。緑は遠くに退いて、山も田も畑も灰褐色と、脱色したような白っぽさに覆われていた。四月の初めだというのに、どこにも花の色はなかった。風が道や畑の土を巻き上げて、何もかもを埃っぽい乾いた空気で包みこんでいる。

がらがらに空いている窓際の席で女は幾度も目をこすった。あまり客が少ないので車両はカーブしたりすると、ほんの少し線路から浮き上がる気さえした。空だけが春らしく柔らかく澄んで、飛行機雲が一筋、ちょうど列車の進む方向に崩れていくところだった。

春霞とも思える駘蕩とした窓辺の暖かさが鋭い内省も、決意も鈍らせていく。そのかわりに、罪の意識によく似た裏寂しいような自己否定が、いつまでもついてきていた。

「こんなつまらない関係を続けていても仕方がない」

男と会うことが祝日でも、祭りでも、楽しい行楽でさえなくなって久しかった。

「君は終わってしまった恋の借金を分割で払っているだけじゃあないのか」

男の指摘は悲しいほど真実だった。もう会う前から、口の中にざらざらと後味の悪い悔いの味が混じっている。

男の待つ駅に着くまで、五分だと車内のアナウンスが流れた。

女はのろのろとハンドバックを取り上げると、それでも習慣になっている化粧直しを始めた。コンパクトの中に、眉、目、頬と口を順々に映していく。それはまったくひとつづつ切り離された部分でしかなく、どんな意志も形づくってはいない。弧を描く眉にも、入念に彩色された瞼にも、赤く引いた唇にも、小さな喜びの破片も、期待も、憧れの飛沫さえ見つけ出すことは出来なかった。

コンパクトを閉じると、女はいっそう深く座席に身を沈めた。列車は少しづつ減速して、やがて見慣れた駅のホームが近づいてきた。

数少ない乗客が、下車の準備をして前を通っていく。女はうつむいたまま動かなかった。ほんの少しの時、ほんの少しの痛み。例えば指のささくれや、奥歯のわずかなうずきに耐えるように、顔をそむけて。

特急列車の、たった三分の停止時間。

それはなんと束の間の悲しみ、束の間の痛みであったろう。こんなに少量のショックでしかなかったのかと、女はさすがに驚かずにはいられなかった。

こんなふうにしか成就しえなかった恋。こんなふうにしか味わえず、終わってしまう関係。それは二人の不幸な運命だったのだろうか。それともこうした奇形な恋の有様は自分の人生の特色でもあるのだろうか。あるいは単に女としての自分の体質が原因なのか。

束の間の内省が女の姿勢を柔らかく整えた。少し潤んだ顔をそっと上げて女は窓からホームを振り返った。列車は助走しながら、確実に駅を離れていく。

埠頭の先に立つように、男の姿がホームに残っているのが見えた。遥か遠い船の甲板から、懐かしい塔を眺めるように女はその姿を認めて、見送った。ナイフの切っ先のようにちょっと光るかと見えて、それはすぐに消えた。

列車は加速して走り続ける。女は過ぎていく車窓を眺め続けた。春の色彩がモザイクを投げつけるように女の目の中を明るく彩り始めた。

眠り過ぎる男といたり土佐水木

百足

最初、発見した時は我が目を疑った。新築のマンションの五階の部屋に百足がいるなんて。濃い緑に繁った羊歯《しだ》の鉢と、真っ白な花穂がいっぱいに垂れ下がった見事な柏葉紫陽花の鉢の間に、それは素早く現れて、現れたことを誇示するように止まったまま、動かなかった。

錯覚とか、幻想とかいう言葉は、使われる頻度ほどには、信じられていない。百足は確かにいて、私はそれを見たので、認めるしかなかった。幻想でも、錯覚でもなく、とても単純な事実だった。

どうして。なぜ、こんなものが、ここにいるのか。

いつ、どんな方法で入り込んで、生息していたのか。

どうすれば、排除できるのか。

驚愕と疑惑と、嫌悪と、恐れは猛スピードで攪拌されて、静まる。

混乱が静まっても、百足はやはりいた。そのグロテスクな足が減ったりすることもなく。

動悸は治まっていなかったけれど、恐怖と驚愕の量は激減して、凝視した目の奥に、決意は準備されていた。

いずれにしろ、見えないものより、見えるものの方が排除しやすいのだ。花瓶の蛇より、振向いて、とどまっている百足の方がいい。「別れてください」と切迫した声で電話をしてくる女の方が、無言電話の向こうで息をつめている存在よりずっと、対処はしやすい。

決意は、速度に試される。

ためらっていたのは、ほんの数分だった。方法が見つかったら、逡巡してはならない。深呼吸して、息を整え、私は園芸用のトングで、それを掴み、力をこめて、ベランダのずっと先へ、勢いよく放った。

どんな怪しいものでも、生きていけそうに見える六月の森の方へ。青黒い藪の広ごりに向けて投げた。大きく、腕を振った時、百足の重量が、私に、これは悪夢ではなく、事実なのだと、はっきり知らせた。

しかし処理がすめば、忘れることは簡単だ。その重さも、形態も、息づかいも、匂いも。もうどんな片鱗も私に付着してはいない。排除してしまえば、「愛しているんです」と叫ぶ声も、「どうしたら離婚してくれますか」と懇願する白い顔も、無限に遠く、かすれて、私に触れることは出来ない。

ぴったりと窓を閉めてから、カーテンをひく。案外簡単だった。思っていたより、無力で無害だった。それほど傷つくことも、侵食されることもなかった。攻撃は瞬時にかわされ、たったひとつの行為で撃退することが出来たのだから。

「別れる気持ちはありません。今もこれからも、決して」

私はとてもしっかりした足取りで部屋を横切り、音楽を選んでかけた。すぐにリヒテルの弾く平均律クラヴィア曲集が比類ない美しさと鮮やかさで流れ出した。

女も百足も世界の淵へ落とされ、それっきり見えない。

丁寧にいれた紅茶は熱く舌と口腔を満たす。目にわずかな警戒と、躊躇をこめて、私はもう一度周囲を見回した。ゆるやかにかかげられたままのシェードから、近い夏を予兆させる光が差し込んで、部屋はいつものような静謐をたたえている。どんな違和も、破綻の予兆も見当たらない。悪い夢の残像もない。

私はもうすっかりいつもの視線で羊歯と、真っ白な柏葉紫陽花の花を眺める。とても落ち着いた気分だ。

「なぜそんなに冷静でいられるのかしら。あなたは本当に人を愛するということがないのね」

百足よりグロテスクな取り乱した声が、切られた尾っぽのように一瞬蘇り、すぐに消えた。完璧に排除してしまったのだから、見なかった、触れなかった、と思うこともたやすい。

この整えられた部屋のどこかに、次々と咲いていく花の鉢の中に、あのグロテスクな百足の子どもが何匹潜んでいようと、もっと醜悪で、猛毒の害虫の卵が産み落とされていようと、私は同じことを何度でも繰り返すことだろう。

草抜いて細き悲鳴に囲まれる

作品

その入り口はとても狭く、歩幅の広い人だったら、一、二歩で通り過ぎてしまうくらいだった。ベージュ色の白木のドアはいつも一杯に開かれて、歩道に面して小さなイーゼルが立てかけてある。ポスターカードや、手書きの字で「・・展」とか「・・作品展」とか案内されていることが多かった。冬は葉をすっかり落とした街路樹の裸の梢がイーゼルの上に鋭い影を伸ばし、あるいは悪戯をするように勝手な線を描き足したりしていた。

しかし今は、すっかり繁ったエンジュの大樹は薄緑色の花房を広げながら、道行く人や、左右のウインドウを涼しげな影でおおっていた。

畳一畳ほどの狭い玄関に置かれた芳名帳は、蝶の羽のように広げられ、一ページ目には淡い墨で、文字とは見えない不思議な模様が二、三行記してあった。机の隅にはどこの画廊でもそうしているように、近日中に開館される展覧会の案内状がきちんと角を揃えて積まれている。色の褪せかかったフラスコ画の中に俯いた聖母と天使ガブリエル。二人の間に置かれた、真っ白で大きすぎる百合から聖母は恐ろしいものを見るように少し顔を逸らしていた。

玄関口から一段上がった展示場の床はドアの色と同じ目立たない色で、壁もほぼ同じ色に塗ってある。耳を澄ませなければ聞こえないかすかな空調の音に、奥のスタッフルームにかけてある芭蕉布らしい生成り色の軽い布が、わずかに揺れている。

十坪ほどの小さな画廊に、今は人の気配もない。と言いそうになって、足を止める。視線は柔らかな驚きで左側の壁の前に釘付けになる。

人と、動物と、植物の中間。不思議な生き物の気配があたりの空気をわずかに動かしている。壁を背中に少し斜めの位置に置かれているのは一台の乳母車だ。それはインテリアに使われそうな年代物の大仰なものではなく、現代風なベビーカーでもない。籐で作られた台は自然の高さと広さを持ち、軽そうな両輪と、やはり籐でできている取っ手が引きやすいカーブを描いている。

ゆったりとしつらえられた台の前に近づいてみると、真っ白で柔らかい綿毛布と、清潔なガーゼとで出来た大きな花びらのようなケープにくるまった顔がこっちを向く。

深山蓮華の蕾ほどもない小さな顔。一対の目が見開かれて、木の実形の目の端が、小さな魚の尾のように少し跳ね上がっている。青白い白眼は、黒々とした瞳を濡れているようにも見せ、まわりを虫の触角にも似た睫がくるりと取り囲んでいる。

小さな口をつぼめたり、曲げたりして、今、彼女が遊んでいるのは小さな舌と、自分のものだと発見したばかりらしい二つの小さな手である。五本、まだ数えることも出来ない細い指を結んだり、開いたりして、時々、口に持っていって舐めたりする。全身が水っぽい肉で出来ている彼女には、口の中にすらまだ固いものは一つもない。歯のない口一杯に指を入れて、また取り出したりする。それが今、一番楽しい遊び。

貝のかけらに似た爪を唇ではさんだりするから、もしかしたら歯がはえかけていて、少しむず痒いのかもしれない。

柔らかな、暖かい布の渦の中から、顔を出したり、埋めたりして、彼女はまわりを見回して笑う。笑っているとしか思えない楽しげな様子で、身じろぎをする。忙しく目を動かして、気に入ったものがあると、じっと見惚れる。見つめたあとは舐めてみたいというように、唇を突き出して、わずかに音を発する。

「あれ。あれ。そう。そう」

一人で同意して、瞳を光らせて、笑う。機嫌よく、楽しそうに。

乳母車の置かれてあるのが、画廊なのだとすれば、やはりまわりにかけられたいくつかの作品について、語るのが順序に違いない。この空間の目的である、数々の色彩と形象について。画家が心血を注ぎ、閉じ込めた魂の言葉や、祈り。発見した真実や、悦楽の詰まった作品について、描写すべきなのだろう。充分に鑑賞し、説明と、注釈を加えるのが礼儀というものだろう。

息をわずかにつめて歩き出すと、乳母車の中で小さな瞳が動いて、ついてくるのがわかる。ピンク色の舌をつぼめ、蟹が泡を吹くよりかすかな音をさせて、彼女は笑う。

完璧な神の作品と、それらの絵画はほとんど、というより修辞をいっさい省いて言えば、まったく関係のないものだとしか、もう私には語りようがない。

瀬も淵も水見ていると眠くなり

秘密

やっと部屋に戻ってきて、いつもの胃薬を二錠、慌てて呑んだ。胃が重たくて、胸がむかむかする。

「会うだけでも会ってみないか。会ったら、気に入るかもしれない」

父親はそう言うと、新聞に顔をうずめた。

「どうしても、結婚しろと言ってるわけじゃないのよ。ただ歳のこともそろそろ考えないとね」

母親は同じ台詞を三度も言った。

「ぐじゃぐじゃ言われたくなかったら、せめて働いたら」

妹は薄笑いを浮かべて私を見た。

私は怒っていない。何を言われても気にしないことにしている。おばあちゃんがまだ生きていたら「馬耳東風」と言ったに違いない、そんな感じ。

私は部屋に鍵をかけて、鏡をいつものようにベッドの枕に立てかける。愛用の小さな毛抜きは、いつも枕の下に隠してある。

「確かに、三十って歳はもう若くはないわね」

友達の声も聞こえてくる。私は眉の上にはみだして生えている毛をそっと引き抜く。一ミリにもならないほんのかすかな産毛は、抜いてみると信じられないほど黒々としている。左手で額の皮膚を押さえると、確かに夕べまでなかったはずのところに、またもう一本、毛が生えている。まだとっても小さいので、根元から抜くのにはけっこう技術がいる。どんな微小な毛でも、ひっぱると伸びる。伸ばしておいて、ひっかけるようにして、抜く。ほら、取れた。私は鏡の中でちょっと笑う。この半年ほどで、とっても上手になった。最初の頃は失敗ばかりしていた。長くなったものはともかく、こんなかすかな毛まで抜けるようになったのは、ごく最近のことだ。

「どんな男とでもつきあってさえいれば、うるさく言われないのに」

友達の言うことはみんな一緒だ。そう言いながら、彼氏のいない私を哀れんでいる。

鏡の角度を変えて、口のまわりを見つめると、あるある。一日誰とも話らしい話をしなくても、食べる時には動かすので、口のまわりは毛の成長が早いのかもしれない。

唇のまわりの毛を明かりに透かしながら、ゆっくり抜く。それはとても薄くて、照明の角度で見えなくなってしまう。あっ、失敗。毛抜きの鋭い先が触れて、ちょっと痛い。小さな血の粒が盛り上がってくる。

「どうしてあの子だけこんなふうになっちゃったのかしら」

母親はきっとまた父親にぼやいているに違いない。「みんなおまえのせいだ」とも言えないので、父親は顔をしかめるだけだろう。

唇のまわりの毛は一日経つだけでどんどん生える。こんなふうに退治する前はまったくどうしていたのか、不思議なくらいだ。一年前、まだ私が会社に毎日行っている頃は、二ヶ月にいっぺん顔用の剃刀でざっとあたるだけだったのだから。

「そりゃあ、無為徒食でも、生えるものは生えるさ」

おばあちゃんが生きていたら、そう言ったかも知れない。私が知っている四文字熟語はだいたいおばあちゃんに教わった。

「結婚したくないなら、せめて仕事を見つけてくれないと。世間体もありますからね」

母親の気持ちもわからなくはないから、気がむけば外出することにしている。図書館か、本屋。たまにはコンビニで、買い物もする。消費生活をまったくしていないわけでもないのだ。

私は父親譲りで、女の子にしては顔に黒子が多い。ごくまぢかに見ると、その黒い点点には一本づつ毛が生えている。抜いても抜いても順番のように黒子の中に毛が生える。それを首尾よく抜くと、小さな穴ができる。

毛を抜いた後の小さな穴を見るとわくわくする、なんて言ったら、きっとみんな私が病気だと言うに違いない。

私にこれを教えてくれた友達は確かに病気だった。薬をやった時に、自分の毛穴があんまり汚いので、ぞっとしたと言っていた。幻覚もあったのだと思う。

でも私に幻覚はない。ただ自分の顔の毛を抜くのが好きなだけだ。これをしている時は充実している。確かに抜いても、抜いても産毛は生えてくるし、これを抜いたからといって、顔がすべすべになったり、化粧ののりがよくなるわけじゃない。むしろ、毛抜きで傷めるせいで、私の顔はいつも傷ついている。薄い痣や染みの原因にさえなっているのかもしれない。

こんな無駄なことを、と思わないわけでもない。でもいつの間にか習慣になって、やめられなくなった。最初は三十分くらいだったのに、最近はなかなかやめる決心がつかなくて、母親が「そろそろお風呂に入りなさい」と怒鳴るまで続けてしまう。

ちょっと注意を怠ると、産毛は思いがけない個所で育つ。例えば鼻の横とか、目じりのすごく目立つところで。毎晩、抜いても、抜いても、毛は生えてくる。私が男の人と付き合わなくても。私が仕事に出かけなくても。私が電話も、パソコンも、メールを誰とも交換しなくても。

失業手当はとっくに切れて、まったく収入がなくなっても。近所の人に挨拶もせず、食事の時しか、家族に会うことがなくなっても。

「そんなちっちゃな、毛をきりもなく抜くことがおまえの自己表現なのかい」

おばあちゃんがまだ生きていたら、そう言ってくれたかもしれない。でもおばあちゃんはもういないので、私の秘密を知っている者は誰もいない。

蟻殺す日の日常となり目の乾く

公園

私たちは二人とも腎臓がない。正確に言えば、あるにはあるが機能していない。私は百パーセント近く、彼女はまだほんの少しの排尿と、その頻繁な記憶に悩まされていたから、二十パーセントくらい残っているのかもしれない。

私たちは週三回人工透析をする病院で知り合った。私のベッドと彼女のベッドの間にいた人が死んで、隣同士になったのだ。

九時から、一時までの透析が終わると、私たちは連れだって近くの公園にでかける。厳しい水分制限が課せられているので、喉が渇いても喫茶店に寄ったり、缶ジュースを飲んだりしない。公園に入ると、どちらともなくめいめいのポケットやバッグから飴を取り出して舐める。

私が舐めるのは決まって辛いほどのミントキャンディーだったけれど、彼女はいつも数種類の飴を持っていて、次々と舐める。呆れるほど甘い、大粒の飴ばかりだ。

彼女は五十五年前、北の方の海と坂のある町で生まれた。私はそれより五年遅れて、東京近郊の小さな盆地の町で生まれた。彼女は若い時に母親を亡くし、私は父親の顔を知らなかった。もし同じ病気にならなかったら、私たちは決して出会ったりしなかったはずだ。

今でも私たちに共通の話題は少ない。黙しがちに歩き、時々立ち止まっては、木や空を眺める。

「ああ、いい気持ち。透析の後は、体中の毒素が抜けて、新しい血が流れているような気がする」

鳥が「それでもおまえたちは飛べないだろう」と言うように、悠々と空を渡っていく。

「いいなあ。私、一度でいいから、こんな風景を空から眺めてみたい」

彼女は鼈甲色の甘露飴を口の中でごろごろいわせながら、うっとりと言う。

「二泊三日までなら旅行もできるし、現地で透析をうければ海外旅行にも行けるじゃない」と私は答える。深呼吸すると、ミントで口の中が冷たいほどスースーする。

「私たち、どうしてこんな病気になっちゃったんだろう」

その質問に勿論私は答えることが出来ない。自転車に乗った少年がペットボトルに口をつけて、ラッパ飲みしているのを横目で見ながら、炭酸水をあんなふうに飲めたのはいつ頃だっただろう、と考えている。

「でもあさっての九時まで私たちは自由ね」

公園の中央には大きな噴水があって、幾筋もの水の束が立ったまま眠るように流れている。

「きれいそうだけど、公園の水って、ぐるぐる回っているんだってね」

「なあんだ。でもここから見てると、そんなふうに見えないね」

私たちはもの欲しそうな、妬ましそうな目つきになって、しばらく午後の光が金色に溶け込んでいる噴水を眺める。

出口まで来ると、彼女は持っている飴を全部手のひらにのせて、私に差し出す。

「好きなの、とって。みんな甘いけど」

私は青と金色のストライプの紙にくるまった一番小さいキャンディーを貰う。

「私のもあげる。すーっとして気持ちいいよ」

薄緑色のミントキャンディーを彼女は躊躇わず口に入れる。

貰った飴は糖衣を破ると、ねっとりした甘いりんごのジャムが流れ出す。口の中に一瞬、海と坂のある北の町が広がる。彼女の口の中にはどんな風景が広がるのだろう。新興住宅地の夕焼けだろうか。泡立ち草のはびこる丘だろうか。

振向くと、彼女はミントキャンディーが苦いらしく、少し顔をしかめている。

次々と芙蓉しぼむや会えない日

ドーナッツ

新聞紙をキッチンの床に広げて、ふるった粉を入れた大きいボール。お母さん、卵を四個、ううん、六個ちょうだい。三人で二つずつ割るから。あたしたちはみんな卵を割るのが大好きよ。大丈夫、失敗したりしないから。ほら、目だって上手にとれた。ねえ、お母さん、卵の目って、ひよこの頭なの、尻尾なの。

ボールに割った六つの卵は七歳のあたしたちには重過ぎるね。菜ばしって苦手。すぐ一本ずつの棒になるから。泡立て器を貸して。

ふるった小麦粉って、きれいね。お母さんの白粉みたい。だからって、ふざけて顔を突っ込んだりしないでよ。変な顔。雪をくっつけたビーバーみたいな顔してるのね。あんた。

ベーキングパウダーは粉と一緒にふるっちゃったから、あとはちょっぴりの塩と、砂糖。お母さん、硝子瓶に入ったほんもののバニラビーンズも入れたいな。

冷たい雨が降り続けて、あたしたちは塗り絵も、かくれんぼも、オセロも飽き飽きしちゃった。おままごと。そんなものしないよ。だって誰もお母さんにもお父さんにもなりたがらないんだもの。赤ちゃんなんて、最悪だし。ううん、あたしたちはみんなペットになりたがるの。猫か犬なら、好きなことが出来るし、怒られたら、ワンワン、ニャアニャア鳴いていればいいしね。お母さん、いつもの湯のみ茶碗を貸して。口の方で大きい丸、お尻の方で小さい丸をくりぬけば、ねっ、ドーナッツの出来上がり。くりぬいた小さな丸の方にはココナッツパウダーをまぶして、一緒に揚げるの。お菓子屋さんみたいでしょ。

フライパンに油を入れて、ドーナッツを揚げるのは大人の仕事。その間、あたしたちはお母さんの後ろに並んで歌を歌ってあげる。リクエストは何。でも「おじいさんの古時計」とか、「線路は続くよ」とか、そういうのはダメよ。あたしたちはもっともっと長い歌を歌いたいの。嘘歌だったら、どんなに長くても、いつまでも歌ってあげられるよ。

お母さんはバットの上にどんどんドーナッツを揚げていく。揚げあがったドーナッツに砂糖をまぶす係。シナモンパウダーを振る係。後のひとりは何もしないで、冷めていくドーナッツを見守る係。ああ、いい匂い。

お母さん、その油、どうするの。捨てないで、また来週の雨の日にドーナッツを揚げようか。

とっておいて、それでトンカツやから揚げをしたりするのはやめてね。トンカツやから揚げにドーナッツの匂いがしたりするのって、嫌だな。お母さん、子供って、大人が考えているよりずっと鼻もいいし、潔癖なものなんだよ。おかずと、お菓子って、言葉は似てるけど、まったく違うものだもの。

穴の開いたドーナッツが皿の上に二十個あります。穴の開いていないまるいシナモンパウダーのドーナッツが七個砂糖をまぶしていないドーナッツが八個あります。でも、お母さん、あたしたちに引き算や、掛け算や、割り算をさせるのはやめてね。クイズも、勉強もなしで、あたしたちは今、金色のドーナッツに囲まれてうっとりしていたいんだから。

まあるいドーナッツの穴から、見たこともない麦畑が見えて、こんがりした香ばしい、甘い風が吹いてくる。揚げたばかりのドーナッツを食べる前のしあわせな気分。

大人には、ドーナッツを作ったり、それを食べたりするより、もっといいことってあるのかな。

雨好きな鳥もいるらし櫨《はぜ》の森

ダブルデライト

あの人の家の庭が開放されていると知ったのは、つい先週のことだった。

「亡き人の魂が生きる懐かしの薔薇園。未亡人の丹精で蘇る」ガーデンウィークの情報欄にその記事を見つけた時の驚きと喜び。胸があまりどきどきして、隣に座っている夫に気づかれはしまいかと心配になるくらいだった。

あの人が死んだなんて。そして、夢にまで見た憧れの薔薇園が蘇って、庭が開放されているなんて。

今となってみれば私はいつでも庭に行くことが出来る。その喜びは、一瞬あの人の死の悲しみを凌駕するほど激しかった。

「お友達のお別れ会があるから、行ってきます」

半分の嘘をついて出て来たので、鼠色のウールのワンピースを着てこなければならなかった。小春日和の暖かい日だったから、バッグの中にあの人が好きだった明るい若草色のカーディガンを畳んで入れていた。庭に近づいたら、これを着て、あの人にプレゼントされたカメオのブローチを止めよう。それが十五年ぶりに再会するあの人の魂と、初めて会う薔薇園に対する私のせいいっぱいの気持ちだった。

記事には書いてなかったけれど、庭は午後の一時から四時までのたった三時間しか開放されていなかった。私は薔薇のアーチのある門の前で少し待った。私と同じ年恰好の婦人が数人立っていた。

家の正面の壁はまばゆいほどの赤い薔薇に彩られている。そのすぐ上の部屋は客間だろうか。隣の枯草色のカーテンに閉ざされた部屋は寝室かもしれない。薔薇園を見下ろすあの部屋で、彼は六十七年の生涯を終えたのだ。

「庭を開放している時期に客として来ればいい。家内はきっと家にはいないよ。君に是非薔薇園を見てもらいたいんだ」

あの人は何度も勧めてくれたけれど、生前にはついに一度も訪れなかった。聖域とか、冒涜とか、禁忌とか。まだ若かった私は世間の目や噂よりずっと、ある種の言葉に脅えていた。

「開きましたよ」

客の一人が声をかけてくれて、我に帰った。

きれいに刈り込まれた柘植の低い垣根。レンガの敷いてある道を行くと、まず正面にホワイトガーデンが現れる。スタンダード仕立てにしたサマースノーを囲むように、アイスバーンの蒼白の薔薇、クリーム色の大輪のオールドローズなどが咲き誇る。

「なんて、いい匂いかしら」

「ほら、あそこ。紫色の薔薇よ」

「これはクイーンエリザベスね」

前を行く客達がはしゃいだ声をあげる。うしろから入ってきた数人も私を通り越してばらばらとてんでに庭に散っていった。

「この白い薔薇は多分あなたの祭壇なのね」

私は黙祷するように立ち尽くしたまま、どうしてもそこから動くことが出来なかった。

薔薇の香りが肯うように渦となって取り囲む。あんなに来たかった庭に、私は今こうして立っている。胸のカメオを握り締めると、目の奥が熱くなった。

「お疲れになりましたか」

少しかすれた優しい声がして、白い薔薇のうしろから一人の老婦人が現れた。まるで鏡の中から出てきたようだった。半白の髪をひっつめにして束ね、私のカーディガンと同じ色のワンピースを着ていた。襟元にレリーフだけわずかに異なった同じ大きさのカメオのブローチが飾られている。

「どうぞ。良かったら、ご案内いたしますわ」

私は一瞬怯み、脅え、そして、勇気を奮いたたせて、彼女の後に従った。あの人が満開の白薔薇の上で、笑いながら見ていた。

「この垣根の薔薇は、マスケラード。仮面舞踏会って名前にふさわしいでしょ。黄色から、赤、朱色と次々と色が変わります」

気づいているのか、いないのか。彼女は屈託のない声で私に話しかける。

「これはカクテル。気をつけて、小さな薔薇ほど棘が鋭いので。ふふっ。でも主人は棘の鋭い薔薇ほど慈しんでいました」

そうだった。あの人は見えない棘で完全武装して、ひとひらの花びらさえ解かない私の意固地と強情をむしろ守るようにして愛を注ぎ続けてくれた。七年もの長い間。あんなに好きだったのに、私は結局彼の愛情に応えないまま、別れてしまった。その後二十年かけて、悔いという棘が今も胸に深く深く突き刺さったまま残っている。

「よいお天気が続いて。こんな日のことを老婦人の夏というそうですね」

「まあ、だったら、ちょうど私たちの季節というわけね」

彼女は軽い笑い声とともに初めて私を正面から見た。

「お座りになりませんか。ここが主人の一番お気に入りの場所だったんです」

否も応もなかった。彼女の瞳には強くて激しい光が漲っていて、私はそれに捕らえられるように隣に腰を降ろした。

「いい匂いでしょ。この薔薇は別名香りの薔薇といって、特別芳しい香りを持っているんです」

すすめられるまま、十センチはある大きくてたっぷりした薔薇に顔を近づけた。クリームのように滑らかでかすかに湿った花弁から咽るような香りがたって、私は一瞬眩暈を覚えた。

「晩秋にふさわしい、暖かい炎の色。秋咲きの方が香りも高いんです。薔薇色の花弁の底に明るい黄色が隠されていて、開くごとに赤い色と混じって、一輪の花に夕映えが一つづつ閉じ込められているみたい。いつまで見ていても飽きません。この薔薇を主人が特別愛した訳がよくわかります」

遠くから見たら、記念撮影をするために寄り添った老いた姉妹だと思われたかも知れない。よく似た装いをして、同じブローチをつけた人は、優しく説くような声で私にささやいた。

「ダブルデライト。それがこの薔薇の名前ですわ」

何もかも終わった後の火の匂い

怒りっぽい女

「あっ、鳥」

そう言ったきり、女は口をつぐんだ。こわばった横顔に、みるみるうちに怒りが湧き上がっていく。

「多分ひよどりだね。山茶花や、椿の蜜を吸いにきたんだ」

男が穏やかに答えても、女は何も言わない。薄日の公園は寒々として、石のベンチから容易ならぬ冷気が押し寄せてくる。もう僕たちは別れるしかないのだろうか、と男は不安気なまなざしで女を見ずにはいられない。

「ひよどりかしら。鵙《もず》じゃないの。今頃公園にいる鳥は」

女のまなざしには怒りが漲っていて、平凡な彼女の容貌に奇妙な彩りを与えていた。

「いや、鵙はもう少し小さい。あれは肉食だからね。小さいけれどもっとけたたましくて、獰猛な感じがする」

「飛んでいるのを見ただけで、そんなことがわかるの」

怒りに意地悪そうな光と、皮肉な響きが加わって、男はまた始まった、と少しうんざりするような、構えるような気持ちになった。それでなくても女は所を選ばず相手を挑戦的にさせるという習癖があった。

「まだ公園には木の実や、花の蜜、小さな虫なんか、鳥には格好の餌があるからね。けっこういろんな渡り鳥がくるみたいだよ」

女は自分だけぬくぬくと暖かそうな格好をしていた。太い毛糸で編んだセーターの下にも重ね着をしているので、痩せた身体がふっくらとして、自らも羽根を膨らませて越冬する鳥の類に見えた。

朱色のとっくりから小さな顔をのぞかせて喋ると、嘴を突き出して威嚇する巨大な鳥そのものだった。

「やけに詳しいのね。鳥が好きなの」

「子供の頃は好きだった。バードウォッチングに出かけたりもしたよ」

これは女のいつもの手だ。怒りと、攻撃と、報復の道順だとわかっていても、男は突き進んでいくしかなかった。知り合ったばかりの頃はそれほど欲しいと思ったわけではないのに、得るのに難しく、ややこしくなればなるほど、男は女に執着してくる自分の心の動きを持て余していた。

女の怒りは、男が自分の愚かさにうんざりして、すっかり意気消沈してしまうまで続くのが常だった。

「私は雀以外の鳥はみんな嫌い。鳩も鴉も孔雀も、鴨も」

女は子供のように、頭に浮かんだままの鳥を系統も種類もめちゃくちゃに挙げて、憎々しそうに空を見つめた。

「そうかなあ。鶺鴒《せきれい》はとってもきれいだし、鶸《ひわ》は可愛いよ。カケスだって、よく見ればなかなか鮮やかな模様を持ってる。君だって、ひばりの鳴き声は好きだろう」

「鳥はみんなやかましいだけよ。わけのわからない声で、集まっては騒いでる女学生みたい」

集まって騒ぐのは雀だって同じだろう、と反論したいのを男は飲み込んで、女の怒りに膨らんでいる胸のあたりに視線を止めたままでいる。

すっかり葉を落とした木々のシルエットが黒く翳って、公園の夕暮れは近い。枯れた芝生の上を不吉な影となって鳥がよぎっていく。

「鳴き声は別にしても、鳥は空を飛べるんだよ。羨ましいと思わないの」

男は元気を奮い立たせるように言う。

「そうかしら。翼の内側って、案外汚いものよ。生きていく必死な力みたいなものがせめぎあっていて、なんだか凄惨な感じがする。天使は別にして、飛ぶってことはそんなに素晴らしいことじゃないのよ、きっと」

女の横顔には勝ち誇ったような傲慢な笑みが浮かんでいる。

「飛ぶためには、常に翼を動かしていなければならないわけでしょ。時々、ふっと翼を閉じて、墜落してもいいと思うことはないのかしら。イカルスのように」

「確かに鳥の自殺ってあるらしいよ。理由もわからず、わけもなく落下する鳥が観測されているって話を聞いたことがある」

「きっとそうよ、鳥だって、高い空ばかり飛んでいると、うんざりするんだわ。翼を閉じて、落下するのはきっとすごくいい気持ちでしょうね」

男の肩にうっとりするようにもたれて女は言った。女の怒りが空高く消えていくのが見えた。

胸を射抜かれたまま歩く枯野かな

かけら

「十五年経ったら、ここで逢いましょう」と言ったのは私だ。再会にはお誂え向きの冷たい雨が降りしきっている。

展示場のドアは二つ。出口に立っている警備員の姿に一瞬怯んだ。怯んだ私を見つめている目があって、それが十五年後のあの人だと知れた。

目があった瞬間、十五年の歳月は解凍されて、雨が私を包んだ。あの男を葬った時と同じ雨だった。

髪も目もずぶ濡れにして立っている私の、見えない水たまりをよけるように彼が近づいてきた。あの人は振り返り、十五年前と同じ目の色で迎えた。

私たち三人は音楽の始まる前の踊り子のような足どりで展示室に向かった。

男を「ここに埋めよう」と言ったのは彼だった。あの人は最初は反対した。こんな見つかりやすい場所は危険だと言い張って譲らなかった。

「見つかったら、どうだというの」

私は立ちつくしたままの二人を嘲って言った。その言葉を合図に男たちは穴を掘った。私は最後に土くれを両手ですくって、投げた。土は黒く、重かった。

「いい土だ」

あの人はそう言って、ほんの少し膨らんでいる穴の上を歩いてならした。

「ずっと昔から、ここは最高の窯場だった」

彼は不自然なほど晴れやかな声で言った後、固く口を閉ざした。

あれから、十五年の月日が流れた。三人がこうして会えたのだから、無事に月日をくぐったというべきかもしれない。深く、固く口をぬぐって。

「鼠志野か。いい茶碗だ。久しぶりに見た」

展示室のケースをのぞきこんで、あの人は言った。初老の落ち着いた学者の声だった。

「昔から、ここにある。たったひとつの完全な茶碗だ」

彼の声は三人の中で最も高い。くたびれたワイシャツの下の小さな喉仏の形を私はよく覚えている。

二人のうしろに立って、私は再び十五年前の雨に濡れ始めている。

手を下した男たちより、見ていた私の罪は一層重い。最後の土のひとかけが葬ったものの本当の正体を知っているのは私だけなのだから。

「あなたはちっとも変わらない」

彼は左足をひきずるようにして近づくと、私の耳にささやいた。

「むしろ昔よりきれいになった」

あの人の深い声で言われると、まだ胸が震える。

「これなのね。あそこで発掘されたたっていうのは」

完璧な形の茶碗の横にあると、三センチほどのざんぐりとしたかけらは、いかにもささやかな無邪気さで置かれていた。底に残るかすかすな釉溜まりがいっかな閉じようとしなかった死者の白眼を思い出させた。

「織部かな。ほんの少し、緑色が見える」

「桃山時代だと書いてあった。あの時代に筍の意匠はまだ三つしか発見されていないはずだ」

「たった三本の稚拙な線。でも筍ね、やっぱり」

私たちは何気ない様子でごくまじかに近づき、十五年前のお互いの体臭を確かめあう。分かちあった罪の匂いを確かめあう。

「かけらと言うのはいいもんだ。心がやすらぐ」

あの人はそう言って、すでに出口の方を見ている。

「そりゃあそうだ。かけらになってしまえば、永遠にもう壊れない」

俺たちのようにとは言わず、彼は皮肉な微笑を浮かべた。

私もつられてちょっと笑ったかもしれない。それ以上は話す言葉もなく、確認しあうこともなかった。

注意深くお互いの身体をよけて、私たちはゆっくりと出口に向かった。

あのちっぽけな筍の意匠の陶片より、もろく死体は散逸したのだろうか。どんな小さな骨も、残らなかったのだろうか。確かに、あの窯はとても上手に焼いたに違いない。

挨拶もなく、視線を交わすこともなく、私たちは別々の方向に歩き出した。二度と再び会うこともないだろう。それぞれの身体をそれぞれの雨が包んで消し去った。

荒野には荒野の秘密冬苺

プール

寂しいという感情はいったいどこから来るのだろう。

早春の移りやすい日差しがプールの水に映ってきらきら輝いている。二千メートル泳ぎ続けた後のけだるさ。けれど心臓は駆け足りない馬のように興奮と意欲を残して昂進している。もっと泳ごうか。それとも山荘に帰ろうか。

木曜日のプールはがら空きで、人影はとても少ない。手持ち無沙汰なコーチが、話しかけたそうに時おりこっちを見ている。このプールの決まりの競泳用の水着を着て、髪をぴったりキャップでおおって、数人の人たちがのんびり、あるいは懸命に泳いでいる。

やっぱりこのまま帰ることにしよう。まだ日のあるうちに帰宅して、着替えたら、ゆっくり散歩をする。夕食の買出しに行く途中で、知り合いの果樹園で最後のりんごを手に入れるのもいい。夕食は到来物のハムをステーキにして、りんごのソースを添えて食べる。りんごは残ったらシナモンでカラメル煮にして、アイスクリームと一緒に食べれば素敵なデザートになる。

頭の中であれこれ想像するだけでちっとも立ち上がることが出来ない。水着から水が絶え間なく滴り、体が少しずつ冷えていく。水の包帯がほどけないうちに、次の行動に移らなければならない。迷ったり、躊躇ったりしていると、珍妙で、醜悪な憂鬱という巨大な茸が胸に生えてくる。わかっているのに、どうしても動き出せない。

目に染みるような澄んだ空。傷ひとつない、酷いほどの青空。

見上げた途端、鼻の奥がつんとして、目頭が熱くなった。真実がごく小さな羽虫のように、目の中に飛び込んできた。

このまま山荘に帰ったとしても、一週間後に街に戻ったとしても、私はずっと一人なのだ。私を待っている人はいない。ハムもりんごも私自身が食べなければ、一グラムも、一かけも減りはしない。一人で暮らすとはそういうことだ。

プールの水が反射して、陽炎が揺れている。あの人が光を掻き分けて、みごとな背泳ぎで遠ざかっていくのが見える。

かすかに耳鳴りがする。

一瞬の無用心を突いて、鉄壁に思えた平静さが崩れ、脆く取り乱してしまうまではほんの束の間だ。

ありきたりで有害な感傷を避けるために、猛烈なスケジュールをこなして仕事を済ませ、一週間の休暇をとった。時速百五十キロで高速をひた走って、まだ雪と氷に閉ざされている山荘に着いたのは昨日の深夜だった。凍える手で鍵を開け、コートを着たまま震えながら暖炉に火を入れた。夏にあの人が割った薪を無造作にくべ続け、そのまま寝入ってしまった。夢も見ないで眠り、目覚めると同時に、水着だけ持ってプールにやってきた。着替える前に、さすがに空腹で、ラウンジでミルクとトーストの朝食を摂った。不思議なほど無痛で、夢見心地なほど気分は爽快だったのに。

落とし罠はやはりあった。悲しみはこんな所で待ち伏せしていて、私を捕らえた。もう逃げることは出来ない。

耳鳴りが大きくなっていく。膨大な喪失感が私を倒すのは、時間の問題だ。

それなのに私はなす術もなく、愚かで、一途な小娘のように、不恰好な競泳用の水着を着たまま、晴天の日の真っ青なプールの片隅で、全身ずぶ濡れになって泣いている。感傷と後悔と、愛惜のぶよぶよした泣き袋となって。

枯れ木折って命何度も確かめる

花

春の到来を知らせる素晴らしい朝だった。遠くの山には雪がまだほんの少し残っているけれど、つい最近まで小さな粒々に過ぎなかった緑は、あらゆる枝や梢で羽化したばかりの昆虫の羽根のように濡れて光っていた。

林も野も山も、あらゆるところで花という花が満開になるのは、もうじきだ。雪があっという間に溶けて山開きになると、高原にも温泉にも待ちかねていた観光客がどっと繰り出す。

俺はそんな楽しい想像で頭を一杯にしながら、開店まじかな店内を歩きまわった。

店を開いて三年目の春だった。都会の不景気も影響せず売上は順調で、スタッフにも客にも恵まれ、すべてが申し分なかった。

今日の最初の客は誰だろう。男だろうか、女だろうか。それとも夕べ旅館に泊まったカップルが不味い朝食の口直しにモーニングサービス目当てに寄るだろうか。

鼻歌混じりに黒いボーイエプロンをつけ終わった俺の前を、テーブルに花を飾っていた従業員がすっと近づいてくると、すれ違いざまとても小さい声で、でも奇妙に語尾のはっきりと澄んだ声でささやいたのだ。

「子どもが出来たの。結婚して下さいね」

消し忘れたビデオの最後のシーンが急に目の前で静止したような気がした。

びっくりして振向いた時には、もう彼女は他の従業員と笑いながら話をしていた。

「そんな、ばかなこと」

俺は彼女の方に一、二歩み寄り、慌ててエプロンの紐を無造作にひっぱった。その時、テーブルの花瓶をひっくりかえしてしまった。

ガラスの砕ける音がして、水がこぼれ、さしてあった小さな花が床に飛び散った。

駆け寄ってくるボーイの後ろでちょっと微笑んでいる彼女と目があった。

地元の高校を卒業して、銀行に三年勤めていたと履歴書には書いてあった。父親は早くに死んで、母親と祖母との三人暮らし。「家ではたった一人の運転手だから、なるべく近くにいて買い物なんか手伝ってやりたくて」

歳にしては落ち着いた声で、銀行を辞めた理由を話したのを覚えている。しかし覚えているのはそれくらいで、第一印象は極めてぼんやりしていた。よく働くけれど、目立たない地味な娘だった。歳もずいぶん離れていたから、男と女の関係になった時も「父親みたいな気がするのかな」と軽く思った程度だった。

彼女に対してだけ特別不誠実であったわけではない。田舎では独身の自営業者はけっこうもてるのだ。実際、俺のように三十半ばの半分オヤジでも、若い娘の方からよく誘われた。地方では、繁盛している店の主というだけで案外魅力的なのかもしれない、といういい加減な自惚れもあった。誘ったり、誘われたり。その中の一人、というわけでもないが、結婚なんて考えたこともなかった。

開店資金に借りた銀行のローンを返せるめどがたったら、もう一軒、もっと駅近くに店をだしたい。それまでは結婚する気も家庭を持つ気もない。自分勝手な言い訳を頼みの綱のように口の中で呟きながら、振向くと、いつの間にか彼女の姿は消えていた。

「いらっしゃいませ。おはようございます」

従業員のいっせいの挨拶に照れたように馴染み客が入ってきた。

「マスター、俺が今朝、何を見つけたと思う。蘭だよ。蘭。それも野生の。収集家が見つけたら、涎を足らすような素晴らしい蘭の蕾だよ」

中学の教頭を定年退職した彼は、この辺りでは植物採集家として名前が知られていた。

「どこで。どんな蘭ですか」

「ダメ、ダメ。いくらマスターでも教えるわけにはいかないよ」

今の俺にとって、正直どんな珍種の蘭でもどうでもよかった。オーダーをキッチンに伝える時も、目立たないように彼女を捜したけれど、姿が見えなかった。

ドアが開いて、近所の別荘にいる夫婦が入ってきた。

「いい気持ち。歩いていると汗ばむくらいよ。もうすっかり春ね」

車が止まって、ドライブの途中らしい客が三、四人降りてくるのが目に止まった。まだ週末でもないのに幸先のいいスタートだ。気候がよくなると途端に客の数が増える。キッチンにいるスタッフが嬉しそうに俺に笑いかけた。

「ランチの仕込み、少し増やした方がいいみたいですね」

俺は任せるよ、という合図をして店の外に出た。中庭でテラスの準備でもしているのなら、秘密の話し合いにはもってこいだと思ったのだ。

外に出て驚いた。光の量が昨日までとはまったく違っている。まるで見えない雪に反射しているみたいに、やけに眩しい。俺は目をすがめて、畳んだままのテラスチェアを眺めた。店の名前にもなっている、山法師の木で鳥の声がした。降り注ぐ陽光の下で、もうたんぽぽの花が咲き始めている。とても静かで、満ち足りた気分だった。なんだか胸の中に暖かい湯が溜まってくるような気がした。

「店に花を上手に生けるような人がいいな」

彼女と最初にデートをした時、さりげない口説き文句として言った気がする。それからだったのではないか。彼女が家の庭に咲いている花を持ってきては、店のあちこちに生けるようになったのは。

今朝、俺が慌てて落とした花瓶にも名前の知らない小さな紫色の花が生けてあった。春らしい、可憐な草花だった。後で例の教師に名前を聞かなくては。

俺はそんな埒もないことを考えながら、しばらくテラスに佇んでいた。店の中を覗くと、いつの間に戻ったのか、彼女が笑いながらこっちを見ていた。

雲雀野に雲雀以外の影拾う

包丁

出て行く前に、換気扇のカバーの交換と、そろそろ鈍くなってきた包丁磨ぎをしていってくれというのが、妻の最後の頼みだった。

女が買ってくれた新しいシャツの腕を巻くって、油だらけの換気扇のカバーをかけ替えた。小柄な妻は脚立にでも乗らないと、換気扇に手が届かない。結婚してからずっと換気扇の掃除と、力のいる包丁磨ぎは男の仕事だった。三度目の引越しでこのマンションに住んでからは帰宅することも稀になってしまったから、とても掃除まで出来ない。一ヶ月に一度、帰るたびにせめてカバーくらいはと、引き受けていた。

「包丁はどれも、ずいぶん切れ味が悪くなっているでしょ。こんなに切れなかったら、小魚ひとつきれいにさばけない」

夫婦揃って美味いもの好きで妻はよく料理をしたから、結婚してから十五年間ずっと男は季節ごとに包丁磨ぎを欠かさなかった。

油のついた手を丹念に洗って台所に戻ると、新しい布巾の隣に柳刃と、菜切りと果物ナイフがきれいに並べられていた。その横に置かれた見慣れた研ぎ石の、自分の研ぎ癖どうりに少し擂り減っているのを見ると、さすがに男の胸は痛んだ。

結婚当初は気味悪がって生の魚に触ることも出来なかった妻が、いつの間にか夫の好物のわかさぎが出回ると、てんぷらや南蛮漬けにするために数えきれないほど、この柳刃で調理するようになっていた。

男は包丁を研ぐ手に力を込める。今の女と別れられない関係になってからも、妻を疎んじたり、嫌いになったりすることはどうしても出来なかった。そんな男の心を見透かして、女は不安と嫉妬でどんどん荒れていき、男は翻弄され深みにはまっていった。

女が少し安穏になった頃を見計らって、自宅にふらりと顔を出す。妻はだんだん責めたり、怒ったりしなくなり、帰宅した夫に機嫌よく季節の食べ物を作ってはもてなした。傍から見たら、妻と愛人が逆になったような二重生活がもう三年近く続いていた。

女は四年目に妊娠した。すぐに籍が抜けないのならせめて、妻とはっきり別居して会わないで欲しいというのが女のだしてきた最後の条件だった。

刃が鋭い光を増してくるごとに、胸の痛みも増すようだった。濁った水を捨てて、研ぎ終わった刃を透かしてみると、柳刃よりも細くやつれた妻の顔がにじんで映る。三年の歳月のうちで「すまない」とか「許してくれ」という言葉はとっくに擦り切れて効力も意味も失っていたけれど、男は習慣のように言わずにはいられなかった。

「君には本当にすまないと思っている」

女は何も答えずに最後に残った果物ナイフを渡した。

「これから路地もののトマトが美味しくなるでしょ。このナイフがちょうどいいのよ」

唯一女が結婚前に持っていたナイフだった。男のアパートで暮らし始めた時、料理に不慣れな若い妻の代わりに男は器用に柿や林檎を剥いた。するするとほどけて、長くなる果実の皮をうっとり見ていた妻の横顔が、まだその薄い刃先に張り付いているような気さえする。

丹念に研ぎ上げて洗い、一点の曇りもないほど拭いて並べた。

その菜切りで刻んだ野菜も、その柳刃で卸した魚も、そのナイフで剥いた果実も男はもう二度と口にすることはないのだった。

「いってらっしゃい」といつもの声で、泣き笑いのような顔をした妻に見送られて家を出てから、二ヶ月がたった。

腹の子が大きくなるに従って、信じられないほど女の顔は穏やかになった。今までの妄執や嫉妬はすべて芝居だったのかと疑いたくなるほどの豹変ぶりに男は驚いたり、呆れたりした。

「籍が入っていようが、内縁だろうが、私のお腹の子どもがあなたと私の子であることに変わりはないんだもの。もう何も心配していないの」

女の一転して柔和になった顔を見るにつけ、十五年間暮してただの一度もこんな充福感を妻に与えてやれなかったことを男は心底申し訳ないと思った。

二ヶ月のうちに、何度か自宅の前まで様子を見にいった。会いたいというより、ただ遠くから見守ってやりたいような気がして、しばらく門の前に佇んでいたりした。女の留守に電話をかけたことも二、三度ではなかった。

家はいつもカーテンがおろされひっそりしていたけれど、窓には花が生けてあり、庭の植木はいつも整然と手入れがされてあった。新聞が溜まっていたり、メールボックスが溢れていたりしていなかったから、変わらない穏やかな生活が続いているのだろう。外出が多いのか、電話はだいたい留守電になっていて、女の静かな声で「ただいま留守にしております」というメッセージが流れた。

二年ものごたごた続きと、別離の予行演習を経て、男の不在も一人の暮らしも受け入れる準備が妻の方でも出来ていたのかもしれない。

もともとどんなに感情が波立っても、生活が荒れたり、すさんだりすることは考えられない性格であった。寂しさも孤独も上手に手なづけて、それなりに静かな日々の明け暮れなのだろう。男は残された妻の生活を想像するにつけ、安堵と共に少し物足らないような軽い失意を味わうのが常だった。

身重の女がしきりに蒸し暑さを訴える頃になった。別れた妻の好物だった枇杷を見かけて、男がつい一籠買ってきてしまった夜のことである。

「こんな種ばっかりの果物より、私はもっと身になるものの方がいいんだけど」

面倒くさそうに皮を剥いて、女はすぐに枇杷の籠を男におしやった。確かに果肉は少なく、むしろ種の方が黒々と太って豊かに見えた。つやつやと光る種子を眺めていたら、枇杷を食べるたびに妻が子どものように種を庭の片隅に埋めていたことなどが思い出された。毎年埋めたのに、どうして一つとして芽吹かなかったのだろうなどと考えていたら、電話が鳴った。

予感は多分あったのだろう。男は警察からの知らせをずいぶん冷静に聞いていた。

「わかりました。すぐに伺います。お騒がせをして、ご迷惑をおかけしました」

そろそろ眠くなってきたらしい女がとろりとした目つきで、自分の大きくなった腹をさすっている。籠に残った枇杷を無意識にいくつか手に持って、男は立ち上がった。

五月闇というのだろうか。青黒くびっしりと取り囲まれた闇をすかして、妻が自分の研いだ包丁をゆっくりと手首に当てるのがはっきり見えた。

枇杷の種捨てて深夜の目となりぬ

エンゼルトランペット

そりゃあ、気づいてたよ。気づかずにいられるもんか。薄い壁を隔てた隣どうしだもの。しょっちゅう派手な声でやりあってた。別に聞き耳をたてなくても、手にとるように聞こえてくるんだよ。それが、一週間ばかり前からぴたっとやんで、やけに静かだった。

そろそろ旧盆だろ。二人で田舎へ帰ったのかなって、思ったよ。喧嘩をするわりにはけろっと仲直りをして、べたべたくっついちゃあ、あちこちに出かけてたからね。挨拶がないなんてしょっちゅうだもの、別に変だとも思わなかった。

表札かい。そんなものないよ。最初からなかった。引っ越してきた時からずっとね。もうそろそろ一年になる。一応挨拶には来たよ、二人揃って。カステラの箱を持ってね。真夏にカステラだよ。二、三日置いてるうちにうっすら黴がはえてね。きっと貰いものか何かだろ。まっ、あんまり気配りのある女じゃあなかったね。

ああ、一目みてすぐに、こりゃあ本物の夫婦じゃないなって、ぴんときたさ。だから表札を出さないのもうなずけたよ。今風にいえば、内縁の妻ってやつだろ。「僕が留守がちなので、よろしく」なんて言ってたけど。もうひとつ帰る場所があれば、確かに留守がちになるのも道理だよ。

四十代の終わりくらいに見えたよ。えっ、女の方はもう五十の半ばなのかい。へええ、男より八歳も年上なんて、驚くねえ。色が白いのは七難隠すって言うけど、色白で小柄だったたし、いつもこぎれいにしてたからね。爪なんかきれいに塗って、しょっちゅう美容院にもいってるみたいだった。まあ、昔から本妻より囲われてる二号の方が金まわりはいいと、相場が決まってるけど。

ふうん。離婚した前の亭主からごっそり慰謝料を巻き上げていたのかい。そりゃあ、新手の儲け口だね。

男の方が悋気《りんき》だった。しょっちゅう電話をかけてきてたよ。十回も、二十回も鳴らしてさ、煩いったらありゃあしない。ああやって、女の動静を見張ってたのかもしれない。どこへ行ってたんだ。誰といったんだ。いつ帰ったんだ、そんなやりとりが続いて、終いには、大喧嘩さ。悋気な男も好かないけど、女も女なんだよ。電話が鳴っても、出ない時があるのさ。いないのかと思ってると、すぐその後でベランダからあたしに話しかけたりするから、ついわかっちゃう。

居留守をつかうくらいなら、きれいに別れるか、はっきり愛想尽かしをすればいいんだよ。いつまでもだらだら曖昧にひっぱっておくから、こんなことになるんじゃないのかい。焦らしたり、妬かせたりするのも、程度がある。人間は誰だって、どこまでも我慢するもんじゃあないからね。怒りっていうのを舐めちゃあいけない。憎しみっていうのは、相手も自分もじんわり殺すけど、怒りっていうのは相手だけに向かう鋭くて、容赦のない力さ。加減もできないし、途中で引き返すこともない。そのくせ事が終わってしまえば、憑き物が落ちたみたいに、自分のしたことが信じられないんだからね。

つい脱線して。別に説教するつもりはないけど。ただこんなことが起こってみると、何となく予感もあったって気がするよ。男とは特に話しこんだりしなかったけど、女の方はね。やっぱり隣どうしに一年も住んでれば、通いあうものもちっとはあるもんさ。

ここは築三十年にもなるぼろアパートだけど、敷地が広いのが取り得でね。アパートの前庭は住民が区分けもせずに勝手に使ってる。若い主婦なんかはハーブっていう草っぽろや、ごてごてした園芸種の一年草を植えてるけど。年寄りはね、泥さえあれば野菜を作ったり、実のなる木を植えたりする。どんな野菜だって、花も咲くし、実がなればいい匂いがして、食べることもできる。楽しみなもんだよ。

「おばあさん、それ不思議な花ね。朝と夕方と色が違うのよ。なんていう名前なの」

ついこの間も、私が夕方水まきをしてたら、女が煙草を吸いながらベランダから声をかけてきてね。

「珍しいだろ。これは酔芙蓉っていってね。朝は白くても、夕方はほろ酔い加減でぽおっときれいなピンク色になる。植えたわけじゃあないけど、鳥の糞の中にでも種がはいってたんだろうね。自然に大きくなったんだよ」

「スイフヨウって」

女は歳のわりには植物のことなんか何も知らなくて、最初は説明してもピンとこないみたいだった。

「あっ、そうか。酔って、酒を飲んでよっぱらうことか。なるほどね。うまいことというもんだね」

自分も朝咲いたばかりの芙蓉のような白い顔で笑うんだよ。その話がよっぽど気にいったとみえて、「なるほどねえ」って、化粧っけのない顔をゆらゆらさせて、うっすら笑いながら、何度もうなずいて。それがあんまり小さな女の子みたいで、頼りなげでね。あたしは深く考えもせず、ふっと「あんた、気をつけなよ」ってどなったんだよ。煙草を持ってない方の白い腕の付け根あたりに、なんだか痣みたいなものがちらりと見えたし、男の怒鳴り声が最近ますます深刻になっているような気もしてたからね。

ありがと、って年寄りの耳にやっと聞こえるほどの返事をして、そのますすっと部屋の中にはいっちゃった。男と別れるのも遠い話じゃないって、気がした。そのほうがお互いのためって、言えないこともないけど。そうしたら女もこのアパートを出ていくだろうと思うと、ちょっと寂しかった。

年の功っていうけど。案外ダメなもんだね。もっと親身になって、話を聞いてやってれば、あんな酷い目にあわなくてすんだかもしれないのに。まあ、それもこれも、後の祭りだけどね。同じ出ていくにも、まさか仏様になって出ていくなんて。哀れなもんだねえ。

そうだった。写真を撮りたいって、言ってたね。いいよ。あの女の好きだった酔芙蓉は散っちゃったけど。この花は花期が長いからね。

すごいだろう。このあたりじゃあ、結構有名だよ。最初はちっちゃな昼顔位の苗だったのに、いつの間にかするする伸びて。最初の年には三つ、次の年には九つ。今年なんかもういくつになったのか数えやしない。まわりを蜂がぶんぶん飛んでるから、気をつけとくれ。蜂にしてみれば数え切れないほど垂れ下がってる大きな花は蜜のお城みたいなもんだからね。

へええ、エンゼルトランペットって言うのかい。エンゼルって、あの森永のキャラメルにいる天使。羽根の生えてる神様の使いだろ。トランペットぐらいあなたに教えてもらわなくても知ってるよ。バカでかい音がでる楽器じゃあないか。そう言われれば花はあの形にそっくりだね。

悪いことは出来ないもんさ。どんな非道なことをした男にでも罪の意識ってやつがあるんだね。この花を見るたびに、自分のしたことを花が吹聴してるみたいに思えたなんて。あの大きなラッパ口から、自分の罪が言いふらされているようで、気が気じゃあなかったなんて。人殺しの癖に肝っ玉の小さな男じゃあないか。

片かげり喪服の列のにじみ出て

傷跡

これ以上ないほど優美に繊細にルービンシュタインがショパンを弾く。とってもいい気持ち、まだ今のところは。どうして私がこんなふうに死ななければならないのか、その理由すら、忘れてしまいそうなほど。

あの傷痕を最初に見たのはいつのことだったかしら。多分あなたが中学二年生の時。もう十年も前になる。

洗面所にいたあなたが、セーターの腕をまくっていて傷が露になっていた。最初はそれが何なのかわからなくて、私は思わず「どうしたの」とあなたの腕に手をかけていた。

あなたのまだ少女っぽい柔らかい腕に無数に走っていた傷。薄い線状にかさぶたのあるものも、ケロイド状の島のような傷痕もあった。まだ生々しく血の色を残した二本の傷痕のことはまざまざと目裏に残って、消えることはない。

「誰にされたの」

一瞬いじめに違いないと思った。私はきっと般若のような顔になってあなたを問い詰めていただろう。私の宝物、かけがえのないものを傷つけるものは許さない。殺意に至りそうなほどの怒りの形相をあなたはとても冷静な目で見ていた。

「なんでもないわ」

「なんでもないはずないじゃないの。こんなひどいことをされて。これはもう犯罪だわ」

声をたてずにあなたは笑った。見慣れた鏡の中でその笑顔を見た時、私の人生はすっかり変わってしまった。穏やかで、平凡な日常は引き裂かれて、見たこともない地獄が見えた。奈落の淵が見えた。四十年間、一瞬たりとも疑わず信じていた世界はもうそこにはなかった。

「自分で自分を傷つけることが犯罪といえるの」

あなたは私の手をふりほどくと自分の部屋に戻ってしまった。

思春期特有の情緒不安定、潔癖な少女にありがちな一種のヒステリー。本で調べたり、人に相談すると、同じような答えが帰ってきた。あなたは夏の真っ盛りでさえ半袖の服は着なくなった。

高校受験が終われば、と私は一縷の希望をもっていた。ぐっすり寝入ったあなたのパジャマをめくって腕や手のひらをいくど確かめたかしれない。

若い肌というものはなんと雄雄しく復活し、再生を繰り返していくことだろう。傷跡はどんどん回復し、薄く、やがて細いひっかき傷くらいになって、目立たなくなる。もう内緒に検分することもない、これで最後にしようと思い定めた頃、思いがけない個所で新たな傷痕を発見する。そのたびに私を襲ったもの狂しいほどの苦悶と悲しみをどう表現したらいいだろう。あなたが自分自身を切り刻む夢を何度も見た。

怒ったり、哀願したり、脅したりした。そのたびにあなたは私を哀れむように見て、固く口を閉ざした。

あなたが自分の身体に増やしていった傷は、私の人生を切りつけて、そこからは常に夥しい鮮血が流れ続け、傷痕はぱっくりと巨大な口を開け、もう癒えることはなかった。

それに比べれば、今のこんな痛みなど何でもない。剃刀を手にした途端、昔読んだ小説を思い出した。ローマ時代、小説の主人公が自殺を決意して、血管を開けたままで宴を催す。愛した小姓に流れる血を翡翠の壷に受け止めさせて。血と同じ色の酒を飲み、歌い踊る美姫たちを眺める。体力が衰えてくると一旦血管を閉じ、詩をしたため、蒼白の顔に笑みを浮かべて自らも楽器を奏でる。宴は果て、やがて主人公は自分の身体に残った血の最後の一滴を失って、息絶える。翡翠の壷は海の底に沈められて。

美しい壷もなく、それを受け止める小姓はおろか、宴を盛り立てる踊り子もいないけれど、ルービンシュタインは衰える気配もなく、鮮やかにショパンを弾き続ける。これが私の最後の宴。時々意識が薄れて、その音色も遠ざかるけれど。

あなたは私から流失した夥しい血を見て、さぞびっくりするでしょうね。私の蒼白な顔を見て、嫌悪か哀れみか、あるいはその両方を感じるでしょう。

「お母さんは死ぬときまで、すごいうっかりで、おっちょこちょいなのね」

そんなふうに笑うかしら。横たわった巨大な傷痕と化した母親。その娘の秘めている無数の傷痕。十年の歳月をかけて増やしていったみすぼらしい、ささやかな戦果を恥じるかしら。

きっと目を覚ましてくれる。きっと悔いてくれる。これが一種のショック療法となって、あなたの自虐症を癒してくれる。対象を失なったら、もう傷を見せて満足を味わうこともなくなるのだもの。

母親だから、そんなことを願わなかったと言ったら、嘘になるわね。やっぱり。

あなたの傷のことを相談した時、「痒かったんじゃないか」と破廉恥なことを言ったおまえの父親に対してはもう怒りも、嫌悪も感じてはいません。

もう何も感じていないの。血がどんどん失われていくと、痛みと意識の他の感情も流れ去っていくものなのかしら。だとしたら、血っていうのは、魂の唯一の中身なのかもしれないわね。

さようなら。もう私には他のどんな言葉も残っていないみたい。

ゼリー食べ夏の一個の死を看取る

足のない鳥

もう龍眼は食べ飽きた。今日は雨降り。モウ・ユー。黴雨《つゆ》。香港の雨は東京に降る雨よりずっと重い。べとべとした、生暖かい雨。どんなに換気をしていても、洗面所にも台所にも汚い黴の花が咲く。九龍はどこも黴の花盛り。

もう龍眼は食べ飽きた。夏になるといつもママが剥いてくれた、日本のきれいな桃が食べたい。ねっとりと甘いマンゴスチンもジョージの好きなスターフルーツもパッションフルーツも食べたくない。金色の産毛がみっしり生えた、あのきれいな水密桃。日本の水の匂いのする果物が食べたい。

香港島まで地下鉄を乗り継いで行けば、そごうのデパートでだいたいの日本の食べ物は手に入る。果物だって野菜だって、お菓子だって。

その代わり、なんでもとても高い。ほうれん草が日本円にすると四百五十円。この前、小さな皿にちょこんと盛ったほうれん草のおひたしの値段を言ったら、ジョージは目を剥いた。

「すごい御馳走の値段だ。信じられない」

信じられないけど、本当。そごうに行けばもっと高い野菜や、果物がごろごろしてる。日本の巨峰なんて、まるで宝石のような値がついている。

「いらっしゃい。いらっしゃい」

だけどそこにはいつも日本語を話す日本人の店員がいて、東京と同じ笑みを浮かべて迎えてくれる。だから、買い物カートを押した日本人の客同士は嬉しくて、ついお互いに微笑みを浮かべて会釈しあう。

大きな買い物カートの中に、ほんのちょっぴりの日本の食べ物。レジで支払いをする時に罪悪感も感じるけど、仕方ない。そこは香港に住む日本人の大切な癒しの空間。どうしても抜かすことが出来ない、ジョージのサプリメントのようなもの。

日本の韮も、日本の葱も高すぎて買えない。夏になるとママが作ってくれた料理にはいつもどっさり過ぎるほど薬味が載っていたのを思い出して、私はよく涙ぐむ。いい匂いのする大葉、ほんのり薔薇色の茗荷、葱だって細いのや、太いのや白いのや、青いのや。

そごうで買い物をして少し罪の意識を感じている日はジョージのために、市場で黄花魚《きぐち》を買う。むっちり太った立派な黄花魚が、そごうのほうれん草の三分の一の値段で買える。

ジョージは海老でも魚でも葱と生姜を入れた湯で茹でたり、蒸したりして食べるのが好き。熱々を皿に盛って、李綿記の醤油をかけて食べる。

「いいなあ、美味しいなあ。しあわせを感じる」と必ず言う。魚のほっこり白い身を箸でつまんで満足そうに笑うと、小さな子どもみたい。福建省の貧しい家の、七人兄弟の末っ子そのまま。だけど私は香港の魚はあまり好きじゃあない。お祝いの時に必ずテーブルの真中にあった大きな目をした日本の鯛が忘れられない。

わかってるわ、ママ。私だってそんなにいつも香港と日本を比べて不満ばかり言っているわけじゃない。最初の頃は我慢出来ないことがあると、ジョージをサンドバック替わりにして怒りをぶつけてた。

彼はいつも悲しい目をして黙って聞いてくれた。どんなに怒っても、癇癪を起こしても。だから当り散らすたびに悲しくなった。だって私は彼を悲しませるために、香港に来たんじゃない。私たち、二人で幸福になるために一緒にいるのに。

でもこの間、マンダリンホテルへサンダルを買いに行った時、彼もちょっと怒った。私たちホテルの中ではいつも英語で話すことにしてる。私もジョージも確かに英語が得意じゃない。そしたらいつもぴったりくっついてくる店員が私に、北京語で話しかけてきた。

「もっと安いの、あるよ。もっと安くて、あんたにぴったりの」

とてもいやな感じの北京語だった。馴れ馴れしくて、いかにも見下した感じ。私は日本人の女の子みたいに髪を染めていないし、服もTシャツにジーパンだし、お化粧もしていないから、きっと無理して英語を喋ってると思ったのね。

「彼女は日本人だよ」

ジョージの一言で店員の態度が急変した。まったくおかしいくらい、滑稽でちょっと悲しくなるくらい。

「すいません。もっとお客様にぴったりのものがあります」

シャルルジョルダンや、ブルーノマリの靴箱を山ほど持ってきた。

私たちは香港島のピークに住むほど金持ちじゃないけど、ジョージは友達の中で一番高収入の日系の企業に勤めている。マンダリンやペニンシュラで週末にディナーを食べるくらいのお金は持っているのよ。

この時だけじゃないわ。私はどうしても日本人には見られない。市場で広東語を喋るたびに、現地の人に間違えられる。北京語で話しかけられるのなんか日常茶飯事だけど、浮浪者みたいな人に福建語でまくしたてられたりすると、ほんとにどうしていいかわからなくなる。

私だって、どこに行くにも群れて、首をかすかに揺らしながら話す日本の若い女に見られないわけじゃない。だけど、「ドルと金だけが生きがい」の広東語と英語をしゃべる香港人にはなれないし、北京語を喋る大陸からの出稼ぎでもない。福建省から出てきて、ロ―レックスをはめた腕でいつも男の腕にぶら下がっているお水でもない。

ママ、私はいったいどうしたらいいのかしら。時々ほんとにわからなくなる。

横断歩道の真中で立ち尽くして叫びたくなる時があるのよ。

「私は香港が嫌いよ。香港人も、中国人も全部嫌い。どうしてみんなタクシーにきちんと並ばないの。背中にぶつかって、足を踏んづけても謝らないの。なんにでもすぐに怒って唾を顔にふきかけて怒鳴り散らすの」

そんな時、私はマンダリンの二十四階から飛び降りて死んだレスリー・チャンの悲しみが少しわかる気がする。

「私は私、誰になんといわれても、私は私が好き」

コンサートの終りにはいつも「我」という歌を、美空ひばりが「マイ・ウェイ」を歌うみたいに歌ったレスリーの、孤独と悲しみ。

覚えているかしら、ママ。二人で日本の映画館で泣きながら観た「覇王別姫」「ブエノスアイレス」「楽園の瑕」。四十六歳になったレスリーは、「欲望の翼」という映画で足のない鳥になった時そのまま、マンダリンのテラスから飛び降りて死んだ。きれいな死に顔だった。本当に足のない鳥みたいに下半身は粉々になったけど。

私もまた足のない鳥なのかもしれないわね、ママ。ジョージと恋をして、結婚して、香港に住んでいる、二十二歳の娘。悲しくなると私が取り出す二つの深紅色の宝物。日本のパスポートと、結婚指輪の入ったカルティエの箱。

私はもし子どもが生まれたら、すぐに日本の赤いパスポートを取らせたいと思ってる。でもジョージは自分の子どもには当然中国のパスポートを取らせると決めている。口に出さないけど、わかるの、私には。

ねえ、ママ、私はいったいどうしたらいいのかしら。ここでの暮らしは、日本の生活にとても似ているけど、偽物だって気がしてならない。それは私が日本語を喋っていないことと、関係があるのかしら。

「我」、北京語では、ウォ。広東語で言えば、ンゴオ。私は私。誰に何と言われても私は私が好きと日本語で言い続けることはとても難しい。

どんなに私が毎日そごうのマーケットに通っても、私はもう日本人の娘には戻れないって気がする。お揃いのヴィトンを持って、くにゃくにゃ歩く香港人の大好きな日本の若い娘には。

福建省に生まれて、香港で働いている、ジョージ・黄（ウォン）という男を愛した時から、私は足のない鳥になって、見知らぬ空を飛び続けるしかないのかしら。

金平糖ありあまる幸福のつのつの

訃報

一枚硝子のように空は澄み切って、風が裸の梢を揺すっている。

訃報は午前九時にもたらされ、「今朝早く亡くなったそうだよ」と実家の兄は言った。

こういうのを大往生というのだろう。

満八十九歳の老婆の死。友引の後の先負。孫の運動会も隣の娘の結婚式も済んで、稲刈りの終わった田圃は休眠している。農協の旅行で揃って湯治場に出かけていた人たちも無事に帰り、それぞれの家で退屈し始めている。

通夜は翌日の夕方、お葬式は次の日の午後。

忘れっぽくなった老人のために訃報もまた、太郎柿のようにほんの少し日向の軒に吊るしておく必要がある。どんなに固く渋い死でも、そうすれば柔らかくほのかに甘く熟させることができる。

入院とは言わない。引越しとも言わない。

「あの人がいなくなって」と老人たちは口を揃える。もう二年以上が過ぎた。

息子も孫もわからなくなって、きれいなお婆さんの剥製のように、老人ホームの四人部屋にいた。

本家の跡取の他に分家が一人。嫁にいった娘が二人。

みんな帰ってきて、わずかな感傷と胸に秘めたそれぞれの罪の意識の分量だけ泣いたり、嘆いたりした。

本家の嫁である姉は泣く閑もなく働いているだろう。

送ったり、迎えたりする準備に田舎はことの他込み入った儀式や慎重な言動を要求するけれど、そんなに気を揉むことはない。お姉さん。あなたは親切で注意深く、よく気がつく。もう誰もあなたに愛情のことなど問う人はいない。

生前は枯れ木に縋りついている百舌《もず》のように鋭かった人も、今はもっと軽々と羽根もなく、言葉もなく、視線もなく、遠く遠く去ったのだから。

「私は賑やかで派手なことが好きだから、お葬式にはなるたけたくさんの花輪が欲しい。家の門からずっと、道にまではみだすくらい。どうせなら、選挙の前がいいね。あっちこっちから花輪がくるに違いないから」

老婆の望んだとおり、花輪はずらりと並び、焼香の列も長かった。

促されたらゆっくり立ち上がり、祭壇に向かって一礼する。右側の親類縁者、左側の列席者と順序を違えず頭を下げ、もう一度丁寧に祭壇に向かって手を合わせる。列席者が多いから、焼香は一度でいい。故人に一言二言、話しかけているくらいの間をとって、終わったら、礼をしてまた左右にも軽くお辞儀をする。

教わったとおりに、孫たち無事に焼香を済ませた。

平均寿命より長生きだったから、あやかるように列席者の香典返しには「長寿銭」をつける。それがこのあたりの風習。昔は「葬式銭」といって、集まった人に投げたりした。拾った金は縁起をかついで、その日のうちに使ってしまわなければならない。お葬式があると、近所の子どもたちで駄菓子屋が満員になったりした。

老婆を焼いた煙がうっすらと流れる丘の上で、曾孫の子どもたちが影を踏んで遊ぶ。

軽い箱を抱いた人を先頭に、喪服の人たちが並んで歩く。木守りの柿が野の心臓のように赤く色づいている下を通って。

やがて彼女は白い菊と故人の好きだった竜胆《りんどう》をいけた仏壇に帰り着く。

「二年前からいなくなった人」が本当に死んだという証拠はたったこれだけ。

なんだか怪しいもんだね、と言いたげに同じ歳の老婆は鉦を叩く。

野の挙るいるいとして桑残る

姉妹茸

「もしもし。お母さん、私。宅急便、届いたでしょ。アップルパイ、壊れなかったかしら。そう、良かった。崩れても、味に変わりはないけど、やっぱりきれいなままで、食べて欲しいじゃない。お母さん、昔からアップルパイ好きだったでしょ。生協でいい紅玉が手に入ったから、三台も焼いたの。お姉さんのとこ、ううん。お姉さんには届けなかった。どうせおまえの焼いたパイは甘過ぎるとか、上に杏ジャムと卵黄を塗るのがイギリス式だとか、うるさいこと言うに決まってるもの。

あっ、そう。昨日、電話があったの。また私の悪口言ってたでしょ。いくら田舎で土地が安いからって、姉妹で半分づつ買ったりするもんじゃないわね。私もずいぶん軽はずみだったわ。でもあの時はお姉さんも一ヶ月に一度くらいの別荘のつもりだったでしょ。まさか今頃になって、こんな田舎に引っ込むなんて思ってもみなかった。

私、私はずっとここにいるつもりよ。子供はみんな独立してしまったし、うちの人は仕事で海外だもの。ここはいい所よ。山も川もきれいで、野菜は美味しいし。車があれば不便なこともない。友達もたくさん出来たから、寂しくもないしね。

へええ、お姉さん、こぼしてたの。マーケットが遠くて不便だって。そりゃあ、そうね。あの人は車の運転しないから。田舎では自転車だけじゃあ、暮していけないのよ。別に私、意地悪してるわけじゃないのよ。引っ越してきた時、生協に入るように誘ったら断わられたんだもの。生協は、私とは階級が違う人たちの集団だって。今どき階級なんて時代錯誤なこと言う人いないわよ。あれじゃあ、こっちにきて友達が出来ないのは当たり前よ。

ううん。時々は行き来してるわよ。二人だけの姉妹だもの。狭い村でしょ。いろんな噂が耳に入ってくるけど、聞かないことにしてるの。気にし始めたらきりがないから。

えっ、お姉さん、椎茸のこと知ってたの。そうなの。すごいお化け椎茸でしょ。うちの裏庭で採れたのよ。友達が椎茸菌を植え付けてくれたのを忘れてたの。あれを見つけたときは驚いたわ。だって子供の傘くらいはあるでしょ。大丈夫よ。ちゃんと椎茸の味がする。バター焼きにするとすっごく美味しいの。

人の家の裏庭に生えた椎茸まで知ってるなんて目ざといわね。確かにお姉さんにはまだあげていないわ。そう、ケチだなんて言ってたの。あんなにたくさんの椎茸どうするんだろうって。よけいなお世話よ。

そう言えば椎茸で思い出したけど、お母さん。お姉さんの所から、最近いろいろ送ってきたでしょ。

送ってきてないの。変ねえ。

私の椎茸どころじゃないのよ。この間、生協の仲間で栗拾いに行ったら、いつもの山に栗が全然落ちていないの。きれいさっぱりって言うなら、もぐりの業者ってこともあるけど、枝がしなったり折れたりして荒れているし、空のいがが一面に落ちているの。私、その時ピンときたのよ。案の定、夕方お姉さんがほんのちょっぴり栗おこわを持ってきたの。「山栗だから、小さいけど、味は抜群よ」って。

ちょっとおだてたらべらべら喋ったわ。マロンペーストに、マロングラッセ。正月用の渋皮煮まで作ったそうよ。おかげで爪が荒れたって、すましてるの。いくら田舎でも他人の山に入って、保存食を作るほどの栗を採り尽くすなんて、あつかましにもほどがある。

栗だけならいいけど、問題は茸なのよ。このあたりは茸の宝庫でそりゃあふんだんにいろいろな茸が採れて、ペンションはそれを売り物にしてるくらいなのよ。でも今年に限って収穫が少ないって、こぼしてる話をずいぶん聞いたの。

犯人はお姉さんなのよ。えっ、茸採りは難しいんじゃないかって。そうよ、茸採りって、難しいだけじゃなくて、危険なのよ。一年に何人か茸で死ぬ人がでるくらいだもの。

それが不思議なのよねえ。案内してくれる人もいないのに、お姉さんたら、すごく勘がいいの。もう歳だから、山中歩き回れるはずはないのに。

私も最初は驚いたわ。車で町に買い物に出た帰りに、林道ですれ違ったの。すぐにはお姉さんってわからなかった。ほんと、お母さんにも見せたかった。あの気取り屋が、何ともけったいな格好して。ふふふ、思い出しただけでおかしくなる。鍔広の帽子の上に蜂の予防だっていう古いスカーフをかぶせて、ぶかぶかのセータにズボンをはいて。本人は忍者みたいでしょ、なんて言ってたけど、あんなに太っていて目立つ忍者がいるもんですか。むしろ自分自身が巨大な毒茸そのもの。

ねっ、笑えるでしょ。会った途端しらばっくれて、すぐ隠したけど、私、見たのよ。どこで手に入れたのか、大きな背負い籠の中いっぱい茸が入ってたの。驚いたし、ちょっと心配だったから、茸狩りはベテランの人と一緒に行かないと危険よって、忠告したのよ。

「あんたって子は昔からとろいとこがあったけど。相変わらずねえ。ベテランが新入りに易々と茸のありかを教えるはずないじゃないの」そう言って、さもバカにしたように笑ったのよ。あの人。

一昨日もお母さんに頼まれた物を持って行ったら、部屋中に、縁側の方まで新聞紙を広げて茸が広げてあるの。私の椎茸なんてもんじゃないのよ。ほんと、茸の海みたい。楢茸や、栗茸、鼠茸。私が見たこともない茸も一杯あったわ。松茸にそっくりの茸まであった。山という山の茸がそっくりお姉さんの家に集まってきちゃったみたい。壮観って言うより、ちょっと気持ちが悪かった。

これが大黒しめじ、これが釈迦しめじ、この立派な茸は布袋しめじ。三つのおめでたい三しめじが揃って採れるなんて、滅多にないことなのよ。

さんざ自慢するから「じゃあ、話の種にちょうだい」って言うと、惜しそうに、一番小さい茸をほんの一握り包んでくれたの。

狸の茶袋っていうのよ。ろくに茸料理なんか知らないだろうから、味噌汁の実にでもして食べなさいだって。バカにしてるでしょ。呆れて二の句が告げなかったわ。

「おまえはたった一人の妹だから、私がどうしてこんなにたくさんの茸を採れるのか、その秘密を教えてあげるわ。私はね、山の神様の恩寵を授かっているのよ。だから茸でも栗でも、みんな私が行くのを待っていて、呼ぶのよ。今度は春になったら、素晴らしい山菜の山をあなたに見せてあげるわ」

あんまり自信たっぷりだから、茸の中にこのあたりで一本って呼んでる猛毒な茸によく似たのがあったけど、黙って帰ってきたの。

お姉さんって昔から欲が深くて、物惜しみする性質だったけど、これほどとは思わなかった。だけど当座煮にでもして、お母さんの所へは送るだろうって思ってた。一体どうするつもりかしら、瓶詰めにして保存するのかしらね。客だって滅多にこないのに。

あら、そう。また明日電話するって言ってたのに、電話がこないの。いやあねえ、胸騒ぎがするなんて。でもそんなに心配だったら、見に行ってきてもいいわよ。椎茸でも持って。

花薄立ち泳ぎして彼方まで

山茶花日和

「お母さん、山茶花」

娘がそう言ったのだと気づいたのは、だいぶたってからだった。

「山茶花が見たいのかい」

土瓶の湯がしゅんしゅん音をたてている。じき薬の時間になると思いながら時計を見ると、まだ五時にもなっていなかった。ほんとに最近の日の短さといったら、つい心細くなってしまうほどだ。

「すぐ日が暮れるよ。おまえ、山茶花が見たいんだろ」

寝室の障子をわずかに開けて、もう一度声をかけたけれど返事がない。近々と顔を寄せて見ると、娘はいつの間にか眠っているのだった。ついさっきまで熱で火照っていた額に手を触れてみたら湿り気を帯びて、驚くほど冷たい。慌てて障子を閉め、暖房をつけようと立ち上がった。

「お母さん、どこに行くの」

うっすらと眼を開けて私を見上げる顔が、子供の時そのままのあどけなさだった。

「寒くないかい。冷やすのが一番悪いって、お医者様も言っていただろ」

「大丈夫。あったかいよ」

微熱にうるんだ声で、せいいっぱい元気そうに言う。そんな様子が運動会の日に寝込んだ小学生の時のようで、いじらしさとせつなさでついこっちまで涙ぐみそうになる。

「山茶花を見るなら、障子を開けるけど。いいかい」

「もう見た。夢の中でずっと見てた。白い山茶花。散る時にはちょっと赤い花も混じっていたけど」

枕元に座り直したものの、むきあってお喋りを続けるのも辛いので途中だったほどき物を膝に取り寄せた。

「それ、何。きれいな模様ね」

「きれいだろ。もう私には派手だから解き直して、おまえの半纏にでもしようと思って。

「見せて」

「みんなほどいてからにした方がいいよ。糸が散らかる」

流産くらいでこんなに痩せるものかと怪しむほどやつれた顔をかすかに歪ませるようにして、娘は笑う真似をする。いつからこの子は笑う時に、苦しいような顔をするようになったのだろう。額にはりついた髪がまるで切りつけられた深い傷のように見える。

「着物の柄、牡丹みたいに見えるけど、芍薬なの」

「多分牡丹だろうね。蕾の形からすると」

「私にだって、派手すぎるんじゃないの」

娘は少し顔を背けるようにして、かすれた声でいう。朱や紫や、鮮やかな色に眼を凝らすだけで、消耗するのかもしれない。子を産むことは勿論、女にとって命がけのことだけれど、子供を失うこともまた、女にとって命を半分にしてしまうような大事には違いなかった。

着物をほどく手に思わず力がこもる。もともと縁のない命ならば、最初から授けなければいいものを。神様もずいぶんわけのわからない酷ななさりようをする。たった二ヶ月しかいなかった孫の気配を、やつれた娘のどこにも捜しようもなくて、手にした牡丹の柄を無闇にきつくたぐりよせる。

「寝ている時、山茶花がひたりひたり落ちている音がずっと聞こえていたの」

昔から庭には山茶花の木が二本ある。一本は真っ白で、もう一本は薄い桃色に濃い差しのような紅の斑がある。どちらも最近咲き始めたばかりで、花びらが散るのはずっと後のはずだ。

「昨日の今頃は、山茶花の木の下に猫がいた。お隣のミイかしら。背中に斑があるきれいな三毛猫」

娘が嫁いでから一ヶ月ほどして、隣のミイは死んだ。近所で他に猫を飼っている家もないから、野良だろうか。それにしても三毛猫なんて、最近じゃあ滅多に見かけることもないけれど。

「猫の舌ってピンク色で、ちょっと湿っていて、ちょうど山茶花の花びらみたいよねえ」

娘は嫁ぐ前はどちらかというと無口なたちだったのに、流産して帰ってきてから、こんなふうに突然お喋りになることがよくあった。

「お母さん。近くで落葉焚きでもしてるのかしら。火の匂いがする。ちょっとけぶったような、薄紫の煙が部屋にも一筋入ってきてるみたい」

解き物の手を止めて部屋の中を見回しても、もとよりどんな匂いもしなければ、煙の入ってくるはずもない。

「吐き気がするんじゃないの。背中をさすってあげようか」

「吐く物なんか、もう何もないはずだけど」

娘はうっすら笑いながら、自分の平らな腹のあたりをうかがうように見つめる。私としたことがなんと無神経なことを言ってしまったのだろう。

娘は流産をしてから食べ物をどうしても受けつけなくて、ちっとも体力が戻らなかった。お腹の赤ん坊を養わないのなら、もう栄養など必要ないと決めたように、食べたものをその都度吐いて、どんどん衰弱していった。

「じき薬の時間だから、その前に出来たら少し口に入れた方がいいんだけど。食べれるかい」

娘の顔が自分でも情ないといったふうに寂しそうに歪む。

「吐いてもいいから、食べないとね。ちょっとは、栄養の足しになる」

土瓶をおろし、作っておいたお粥を温め直しておいて、膳の用意をした。

「きれいなお粥ね。菜の花が咲いているみたい」

「ちょっといたずらをして、サツマイモと大根の葉を散らしてみたんだよ」

ほんの一杯軽く盛っただけで、お粥の湯気と米の匂いに娘がおじけたようにかすかに眉を寄せたのがわかった。

「口がさっぱりするから、一口菊なますを食べてごらん。昔から大好きだったじゃないか」

薄い膝を柔らかく畳んで、娘はこわごわ菊なますの入っている小鉢に箸を伸ばす。

「お酢がきつすぎたかもしれない。歳をとってくると舌がめっきり鈍くなって、料理は失敗ばかりするんだよ」

ほんの少しでも食べさせたいばっかりに、作る方が思いつく限りのいいわけを言う。こんなふうに無闇に甘やかさない方が娘のためにはいいのかもしれないが、どうしても以前のように叱ったり、嗜めたりすることが出来ないのが、我ながらじれったかった。

お粥をすくっていた木の匙をことりと置いて、それがもう食事の終わるしるしだった。

「庭に鳥がきてる。鵯かしら、ひよどりかしらね。元気のいい声でさえずって」

暮れ始めた庭はしんと静まって、鳥の声は勿論生き物のどんな気配も感じられなかった。

「枯れて葉は落ちているけど、まだあちこちに木の実が残っているからね。鳥には大御馳走だよ」

「あんな小さな体で、どのくらいの木の実を啄ばむのかしらね」

ほとんど重さの変わらない膳を下げて戻ってくると、娘はうとうと眠り始めていた。

鳥の食事ほどの量でも少しは体にいいのかもしれない。わずかに赤みのさした頬や、うっすらと開いたままの白い唇をしばらく見つめていた。里帰りして七日、母になれないと決まってから、この子は少しづつ嫁ぐ前の娘の体と心に戻っていっていくように見える。

「お母さんの膝のあたりに散らかっているのは、糸くずなの。風花みたい」

まるでほどき物の糸のように娘の眠りはいたずらに浅く短く、かえってそれでは体を消耗させてしまう、と気がもめる。

「風花ねえ。笠山の方はずいぶん時雨れて、じき雪でも降ってくるかもしれないけど」

風花でも初雪でもみぞれでも天から降ってくる白いものはうつつのことを何でも幻にしてくれる。たった半年前の婚礼も、その三ヶ月後の流産も。みんななかったことにするのも今なら存外容易いかもしれない。
「もう夕方ね。今日も山茶花日和のいい一日だった。お母さん、人間ってこんなふうに、一日一日生き延びていくものなのねえ」

母の家いっさんに暮れ柚子明かり

雪 走る

「あら、雪が降りはじめたみたい」

「そうかい。こっちはまだ降ってはいないけど」

「じき行くわ。とても早く走っているから」

言われてすぐ外を見たけれど、灰色に閉ざされた冬空からは雪も風花もやってくる気配はない。受話器を持って庭に出てみると、頬が痛くなるほどの冷たい風が吹いている。

「一人なのかい」

「そうよ。私はいつだって一人よ」

軽くて澄んだ笑い声がとても近くで聞こえる。庭の裸木を透かして思わず姿を探してしまいそうになる。そんなはずはない。特急に乗っても二時間はかかる遠い町にいるはずの人である。

「そんなに早く走っているなら、雪に乗っておいで」

「だめよ。途中でとけちゃうわ。春の雪はとてもはかないのよ」

春の雪よりももっとはかない僕らの関係。あれほど好きで、何もかも捨てて一緒になろうと思いつめていたのに。齟齬や誤解が重なって、逢えばお互いを傷つけあい、幻滅と憧れと悔いとに引き裂かれて。それでも別れられないまま、気がつくと二人の関係はこんなに遠く淡くなっていた。

「すごい勢いで降ってるのよ。あっという間に窓の外はまっしろ」

降りしきる雪を見つめながら何を思っているのだろう。まっしろに消去されていく世界の中で、彼女が小さく小さく見える気がして、やはり心が騒ぐのだった。

「何かあったんじゃないだろうね」

「どうして。別に何もないわ」

「彼は帰ってきているんだろ」

「ええ。戻ってきて、また出て行ったわ」

「じきまた帰ってくるよ。寂しいのかい」

「慣れたわ。一人にも、二人にも」

かすれた少しなげやりな笑い声。普通の女なら泣き叫び取り乱す時に、彼女はいつもこんなふうに笑う。乾いた短い笑い声を何度聞いたことだろう。

「春になったら、逢いに行くよ」

「そんなに長く待ってない。その前に死んじゃうわ」

死んじゃうわ、と澄んだ声で笑うくせに、怒りに声を震わせる時には大きな目から熱い涙をとめどなく流す。呆れるほど無邪気で傲慢で。強くて、脆い。霙のように冷たく、風花のようにはかない。

やはり愛しい女なのだった。

「それじゃあ、すぐにこれから逢いに行くよ」

ささやくように言ってから、あまりの寒さに部屋に戻って窓を閉めた。妻の丹精した水栽培のヒヤシンスが青い瘤のような蕾を膨らませている。顔を近づけるともうかすかに甘い香りがする。じきに星のような花をいっぱい開かせるだろう。彼女の住んでいる所より、こちらは春が一ヶ月は早い。

「あら、急に雪、やんでしまった。ついさっきまであんなに降りしきっていたのに。はかないものねえ。それともあなたのいる所へ走って逢いにいったのかしら」

春泥や轍にそって別れたる

花の雨

形容や比喩ではなく、本当に花の匂いのする雨が降っていた。マンションの中庭には誰もいなくて、子どもを遊ばせるためにいつも若い母親がたむろしているベンチには濡れた影だけが横たわっていた。

夕方になるとそれぞれの犬や猫を連れてやってくるペット愛好家の姿もなかった。ただ雨だけが花の匂いをさせて、中庭に集まっていた。中央にある大きな沙羅の木はまだ芽吹きが始まっていないけれど、レンガとタイルで囲まれた花壇には菫と水仙が満開に咲いている。地上五階の丘の上にある庭とはとても思えない植栽があちこちでうっそうとした影を作り、エレベーターホールに続く歩道の両脇にともされた明かりが不思議な果実のように揺れていた。

何の花の匂いなのだろう。咲き残りの沈丁花だろうか。咲き始めた木蓮だろうか。それとも花によく似た樹木の芽吹きの匂いなのだろうか。

「こんばんは」

青やグレーの影になって、何人かの人が傘の中から挨拶をして行き過ぎる。勤め帰りの男の人も、買い物袋を提げた人も、みんなそれぞれの部屋に急ぎ足で消えていく。「ただいまあ」という声や「おかえりなさい」という声が聞こえて、次々と明かりのともる部屋が増えていく。

「こんばんは」

通り過ぎていく影も、細く流れる声もみな一様に優しげに湿っているのは、中庭に降りそそぐ暖かい雨のせいに違いなかった。

どこの棟からか、一人の幼い子どもが走り出てきて立ち止まった。

「おばさん、熊ちゃんが濡れてるよ」

雨の降る夜のベンチで、もう若くない女がぬいぐるみを抱いているのは不思議な光景だったに違いない。

引越しの支度はみんな終わって、たった一つ残ったものを捨てに出てきたのだと、子どもに説明することは出来なかった。

「熊ちゃん、泣いてるみたい」

湿った毛におおわれたぬいぐるみは確かにとても悲しそうに見えた。

「その子、なんていう名前」

おそるおそる近づいてきて、私の顔を覗きこんだ。

なんていう名前だったろう。もうはっきりとは思い出せない。プーだったか、フーだったか。プンだったか。まだ二歳になったばかりの娘は口が遅くて、発音できる音もごく限られていた。

娘と別れる時、なぜこの熊を隠して渡さなかったかよくわからない。手元に残したからといって抱いたり、触ったりしたこともないのに。あんなに幼かった娘も今では言葉もはっきり喋り、歌を歌ったりするのかもしれない。ピアノだって弾くかもしれない。

「ばいばい、熊ちゃん」

子どもは傘を斜めにさして駆け出していく。中庭のベンチに座っているのは私ではなく、熊のぬいぐるみだけだったように。

いい匂いのする雨が降り続けている。髪も膝も濡れ続けるけれど、ちっとも寒くない。マンションの明かりがにじんで降りてきて、ここはまるで賑やかな湖のようだ。

「こんばんは。いい季節になりました。暖かい雨だ。植物にとっても慈雨ですな」

作業服を着て、帽子をかぶった初老の男性がためらいがちに隣に腰をおろした。

「煙草をすっていいですか」

うなずくと、ポケットの中から煙草を取り出して後ろを向き、器用に火をつけた。

「雨の日の煙草は美味い。吸いますか」

首を振ると、横を向いて煙を吐いた。

「煙がいやじゃなかったら、ちょっとお喋りをしていいですか」

煙草の匂いのする男の人とこんなに近くに座るなんて、ずいぶん久しぶりだった。銘柄は知らないが、なんだか夫の吸っていたのと同じ匂いがする気がした。

「ここはいいマンションですな。駅から遠くないのに、静かだし。何よりも緑が豊かだ。以前の城跡だそうですよ」

正門を抜けると緩い傾斜のある坂道に桜並木が続く。マンションを買う際の宣伝ビデオを見て、夫はここがすっかり気に入ってしまったのだ。

「だけど私はこのマンションの住人じゃあない。去年いっぱいまで、管理人として働いていただけで」

男の人は帽子を脱いで膝に丸めると、十五階建てのマンションを下からずっと、ゆっくり見上げた。

「早いもので、ここが建ってからもう丸三年になる。植木もずいぶん大きくなって。中庭にある芝生もみんなわたしらが丹精したもんです」

花水木、山法師、紫陽花。梔子、牡丹、夏椿、芙蓉、百日紅。

男の人はまわりを見回しながら小さな声で花や木の名前を呟き続ける。

「奥さん、ここはとっても住みやすいでしょう。静かで、安全で、便利で」

ここは私にとって、悲しいことばかり次々と起こる不吉で寂しい場所だった。裏切りと別離。孤独と虚しさ。春が来ても、夏が過ぎても、短い秋も長い冬も私は泣いてばかりいた。目を覚ましては泣き、夜も泣きながら眠った。いつもいつも一人ぼっちだった。冷たい湖の底にいるような二年の月日だった。

三年目に湖の底から出てみると、中庭には明かりがともり、いい匂いのする雨が降っていた。

「ここの勤めを辞めても、時々こうして散歩の途中に寄ってみたくなる。ああ、私の面倒をみた木がどんどん大きくなる。また今年も花が咲く。ここに住んでいる人たちは何ごともなく、平和に楽しく暮している。子どもは成長し、また赤ん坊が生まれ、年寄りも元気で歩きまわっている、ってね」

確かに他のマンションなどに比べると、引越しは少ない方かもしれない。管理棟の掲示板に「訃報」の紙も滅多に見かけない。事故も火災も、盗難もない。住人はエレベーターでも、玄関でも中庭でも、会えば必ず穏やかに挨拶を交わしあう。ここに住む者どうし、祝福と喜びを分かちあっているという暗黙の合図のように。

「ここで吸う煙草はいつも美味い。特に今日は隣にあなたのような人がいて」

煙草の灰を落としていた小さな携帯用の灰皿をポケットにしまうと、男の人は少し名残惜しそうに立ち上がった。

「優しい春の雨ですが、あまり長く濡れていると、体に障りますよ。私もそろそろ退散しよう。おやすみなさい」

男の人の姿が消えてから、隣に置いていたぬいぐるみを引寄せるとぐっしょり濡れていた。

「だけど、もうちょっとだけここにいることにしようね」

すぐに立ち上がったとしても、ぬいぐるみにはダスターシュートの暗い闇が、私にはここで迎える長い長い最後の夜が待っているだけなのだから。

もう少しだけ濡れ、もう少しだけ冷たくなって。いつの間にか私自身も、ここに植えられている無数の樹木のように、いい匂いのする雨がしみてくるまで。

心奥に白蓮の散る部屋のあり

信仰

ダマスク織りのテーブルクロスには薔薇の模様が浮き出ていて、よく磨かれた銀器が優雅な武器のように並べられていた。

「よくおこし下さいました」

マダムの手首は冷たく、そっと指先をそろえて握ると死にかかった魚のように細い骨の触感が残った。

「アペリティフを、どうぞ」

リキュールグラスには午後の光がたゆたい、無理やりのように押し付けられたそれは、かすかに薬草の匂いがした。

「素晴らしいお住まいですね」

改めて部屋の中を見回したあと帽子を脱ぎ、勧められた椅子に座った。

マダムは微笑まない。

束の間放心している細い横顔は、散るのを待っている白木蓮のようにわずかに傾いている。

コンソールの上に置かれていた象牙色の手袋がかすかな音をさせて床に落ちると、それがまるで墜落した鳥の死骸のように見えて、私は思わず目をそむけた。

「どうして、あの子は死んだのでしょう」

マダムは火のついてない煙草を指にはさんだまま、呟きのような声をもらした。

「あんなに若くて、命に溢れていたのに」

膨らんだカーテンの隙間から、春の清々しい風が入ってくる。満開のリラの花と新緑の香り。そして成熟した美しい女性の肌の匂い。なんて美しい部屋だろう、と私はもう一度ゆっくりと視線をさまよわせた。この甘美な部屋のどこかにマダムの質問の答えを探しているかのように。

「寂しかったから。悲しみに耐えられなかったから。そうなのかしら」

「そうかもしれません。きっとそうなのでしょう」

私は黒い服を着たメイドの女からコーヒーを受け取った。

「紅茶を準備しておくように言ったのに」

メイドが立ち去った後、マダムは申し訳なさそうに詫びた。

「告別式から帰ってきて、コーヒーだなんて」

しかしマダムの非難とは反対に青と金色の美しいカップに並々と注がれたコーヒーは素晴らしい香りがして、一口飲んだだけで、心をうずかせるような甘さと苦さで口の中を一杯にした。

「あの子が死んだなんて、私にはどうしても信じることができないんです」

煙草の吸いすぎなのだろうか、マダムの声はまるで三日三晩泣き明かしたようにしわがれてかすれている。雇っていたメイドが自殺したくらいで、それほど嘆きが深いとは到底考えられないことだけれど。

「お気持ちはよくわかります。それでなくても、若い者の死というのは常に周囲の者にショックを与えます。自殺などという衝撃的な場合は特に」

四月の埃っぽい戸外を歩いてきたせいで、私はとても喉が渇いていた。口の中はまだ芳醇な香りが残っていたけれど、喉も口腔もさらなる乾きを訴えていた。私は我慢が出来ずにもう一度、今度は少し大きい音をさせて空になってしまったカップを皿に置いた。静かな部屋に響く音を聞きつけたマダムかメイドがおかわりをくれるかもしれない。少し行儀が悪いけれど、私はそれほど喉が渇き、私の口腔はあの熱くて、素晴らしい香りのするコーヒーを切望していた。

コーヒーだけではない。私は常に美味なるものに我慢することが出来ない性分だった。それは神に仕える僕であるはずの私の、どんなに深い信仰をもってしても克服しえない悪癖であった。

そのことをあの娘は、あんなに若くて無知だったにもかかわらずすぐに見抜いてしまった。それだけではない。あろうことか自身の愚かな欲望のために利用さえしたのだ。誘惑というのは、神に仕える者に対する明らかな冒涜ではないだろうか。娘の死は一つの償いに過ぎない。

「あの娘がいくつだったか、ご存知でしたか」

マダムが震える手で煙草を置いた時、白い灰がまだ口をつけていないカップの中にふわりと落ちるのが見えた。

幾つだったのだろう。ついに彼女の口から聞き出すことは出来なかった。最初は二十歳、次に会った時には、十九歳。あれ以上逢い続けていたら、どれほど若くなっていったことか。それひとつとってみても、なんという嘘つきで、危険な娘だったことだろう。

「誰も知らなかったのではないでしょうか。恐ろしいこと。あの子はまだ十六歳にもなっていなかったのです」

私は驚きを装わなければならなかった。確かに手首や脚などにまだ育ちきらない少女のような硬さが残っていた。けれど、その硬さや幼さを忘れさせるほどの芳醇な蜜が、肉体のその他の部分には充分過ぎるほど湛えられていた……。

「なんということでしょう。死んだ翌日が娘の十六歳の誕生日だったと、母親が言っていました」

「あの娘に、母親がいたのですか」

喪の悲しみでさえ損なうことのなかったマダムの洗練された優雅さが一瞬消えて、見たこともない粗野で凶暴なものが顔を覆った。葵色に煙った瞼の隙間から残忍そうな光が漏れて、すぐに消えた。

「世の中に母親のいない娘などおりませんわ」

マダムの声には元のかすれたけだるい雰囲気が戻っていたけれど、私はなぜか身震いを止めることが出来なかった。

「失礼を致しました。私はただ、告別式にお見かけしなかったものですから」

告別式の間中、いい知れぬ安堵と神のご加護をずっと感謝し続けていた私は、参列者の中に娘に先立たれ、悲しみにうちひしがれた老婆の姿など捜そうなどと夢にも思わなかった。

私は出てもいない汗をぬぐうようなそぶりをし、もう一度空になったカップを恨めしそうに見た。もう一杯だけこの素晴らしいコーヒーを飲んだら、辞去することにしよう。娘の勤め先とはいえ初めて会ったマダムの家になど、誘われるままついてくるべきではなかったのかもしれない。

「私としたことが、なんという気のつかないことを」

マダムが傍らにあった鈴を鳴らせるとすぐに、メイドが新しいカップに注いだコーヒーと美しく盛られたフィンガーサンドイッチを持って現れた。

琥珀色に湛えられたコーヒーを私は貪るように飲んだ。飲んだ途端、ふと今までとは全く異質の香りが混じっているのに気づいた。同時にこんな場合は銀のポットからおかわりを注ぐはずなのに、と頭の片隅でちらりと思った。

思ったと同時に、私の視野は大きく三角形に崩れ、崩れた部分の空白に思いがけない言葉が降ってきた。

「奥様。本当にありがとうございました。おかげで娘の仇をうつことができました」

黒いメイドの服を着た女の裾が崩折れた私のそばに跪くと、静かな声で答えた。

「いいのですよ。正当な怒りは、信仰と同じ力をもっています。この男は当然の報いを受けたのです」

さえずりに押されて崖の見ゆるまで

五月の迷子

「あたし、また迷ってしまったみたいなの」

電話から聞こえてくる母の声は心細いとか困ったとかいうのではなく、おもしろがっているような、半分甘えているような弾んだ声だった。

「どうして。なんで迷うことがあるのよ。うちはバス停からたった二分の距離なのよ。ちょっと歩けばもう屋根が見えるような所で、どうして迷うって言うのよ」

お母さんだってまだ七十五歳で、それほど呆けているわけじゃないでしょという言葉をかろうじて呑み込んで、私の声は刺々しくなる。

「だからさ、うちの近所の豆腐屋でがんもどきでも買おうかと思って。ひとつ手前のバス停で降りたんだよ」

私の苛立った声に怯んだのか、母の声は少しづつ勢いを失っていく。

「ひとつ手前っていったって、ずいぶん距離があるじゃないの。それに豆腐屋はバス通りとは全然方向が違うのよ」

「そうなんだよ。捜したけど、ちっとも見つからなくて。おまけに来たこともないような狭い通りばかり続くもんだからね」

「それで、今どこにいるのよ。何か目立つような建物とか、商店とかないの」

「ああ。質屋があったよ。東京のこんな下町の目立たない場所にまだ質屋があるんだねえ。ちっちゃな裏門の脇に、竹が何本か植わってて。ふふっ。まるで昔の待合みたい」

母の暢気な声を聞き流しながら、私の頭の中では見知っている路地や、通りの情景が慌しく点滅している。質屋なんて近所にあっただろうか。

「他には何かないの。広い道とか。公衆電話の近くに住所表示があるものだけど」

「表示。ひょうじねえ。見つからないよ。あっ、あんな所に猫がいる。大きな三毛猫だねえ。おまえ、知ってるかい。雄の三毛猫っていうのが世界中で一番高い猫なんだよ。百万円はするんだってさ」

どんなに貴重で高価な猫でも、動くものは住所の決め手にはならない。私は腹がたつのを通り越して、真剣に心配するのがばかばかしくなってきた。

迷子になるのはこれが最初というわけではない。故郷で父が死んで、心細がる母親を嫁ぎ先の東京にひきとって半年、母親の迷子騒動はもう十回以上になる。

心配していたより早く街の暮らしに馴染んで、病院へ通ったり、公民館主催の老人会に出席したりと、存外外交的なので、ひとまず安心していたのだ。

最初迷子になったのは友達の家へ訪問した帰りだった。次はデパートに買い物に行った時。すぐ隣町の接骨医院に通院した際には、三回に一度は迷った。不思議なことに決して、行く時は迷わない。かなり遠方でも、いくつか乗り物を乗り継ぐ場合でも、こちらが驚くほど効率的に目的地に着く。それなのに、帰路にだけ三度に一度は必ず迷う。

「多分、近くまで来ると気が緩むんだろうね」と本人の言い訳は決まっている。

「ここから花水木がきれいに植わってるのが見えるよ。白とピンクと互い違いに。この花、アメリカ生まれなんだってね。花が揃って上向きに咲くだろ。これはアメリカじゃあ、花をバルコニーから見下ろすからなんだって。いつかテレビで言ってたよ」

母の様子を見ていると、本当に迷っているのか怪しいものだと勘ぐりたくなる。ただちょっとふらふら、あっちこっち歩きまわっているだけではないのか。母親の声にはいつも全く緊迫感がなく、むしろ家の茶の間にいる時よりゆったりとくつろいでいるようにさえ聞こえる。

「花水木の街路樹が続いているのね。そのすぐ側の公衆電話なのね」

だとしたら、近所の小学校の先かも知れないと、だいたいの見当をつける。

「まっすぐ行くと小学校があるでしょ。そこから門が見えない。大きな桜の木があるはずだけど」

「桜。桜ねえ。もうとっくに花は散っちゃってるから、桜かどうかなんて、遠くからだとわかりゃあしないよ」

「だって、小学校が近くにあれば、校内アナウンスとか、いろいろ聞こえてくるからわかるじゃない。ねえ、何か聞こえてこない」

「ううん。静かなもんだよ。だあれもいない。何の音もしないよ。ああ、向かいの家の藤の花が散ってる。しずこころなく、花の散るらん。今年は花見らしい花見もしなかったけど、春も逝っちまうね」

何がしずこころなく花の散るらんだ。迷子になるたびにそれでなくても坂の多い、細い路地の入り組んだ道を自転車で探しまわるこっちの苦労も少しは考えて欲しい。

「お母さん。いろいろ歩き回って疲れていない。心臓は大丈夫なの。これから捜しに行くから、動かないでそこで待ってて」

「動かないでって言ったって、おまえ。ここには何もないんだよ。公衆電話の中は暑いし、腰掛ける所もないんだから」

動くなと言っても、必ず母は動くのだ。それもわざとのように私の行く反対の方に。見つけにくい細い路地へ。行き止まりの私道の奥へ。

「おまえを迎えに行くつもりだったんだよ」

私が責めると、必ず言い訳を言う。迷子のくせに、迎えに行くもないものだ。怒れば半べそをかきながら、東京の道はどこもそっくりだと愚痴をいう。そのくせ一度雨が降り出してきた時に、タクシーの中から濡れ鼠になって自転車で捜しまわっている私に声をかけてきたこともある。運転手に自宅の方角を告げる才覚があるのなら、どうして誰かに聞いて帰ってこようとしないのか。

「でも、おまえ。まだ日暮れまでには時間があるし、そんなに焦ってこなくてもいいよ。多分、近所で会えると思うから」

まるで私の心を見透かしたように、のんびりした声を最後に電話は切れた。

確かに今時分が一番日暮れが遅く、町はいつまでも明るい。家々の門灯がともされる頃になっても、路地には黄昏のほの青い空気が漂っていたりする。

私は大急ぎで戸締りをすると、自転車に乗って家を出た。母が言ったように五月の夕暮れは不思議なほど明るく、うっすらと水が満ちてくるような静けさにつつまれている。人気のない歩道が青海波《せいがいは》のように続き、あちこちには紫陽花の大きな株や、梔子の木が巨大なマリモのように鎮まっている。

私は母の着ていった服と同じ色を見るたびに、路地から路地へと自転車を走らせる。もういくつ花水木の道を過ぎたことだろう。

うっそうとした五月の庭や、ほの明るい路地を過ぎるたびに、私は帰り道にだけ決まって迷子になる母親の気持ちが少しだけわかってくるような気がしてくる。

多分母親は、あまりやすやすと帰ってきたくないのだ。まっすぐ、素直に娘の家に帰ってくるのが嫌でたまらないのだ。道を尋ねるのでも、助けを呼ぶのでもなく、ただ私に念を押したいだけなのだ。

「私はそこへ帰っていいのかい」

「私の家は確かにそこなのかい。おまえは私が帰るのをほんとに待っているのかい」

ひときわ目立つ泰山木の前まで来て私は急ブレーキをかける。大きな卵のような白い花がぼおっとかすんでいる下で、立ち尽くす母親の姿を見たような気がして。

草臥れて陽炎は母に突き当たり

温泉

「まあ、さようでございますか、以前にもお嬢さんとお越しいただいたことがあるんですか。ありがとうございます。いつ頃のことでございましょう。二年前の秋ですか。それじゃあ、新館が出来てからは初めてでございますね。ええ、本館はすっかり古くなりまして、じき五十年になります。当時はエレベーター付きのハイカラな旅館でございましたが、なにぶんにも、戦後まもない頃の建物ですから、老朽化が目立ってまいりまして。

はい、女将も最初はみんな建て直すつもりでおりましたが、ご贔屓のお客様から泊まり慣れた部屋がなくなるのは、惜しいという声があって思いとどまったのでございます。隠居したとはいえ、先代もまだ健在なものですから遠慮もあったのでございましょう。

今日お泊まりいただく新館は、去年新しく建てたものです。この辺は峡谷が多いので、土地はぎりぎり崖のすぐそばまで使わざるを得なくて。構想からあしかけ三年という大工事になりました。おかげで新館の景色はとびきりよくて、お客様には皆様ご満足をいただいております。春の新緑や山桜もよろしいのですが、やはり圧巻はなんといっても紅葉の頃でございますね。私どものように毎日働いている者ですら、ときおり仕事の手を止めて、見惚れることがあるくらいです。峡谷を流れてきた水が渦巻いて青い淵にそそがれ、そこに紅葉が次々と巻き込まれていくのを見たりすると、きれい過ぎてちょっと怖いくらいな気持ちが致します。

まあ、とんでもありません、口宣伝が美味いなんて。ほんとに、実感でございますよ。これからご案内する「蛍の湯」からも、存分に今や盛りの紅葉がご覧になれますから、是非お湯だけではなく、景色も一緒にご堪能下さい。

申し遅れましたが、温泉の説明をさせていただきますと、お湯は弱アルカリ性で、胃弱や婦人病にも効能があると言われています。源泉からじかにひいているので湯の量も豊富です。以前にもお越しいただいたのなら、ご存知だと思いますが、ここは特に「子宝の湯」として有名で、不妊症の治療に効くといわれております。

ふふっふ、お客様、ご冗談を。「不妊症の治療に親娘で来ても、しょうがない」なんて、おかしなことをおっしゃいますね。そういう方は勿論、ご夫婦同伴と決まっております。まあ、こんなご時世でございますから、子宝に恵まれたりすると後々面倒なことになるカップルも中にいらっしゃるご様子ですけれど。

お足元にお気をつけ下さい。もうじきでございますので。はい、誠に申し訳ありません。本館からご案内すると、かなりの距離を歩いていただかなければならないのが、当旅館の唯一の欠点でございまして、お歳を召したお客様には、お勧めするのも心苦しゅうございます。

まあ、見事な風呂敷でございますね。紅葉に山水。光琳の絵のような美しい縮緬で。お荷物、お持ちいたしましょうか。あっ、そうですか。本当にどうぞ、ご遠慮なさらずに。お客様は、何か和服をお召しになるお仕事でもなさっておいでですか。いえ、別に。詮索しているなんて、滅相もない。ただそんな立派な風呂敷にお着替えを包まれているお客様も初めてですし、宿の浴衣もそりゃあお似合いになるものですから、もしかしてお着物を着慣れていらっしゃるのか、と思っただけで。とんだ失礼を申しました。

いまどきは、若い方は勿論のこと、けっこうお歳を召したお客様でも、平気で左前に着て、どてらを肩にかけたまま、まるでどこやらの女親分のような様子の方もいらっしゃるのでございますよ。それに比べて、お客様はすらりとした肩といい、腰といい、浴衣の柄の萩の花のようで。まあ、とんでもない、お世辞だなんて。私は心にないお愛想は滅多に言えない性質でして。

ほら、あそこ。ご覧下さいませ。ちょうど松にからまった蔦が紅葉しているあたり、湯煙がたっているのが、お見えになれますか。あんなふうにあっちこっちに湯の湧き出ているところがありましてね。冬になってお客様が少なくなると、山から野生の獣が出てまいりまして、湯治を致します。かわいいものですよ。母猿が子猿を抱えて、湯に浸かっているところは穏やかで慈愛に満ちた様子で、本当に畜生も人間も親子の情には変わりがないとつくづく思います。

さようでございますか、お嬢さんが二人も。とてもとても、お母様にはお見えになりませんね。お若くて、お美しくて。それに比べるのはあつかましいですが、私などまったく惨めなもので。山地育ちで男を見る目もなくて、甲斐性のない男に嫁いで、丈夫だけがとりえの男の子ばかり三人も生みました。これがまあ、食べることだけは人一倍で、頭も器量もからっきし。ほんとに無駄飯食いばかり。あら、いやですよ、そんなにお笑いになって。

まあでもおしなべて、分相応ということかもしれません。ものは考えようで、幸いなことに私は仲居の仕事が好きですし、この時世にこんなお婆ちゃんがずっと働いていられるのも、有難いことだと最近は感謝しております。特にこうして、お客様のようにお美しい方と親しくお話ができるのも口福、目の福でございます。

あの屋根、ご覧になれますか。あれがこれからご案内する「蛍の湯」の露天の屋根でございます。とんでもない、浴室を覗ける場所があるだなんて。ご安心下さい。貸切で高い使用料を頂くのでございますから、それはきちんと計算しつくされた角度で、絶対どこからも、覗いたり、見たりは出来ない仕組みになっております。さっき申しましたように、山猿の母子でも湯浴みにきたりするのは、別でございますけれど。

ほっ、ほっ、ほっ。まあ、猿の親子にでも、覗かれるのは嫌だなんて。冗談でございますよ。大丈夫、初雪が降る頃でなければ、山から降りてくるなんて、滅多にあることじゃございませんから。お気に障ったら、どうぞお許し下さいませ。

さあ、どうぞ。お疲れ様でした。いえ、お履物はそのままで。玄関も廊下も、浴室以外はみんな床暖房になっております。はい、向かって右の扉がご予約いただいた「蛍の湯」です。中には浴槽が二つ、内風呂と露天とともに総檜作りで贅をこらしたものでございます。またフロントの者が説明したとは思いますが、内側から鍵がかかるようになっておりますので、ご予約頂いた一時間は存分に湯や景色をご堪能下さい。洗面所の脇に、冷たい飲み物もご用意しておりますのでご利用くださいませ。浴室の中にも緊急用のボタンがございますので、万が一、事故でもありましたら、お呼び下さい。すぐに係の者が馳せ参じます。

それでは、どうぞ、ごゆっくり。まあ、いいえ、とんでもない。高いご予約料をいただいた上に、こんなお心遣いをされては困ります。そうですか。それなら、有難く頂戴いたします。はい、一時間後には、また私がお迎えにあがります。いろいろと不調法を致しました。どうぞ、ごゆっくりお風呂をお楽しみ下さい」

仲居の足音が遠ざかると、待っていたようにさっそく内側から鍵がかけられた。しゅるしゅると細帯を解く音がして、白い素足がしのびやかに湯船に近づく。

「まあ、きれいなお風呂、いい匂いがする。少し、熱めだけれど、とっても滑らかなお湯よ。おまえたちも、きっと気に入るわ」

裸の胸に抱えられていた縮緬の風呂敷がはらりとほどかれると、少しサイズの異なった二体の人形が、ぽっかりと薄青い湯の中に浮かんだ。

湯畑に三日出ている赤い月

II

甘い話

夏の午前、部屋は淡く翳って、開け放たれた窓からは葉を繁らせた大きな木が見える。白いシーツの上で同時に目を覚ました二人は話しをする。

「鮎を釣ろうと思ったら、鮎の食べた苔に歯型が残っている石を探せばいいんだってね」

「どこでそんなことを覚えたの。そうだよ。尾のきれいな生きのいいのが釣れたら、それを囮にしてもう一匹釣ることも出来る。友釣りという方法もあるんだ」

「鮎を囮にすると、また新しい鮎がくるものなの」

「ああ。餌場を荒らすよそ者を撃退しようとしてやってくるんだね。きっと」

「哀れねえ。鮎に言葉があれば、そんな不幸もおきないし、仲間を裏切ることにもならないのに」

「言葉じゃなくても、せめてサインでもあったらね。ちょっと背鰭を振ると、これは罠だ、逃げろって」

たとえばこんなふうに。彼女はシーツの上で腕をパタパタさせ、腰をわずかにひねってみせる。窓からはかすかな水苔の匂いのする風が入ってくる。

どこか遠くの川で美しい囮の鮎が密やかに水に潜っていく気配。

緑陰や酩酊を生む壷を抱き

波濤

初夏、坂のある小さな町。波濤のように、物語がせりあがって来る。

髪を黄色に染め、サンダルをはいたまだとても若い娘が、遅れてやってきた男と話をしながら、本人も気づかないほど静かに涙を流している。男の横顔の容赦のない冷たさは変わらない。片方の耳のピアスがときおり不実そうに光る。

冷房の効いたカフェの片隅で、娘は寒そうに自分の肩を抱いてさする。涙はすぐに収まって、テーブルに置かれた男の手にためらいがちに触る。触っても、にぎりしめたり、捕まえたりしないで、なにごとか、ひそやかに語り継いでは、離す。

どんな言葉、どんな仕草、どんな約束が男の心を繋ぎとめることができるのか。黄色に染めた小さな頭の中で、いっしんに探っている。忙しく、思いを巡らしている。

どうしたら、最初の頃のように男を喜ばすことが出来るのか。あの優しさを取り戻すことは可能なのか。あるいは別れを翻させるのはどうしたらいいのか、と。決して成功しそうにない哀れな策略を模索している。

濃く塗った薄い唇がせわしなく動いて、空気を求める小さな魚のようにも見える。

別離はすでに決定していて、遠くからだと肉眼ではっきり見えるほどになっている。男の心が変わることはないだろう。

娘もやがて気づくに違いない。

不幸の格好の額縁のように、夏が二人の周囲で輝きを増していく。

炎天や内臓を透き通らせて逢いに行く

虹

台風が日本中を横断した後、約束のような夕晴れになって、雨と風に散々いたぶられた林の向こうに虹が見えた。正確には虹の切れ端が見えた。幅の広い、たった三色だけのタピストリーのような虹だった。

「すごい風でね、青桐の実も、棗《なつめ》もみんな落ちてしまったの。栗林なんか、青い海胆《うに》みたいな栗のいがでいっぱい」

田舎にいる年取った母の話を電話で聞きながら、ずっと虹を見ていた。

「今、虹が出ていて、それを見ている」とは言わなかった。故郷を出て一人で暮すようになってからずっと、きれいなものも、無残なものも、誰にも言わず、見つめる習慣がついていた。目の祝福も、目の禍も。みんなひとりだけのものだと知っていた。短かすぎる虹のように、誰かに手渡したり、伝えたりすることは出来ない。突然高く掲げられ、くっきりと出現して、示される。それは合図であり、告知であり、消えていく物語なのだ。

花ざかりの木、見知らぬ国の旗。まばたきをしない大きな目のように。それらはみんな一様に消える。とても早く、確実に、失うことが最初からわかっているものを言葉で告げてどうなるものでもない。

嵐は去って、母の目には青桐と棗と栗のいがが残り、私の目には虹の消えた真っ黒な秋の闇が残される。

満月や疵ある桃を甘く煮る

命

南の島を大型の台風が直撃した、同じ日、旅客機が山の麓に墜落した。

翌日は台風一過、澄み切った晴天になった。風でたくさんの葉を落とした木はすっきりと痩せて、影は青く尖っていた。たった一日のうちに秋はすっかり背が伸びていた。

公園に向かう乳母車の中で赤ん坊は泣き続けている。

氾濫した川の下流では多くの家が水に浸かり、すべてを失った人が立ち尽くしている。旅客機の無残な残骸のまわりで、無数の人が血を流し続けている。悲劇はこの秋の日差しのようにくっきりとしているのに、なぜみんな黙って通り過ぎていくのだろう。憤りに息が詰まったり、怒りと悲しみで泣き叫ばずにいられるのだろう。

若い母親はますます激しくなる赤ん坊の泣き声に、すっかり途方に暮れてしまう。

日影に置かれた乳母車の横を白い日傘をさした年取った女が歩いていく。

あんなに泣いて。あの赤ん坊はまるで、昨日と今日の惨事や不幸をみんな知っているみたいじゃあないの。

白い日傘はレースの模様どうりに、年取った女の顔に柔らかな影を作る。確かにずっと昔から不幸は数限りなくあったけれど、私はこうして生きているし、まだしばらくは生きていけるみたいだわ。

年取った女は老斑の散った手をそっと広げて、薄い花色に塗った指を眺めて静かな笑みを浮かべる。

さまざまな旅発つ支度木の実映え

車窓

晩秋の豪奢な光が車内を満たしている。

都心から快速で一時間二十分。終点は手漉きの和紙で有名な小さな盆地の町だ。

始発駅を出発した電車は、しばらくはごたごたしたビル街と派手な広告塔と看板の間をすり抜けるように進む。休日の午後の電車はがら空きで、雑誌の見出しが並んだ宙ずりの広告が、加速していく車内でかすかに揺れている。

三つ目の駅に停車したあたりから、車窓にはふんだんな緑が溢れ始める。郊外のスーパーマーケットで上げているアドバルーンがいつまでもついてくる。住宅地の敷地が広くなって、ゆるやかな丘陵地帯に病院や、学校が建っていたりする。

最近開けたばかりの新興住宅地を過ぎた後から、電車は各駅停車になる。

乗客はめっきり減って、もう向かい側のシートに少女と、若い男が並んで座っているだけだ。二人はめいめいの携帯電話でメールを打ち続けている。

少女は明るい色に染めた長い髪を左右に垂らし、顔を伏せてわき目もふらず、指を動かしている。リップクリームを塗った唇が半開きになっていて、少し受け口の口から時々白い歯が見える。隣にいる盛大に髪を立たせた若い男は開いた脚を揺らして、ときおり少女を盗み見る。それでも、男の方がメールの速度は少女より少し速い。

少女の頭のうしろを実をたわわにつけた柿の木が過ぎる。低い茶畑が過ぎる。落ち葉を焚いている菫色の煙が流れる。

若い男は携帯電話を閉じてポケットにしまい、次の駅で降りる。

車内はますます明るく、車窓の風景は一層ゆったりと広がり、遠巻きにしていた山々が少しづつ近づいてくる。青い山並みの手のひらに守られるように電車は進む。

刈り取られたばかりの稲田はまだしばらく黄金色の夢にまどろんでいる。日向の土手の上を何人もの人が走っている。踏み切りがあって、白い犬が電車の過ぎていくのを見ている。

眉の間に剃刀の傷跡のような皺を寄せて、少女は携帯のメールを打ち続けている。

マサトが死んだよ。アユミも、マキも。シュウも、エリコも死んだよ。クラスのみんな、センセイも。みんな死んだよ。オトウトも、勿論、リョウシンも、全部、死んだよ。

秋の終わりの大量殺戮。
鉄橋を渡り、電車は終点に近づいて、やがて圧倒的に美しい川が現れる。

野の拳るいるいとして桑残る

雨

そう言えば、いつだったか女友達が言っていた。

「一番心配なのは、夜じゃあないの。どんなに寂しくても、退屈でも、夜って、意外と平気なものよ。だいたい疲れているし、いざとなったら、お酒をのんでもいいし、睡眠薬の助けを借りることも出来る。問題は朝なのよ。もう早起きして、子供のお弁当を作る必要もない。夫の朝食の支度もない。自分はお腹が減ってもいない。朝が来て、目を覚ましたところで、何もすることがない。起きる必要がないってことは、つまりもう生きる必要もないってことでしょ」

ましてや、今朝は未明から激しい雨が降っている。洗濯をすることもなければ、植木に水をやる必要もない。

雨音に敷かれたまま、私はベッドに横たわっている。水の気配は寝室にまで及んで、ドレッサーに置かれた化粧品の瓶は青く透き通り、鏡は遠くの沼のようにかすかな光を帯びている。

目を閉じると、身体はわずかに浮いて、雨音が私を静かに押し流す。

加速もなく、傾斜もなく。温度もなく、色もなく。

雨に運ばれて、私は自分が誕生した朝に遭う。

七歳違う兄が、せっかく今日は遠足なのに、妹なんか生まれるから、僕はおにぎりが作ってもらえないと泣く声がする。

雨音が兄の泣き声を速やかに消し去る。滑らかな河口のようなところで、時間の向きはすぐに変えられて、雨が私をつい二週間前、夫が出て行った日に連れ戻す。

「いってらっしゃい」と言うと、半分泣くような顔で笑って、私を見た。多分私も同じような顔をしていただろう。あれっきり彼に会うこともない。

雨が画鋲を撒くような、氷柱を突き立てるような勢いで降り続けている。

朝方の雨に運ばれ来世まで

漂泊

行く先は遠ければ遠いほどよかった。いくつもの電車を乗りついで、どんな所でも出かけて行った。

相手が必ず待っているわけではない。連絡してくる住所や宿泊先もいたって大ざっぱで、「来る気があるなら、勝手にこい」と言わんばかりだった。

最寄の駅にやっとついたものの、タクシーはおろか、バスも一日に三本、などという所もあった。男の居る場所は次々と変わって、街からますます遠く、辺鄙な場所になっていった。

「いらっしゃい。よく来れたね。こんな遠い所まで」

ねぎらいの言葉をかけてくれたのは初めの頃だけで、驚いたり、呆れたり、時には少し怯んだ様子で迎えることもあった。

宿に着くのはだいたい午後か夕方だったから、男は仕事をしているか、仕事が終わって酒を飲んでいた。早々と夕餉の支度が並んでいる時もあった。

「疲れた」と手脚を投げ出し、まるで見知らぬ相部屋の客のように、あけすけな様子で部屋を眺めたり、膳の上をじろじろ見たりした。

夕映えに明るい座敷に着いてみれば、どうしても抱かれたいわけでもなく、顔が見たかったわけでもないことはすぐに気づいた。何故こんな所まで来てしまったのだろう、と呆然とすることが多かった。当てが外れた失意と疲労が女を不機嫌にした。

「帰るわ」

約束のようにわずかな金を受け取ると、すぐに帰り支度を始めることもあった。

男の顔にさしたる落胆が浮かぶわけでもない。「会いに来た」という目的が遂げられると、もうお互いを駆り立てるものは何もない。そっけないほどの無関心が露になって、鼻白むほどだった。膳を囲んで和むということも、杯が満たされて酔うということでもなかった。

それならば懲りるかというと、男から連絡があると取るものも取り敢えず出かけずにはいられない。

車中がどれほど長くても、飽きることはなかった。新しい駅の名前が告げられるたびに胸が高鳴って、その時、男のいる場所は世界の中心に思えた。

電車を乗り継ぐたびに上機嫌になり、子供の遠足や、行楽のようにはしゃいだ。山が現れても、川を渡っても、高揚は続き、春ならば春の、秋ならば秋の光景が胸に沁みた。

降車予定の三十分前になると、バッグの中から化粧品を取り出して、念入りに化粧直しをした。車内が揺れても、暗くても、頬紅を刷き、眉を描き、口紅を塗りなおす。鏡の中に「男に会いに行く女」の顔が映るのをじっと見つめた。

行くには行っても、帰路はいつも覚束なかった。疲労と失望とにすっぽり覆われてほとんど仮死状態のようにただ運ばれていく。暗い窓硝子には自分の顔が映っている。目的もなく、故郷もなく、もう若くもない孤独な女の顔。

次々と仕事を変え、家も持たず放浪しているのは男のはずなのに、そんな男に会いに行き、帰っていく自分こそ真の漂泊者ではないだろうか、と女は思った。

振向けば目にぼうぼうと彼岸花

訪問者

概ね男はよく眠った。疲れているにしろ、一時でも早く今日を閉じてしまう必要に迫られているにしろ、泥のように、あるいは機関車を内臓しているような自らの騒音に包まれて、男は眠った。そして、大概の物音では起きなかった。

長い入浴にぐったりした後でも、女は眠れなかった。髪の先がまだかすかに湿っている。髪ばかりではない、首筋も腕も胸の谷間も、わきの下も、滑らかな腹のあたりもまだかすかな湿り気に包まれている。髪からはシャンプーの、顔と首筋にはたっぷりつけた化粧水と美容液の、身にまとった薄い寝巻からは、簞笥に染み込んだポプリの乾いた植物の匂いが漂っていた。

いつもこの時刻、女は身体のあらゆる部分から発する、緑や、花や、柑橘類といった異なった数々の匂いと共に一人になった。

外に出てみると、月は隠れて、風が漆黒のマントを翻して通り過ぎていくのが見えた。木々がざわめいて、後を追う。そのたびに空の紺青が鮮やかさを増した。

訪問者はすぐにやってきた。星々たちのゆっくりとした深いまたたきが、眠らずにいる幾人もの女たちの吐息を女に届けた。後悔と、悲しみ。感傷と、わけのわからない不安なおののきが降ってきて、女を包んだ。女は白い腕でそれを掻き抱いた。それはすべて、寸分違わず、彼女自身のものだったから。

色も形も香りもさまざまな萎れていく花束。その中には深夜の風と、虫に似たような星の体臭も混じっていた。

枇杷の花思いは告げず咲き満つる

俯瞰

遠くから君を見ている。ときどき中二階のテラスのあたりを彷徨うこともある。気がついていないだろうね。冬中、木枯らしの日も、雪の日でさえ、ベルベットのような花弁で咲き続けた菫。紫や、オレンジや、白の花弁の中心が黒や濃い茶色で、まるで人の顔のように見える大きな花が、手すりに吊るされたハンギングバスケットの中で、君を見ている。それはまるで部屋を覗き込んでいる僕のようだね。

君はガーデン用のエプロンのポケットに麻の紐や、剪定鋏を入れたまま、色の褪せたデッキチェアに座っている。花の咲いている鉢や、土しか入っていないようにみえるテラコッタに目をさまよわせながら、夏の鮮やかな花々のあれこれで頭を一杯にしている。

じきに君のお気に入りのラティスにからまった白い藤の花が咲くね。台所やリヴィンググルームを芳しい香りで満たしたヒヤシンスや、ムスカリや、水仙はみんな終わってしまったから、君は球根を休ませる場所を考えているに違いない。

林から吹いてくる風が頬に触れ、髪にまつわって、君に思い出させようとすることもある。五年前の春を、一昨年の春を。ずいぶん長い間、君の側にいた一人の男のことを。

君は腑に落ちないような顔をして、空を見上げる。誰かが私を見ている。そんなことはないはずなのに。何かが私に触れようとしている。

まだ小さなリラの若枝。萎れていた花殻をむしった時も、つい振向いてしまった。見知らぬ指が、透明な腕が、かすめて過ぎたような気がして。

それでも君はもう思い出さない。その若い苗木は僕と一緒に買ったものだ。市場で随分迷って、しまいには少し言い争いまでして、持って帰った。二日したら花芽がぱらぱら落ちて、「やっぱり、この苗木は失敗だった」と僕は怒った。リラの木を庇うようにして、君はずいぶん寂しそうな顔で僕を見たね。

君はいつからか、いつも同じ目で僕を見るようになっていた。寂しそうに見つめて、すぐに許した。許し続けた。もう僕のことをちっとも愛していなかったから。

「鉢替えを手伝って欲しいの」

麗らかな春の朝、君は珍しく明るい弾むような口ぶりで僕に頼んだ。

「白い穂の出ているスパティーも、花の終わったアザレアも、株の大きくなってしまった梔子も、私じゃあ持ち上げられそうもないから」

あたらしいふわふわの土と、五月の水を満杯にたたえたいくつものバケツを揃えて、君は幸福ともいえる表情で僕を待っていた。

「重いから、気をつけて。あなたが持ち上げてくれたら、私が株を分けるから」

大きくなりすぎてすっかり根がまわってしまった鉢から植物を引き抜くのは案外大変な力仕事だった。二人がかりで逆さにしても、叩いても、鉢から離れない根があると、仕方なく鉢を壊したり、切ったりしなければならなかった。

「植物の根というのはしぶとくて、きれいな若葉や、花の命の正体もぞんがい醜悪なものだね」

花の枝や、観葉植物のふさふさした大きな葉の陰に隠れて表情を見ることはできなかったけれど、多分君はいつものように寂しい、なんでも許す目になって僕を見ていたのではなかっただろうか。

「まるで大量虐殺の後のようだ」

腐った根や、剪定された枝や、ちぎられた葉の散乱するテラスで、僕たちは新しい大きな鉢の中で安らいでいる植物たちを眺めていた。土と、樹液と、二人の汗の匂いがうっすらとテラスに漂っていた。

「みんな少し、鉢が大き過ぎたんじゃないのか」

まだ作業用の手袋もはずさず、テラスに腰掛けて休んでいた君は何か言おうとして、口を開きかけたけれど、すぐにそれを呑み込んでしまって、いつもの目で僕をうっすらと見た。

「だって、もう二度とこの植物たちは鉢替えをすることはないのですもの」

君の声にならない声が聞こえてきて、僕はさりげなく目を逸らすしかなかった。

僕が家を出たのは、一ヶ月も先のことだったけれど、すでにその時二人の別れは終わっていたに違いない。ずっと後から君とのことを思い出すたびに、新しい鉢に収まって揺れていたいくつもの植物と、少し疲れた、けれどとても満たされた表情で君がそれらを眺めていたことを思い出した。

菫色の春の輝きが薄らいでいく。あれからテラスの植物たちはずいぶん大きくなったね。蔓だけ延びて花を咲かせないで、君を嘆かせていたクレマチスも、たくさん花芽を持つようになった。見事な白い花を去年も僕はここから見ていたよ。それから栽培の難しい柏葉紫陽花の大きな花の房がいっせいに咲いたのは本当に見事だった。よほど自慢だったのだろう。君は朝に晩にテラスに出ては、花を眺めずにはいられなかった。

時は滞りなく過ぎ、僕はずっと君を見ている。そうして長い間、文字どおり時間を失うほど長い間、俯瞰し続けているうちに、僕にもわかってきた気がする。許し続けると、愛は口の中のドロップのように薄くなって、見つめるものが瞬く間に透き通ってしまう。そこにはすべてが映っているのに、あらかじめ何もかもが失われてしまっている。僕たちの目は愛を見ることはできない。次々と咲いては散っていく花や葉を見ることは出来ても、移り行く季節を捕らえられないように。

うらうらと桜見る日のがらんどう

トスカーナの白い闇

許してください。まずあなたに謝らなくてはなりません。五月の下旬に約束していた個展は中止してもらうしかないようです。日程は迫っているのに、ちっとも連絡がとれなくて、ずいぶんやきもきしていらっしたでしょうね。日本を出る時、せめてあなたにだけは事情を説明したかったのですが、思い留まったのです。もう多分聞き及びのことと思いますが、私は家を出たのです。いいえ、彼は一緒ではありません。私はここで一人です。今も、これからも、多分、ずっと。

あなたにはどんなに本当のことを打ち明けたかったことか。いろいろ相談にのっていただきたいこともあったのです。それをやめたのは、後日あなたに迷惑が及ぶのではないかと憂慮したからです。潔癖で正直のあなたは、嘘を言ったり、しらをきったりすることが苦手だから、きっと苦しい思いをするに違いない。どちらにしても、身から出た錆。自らが撒いた種ですから、自身で誰の手も借りずに刈り取るしか方法はなかったのです。

そうなの。私はみんな捨ててしまいました。家族も、家も、やっと築き上げてきた画家としてのキャリアも。こうなった原因の、新しく得た恋も。

もう若くない四十歳の、絵を描く喜びだけしか持たない無一文の女。それが私です。

今は一日十二時間、絵を描いています。朝起きてすぐ仕事を始め、一段落したところで、朝昼兼用の食事を摂って、またすぐ作品に取り掛かり、光が衰えるまで。汗と絵の具の匂いを洗い流すためにシャワーを浴び、夕食はだいたい夕闇の濃くなった中庭で仲間たちとわいわい騒ぎながら摂ります。そしてワインの酔いがまだ残っているうちに、そのまま眠ってしまいます。たっぷり、泥のように六時間眠って、次の朝を迎える。日曜以外はだいたい同じことの繰り返しで日々が過ぎていきます。とてもシンプルで厳しい、まるで修道画家のような暮らしです。

でも着いた当初はベッドの中で毎晩泣いていました。心細さと、悔いと、そう、随分馴染み深くなってしまった罪の意識とで。夢にうなされては目覚め、涙が流れていることさえ気づかないほど暗澹としたまま朝を迎えたこともありました。薄い壁ひとつ隔てて、言葉の異なった人たちは、毎朝顔をあわせるたびに私が痩せていくのを遠巻きに、心配そうに見ていました。

私はこの工房で「クロ」と呼ばれています。髪が黒、瞳が黒。顔も浅黒く、そして私がしばらく閉じこもっていた暗黒を揶揄して、そう呼ばれるようになったのです。

昔は貴族の荘園だったという荒れただだっぴろい館に、六人の作家が住んで、寝食を共にしながら、それぞれの仕事に打ち込んでいます。口数の少ない、でもとても親切な、料理上手な初老の夫婦が管理を任されて、私たちの面倒を見てくれています。以前から親交のあった画家仲間がここにずっと住み着いていたのですが、去年の夏、突然亡くなったのです。私は残っていた彼女の画材や作品を引き継いで、そのまま住まわせてもらっています。一ヶ月に一度、ほとんどボランティアのような料金を、パトロンとなっているニューヨークの画廊主に払っています。

本当にここには何もないの。あるのは圧倒的な自然、豊かな緑と、長い長い川。ひとかたまりの民家と、たった一軒のパブと食料品店。それも丘を一つ超えて、四十分以上歩かなくてはなりません。一日中車の騒音に囲まれ、家のすぐ側にコンビニエンスストアがある東京の暮らしがまるで嘘のようです。

ここでずっと誰にも知られず、残りの命をまっとうするまで静かに絵を描いて生きよう。決意するというより、それしかないと観念して過ごしていたのですが、先週このアトリエに一人の日本人が見学に来て、彼女と話しているうちに、ふいに封印していたはずの日本語で、誰かに話してみたくなってしまったのです。

二十五歳の彼女はとても若く希望に溢れ、描くことへの熱い情熱を持っていました。五日滞在して、すっかり仲良しになった私たちは最後の晩に、地元のたった一軒のパブに呑みに行きました。

帰りはまだやっと九時だというのに、深い本物の闇です。私たちは持参した懐中電灯を振り回しながら、景気づけと警戒もかねて、淡い酔いも手伝って、歌を歌うことにしました。

「月の砂漠をはるばると、旅の駱駝が行きました」

幼稚園の先生を二年していたという彼女は古い歌をとても美しい声で歌いました。

「春、高楼の花の宴」

「春のうららの、隅田川」

日本の美しい春の歌を次々に歌いながら私は泣いていました。でもそれはここへ来てずっと私の胸を領していた嘆きや絶望ではなく、なんだかせいせいとする暖かい、懐かしい涙でした。

工房に帰ると、私を見た仲間の一人が言いました。

「あれっ、クロ。黒じゃあなくなってる」

私の中の暗黒を溶かしたものは彼女の澄んだ歌声だけではなかったのです。それは自分が捨ててきたもののすべての持っていた優しさ。あそこにしかなかった、あの時間にしかなかったかけがえのない貴重な感動が溢れ、見えない奔流となって私を洗い流したのです。私は初めて、自分が放擲し、蹂躙してきたもののすべてを愛しいと、尊いと思いました。トスカーナの闇に流れ、消えていった日本の懐かしい言葉、優しい調べ。生まれ変わったなどとは言いませんが、それは確かに時の結晶がもたらすささやかな浄化ではあったのだと思います。

一度私に会いに来て下さい。そして、私の話を聞いて下さい。そして、何よりも、あなたに見てもらいたいものがあるのです。「トスカーナの白い闇」と題された百号の絵の中に、私が描きたかったもの。その話を是非いつかあなたに話したいと思っています。

五月祭林から拍手鳴りやまず

日常と殺人

殺人は日常茶飯事だ。死体を一日に三度は見る。二時間の時間枠で、多い時には五人死ぬ場合もある。一番多い死因は「そのつもりはなかったのに、突き飛ばしたら、ひっくりかえって、近くにあった柱や、階段や、大理石の角に頭をぶっつけてしまう」という他愛ないものだ。故意ではない。半分の事故死。人情ものや、不幸な女が犯人の場合は圧倒的にこのケースが多い。

「ほんとに突き飛ばすだけで、ちょうどいい具合に頭を打って、大の男があっけなく、悲鳴もうめき声も発せずに、ことっと首を曲げて、そのまま死んじまうものなのかね」

ああ、またかとちょっとがっかりして、はぜの佃煮を食べる。小魚特有のこりっとした歯ざわりと、山椒の強い匂いが鼻と舌につんとくる。親子三代でやっている有名な佃煮屋は、秘伝の煮汁があって、土間に据えつけた真っ黒な釜で煮ている。百グラム六百円だから、安くはないけれど、一人暮しの女所帯では、たっぷり一週間は食べるから、それほど贅沢とも言えない。

推理小説ではだいたい殺す方法は一定していて、犯人は決して殺しかたを変えないという暗黙のルールがある。探偵や警察はだいたいその方法で犯人を割り出すのだけれど、テレビドラマには、そんなルールもなければ、美的嗜好もないから、同じ犯人がまったく異なった方法で、平気で殺人を繰り返す。

殺し方で次に多いのは崖から突き落とす。あるいはやはり故意ではなく、争っているうちに足を踏み外してまっさかさまに落ちるというものだ。

墜落する。落ちるというのは映像的には効果があるらしく、断崖絶壁であったり、足場の悪い岩場や、吊橋だったりする。ロケは美しいけれど、経費がかかるので最近はビルの屋上や、螺旋階段、もっと安上がりに歩道橋の上だったりすることも多くなった。

「場所は工夫しても、そのわりには撮る方の技術は進化しないね。ほら。もみあってるうちはクローズアップされてるのに、落ちていくときは決まって、ちっちゃく映すだろ。まあ落ちていくのが人形なんだから当たりまえだけどね」

どさっとものの落ちる音を箸を持ったまま聞く。顔を上げると、画面では落ちていった人間が顔から血を流して、アスファルトに叩きつけられている姿が映っている。

「どうせロケなら屋上より、崖の方がいいね。でも海の藻屑っていうんじゃあ、今の若い者にはリアリティがないんだろうけど」

かためにに炊いたご飯は最低でも十回は噛むことにしている。炊飯する際に、最近は炭をひとかけら入れている。水は谷川岳の地下水。おかずは少ないけれど、材料は吟味して手間は惜しまない。特に今日は一時間浸水しておいたので、炊きたてのご飯はみなぴかぴか光って立っている。白魚の卵とじをその上にたっぷりのせて、食べる。海の恵みと大地の命。卵っていうのは、どんなものとでも相性がいい。

ドラマのストーリーにはほとんど関心がない。誰かが殺されて、悲しむ人間、怒る人間がいて、真実が暴かれていく。捜査が始まって、追い詰められた犯人が何故殺したのか、告白する。設定も、順序も、結末もみんなわかっている。

今夜は味噌汁を省いて、とろろ昆布に湯を注ぎ、醤油をちょっと足らして、刻んだ葱をのせた簡単な汁にした。味噌汁の具がない時は五日に一度はこれにする。

喉越しのいいとろろ昆布は潮の匂いがする。塩加減もちょうどいい。椀がからになる頃、画面では間抜けな刑事が、全然見当違いの犯人を捕まえて、取り調べをしている。隣にいる上司らしい刑事が多分真犯人に違いない。

俳優の名前はちっとも覚えられないけれど、顔を見かける頻度と、カメラの大写しになる回数で、だいたいランクがわかる。主人公の次くらいのランクだと、概ねその男か、女が犯人だ。

まったく犯人らしくなくても、どんなに設定に無理があっても、ぐるりと回り道をして、でも決して一時間三十分以上はかからずに、犯人が判明する。

「私にやらせたら、十五分でわかるけどね」

犯人命中率がどれほど高くても、「ほらね。言ったとおりだろ」と誰に自慢することもない。家には猫もいなければ、話しかけるぬいぐるみもない。テレビのある部屋の隣に十年前に死んだ夫の位牌があるだけだ。

生命保険と、退職金の残りで細々と暮している。定期貯金は崩したくないから、交通費のかかる旅行には出かけられない。幸いなことに殺人は旅行とセットになっていることが多い。捜査はだいたい全国の観光地に及ぶから、楽しみは倍増する。美しい景勝地、名庭で死んだ若い娘が発見されたり、澄んだ湖面に男の死体が浮かんでいたりしても、景色の美しさはちっとも損なわれないから不思議だ。

それにしてもアリバイというのはなんて、奇妙で幼稚なものだろう、とつくづく思う。鉄壁と思われたアリバイが三度目のコマーシャルが入った途端、するするとほどける。

たった二分の停車時間を利用して、反対方向の特急に飛び乗ったり、レンタカーから飛行機に乗り継いだりするだけで、あっけなくトリックは解けてしまう。アリバイが崩れれば、もう一度のコマーシャルの後、犯人は必ず自白する。

自白と回想。うしろから鈍器で殴ったり、毒の入ったコーヒーを飲んだりするシーンが繰り返される。頭から血を流したり、首をかきむしった後、唇の端から血を流したりして、被害者が死ぬ。お約束の殺人のダメ押し。

食後のメロンを食べながら、それを見ている。メロンといっても、皮の黄色の、昔はまくわうりと言った、固いメロンだ。三個五百円だった。でもどろっとした果実の近くは特に甘く、柔らかい。死んだ夫はこれが好物だった。病院で高いマスクメロンを見舞いに貰っても、こっちの方がうまいと言っていた。

「そう言えばあの人は死んだ時も、こんなふうに首をことっと曲げたり、喉をかきむしったり、口から血を流したりはしなかった」

殺人ではないと、人は死ぬ時も死んだ後もとても静かだ。本人もまわりの者も、納得して、死を容認する。真実の追究もなければ、復讐もない。その代わりに死ぬまではうんざりするほど長く、だいたいの場合とても苦しむ。痛みは苛烈で容赦がない。自然死というのは極めてまれな、老衰の場合しかないので、あるいは殺人の方が急激で意外な分だけ、苦しみは少ないかもしれない。

空になった皿を重ね、箸を置いた手を自分の首にそっと回してみたりする。たった一度だけ、殺人にみせた自殺というドラマを見たことがあった。自分の首を自分で締めて死ぬことは出来なくはないらしい。

食事の後にお茶を煎れる。誰かのお葬式の引き出物だった安い葉だけれど、その分たっぷり入れて、必ず二分は蒸すことにしている。お茶がはいるうちに、事件はすべて解決している。犯人が捕まった後のドラマは一転して明るい。残された者は立ち直り、怒りや憎悪は一掃される。どんなストーリーにもあてはまりそうな主題歌が流れて、一時間五十分の物語は終結する。

口の中をお茶でゆすいでいると、次の週の予告が映る。苦いお茶を口に含みながら、新しい死体を眺める。着物を着た女がすれ違いざま刺されて、顔をゆがめてうずくまる。大量の血がゆっくりと金襴の帯の間から染み出してくる。

食事の仕上げに梅干しを一粒。自分で漬けた小梅はかりっと歯ごたえがして、それほど酸っぱくない。

「帯の上からあんなふうに刺したくらいじゃあ、腹の皮にもとどきゃあしないのに」

酸っぱくはない小梅を食べて、盛大に顔をしかめる。午前中の再放送と、午後の連続ものを加えれば、ちょうど七人死んで、七つの死体を見たことになる。

食べ終わった梅の種を佃煮の載っていた小皿に吐き出して、一日三回の食事と、一日分の殺人がすべて終わる。

遠き世で茗荷刻んでいる無聊

運命の女

カウンセリング　一日目

何から話せばいいの。最初からずっと。いいわよ。どうせ時間はいくらでもあるんだから。

二つの丘の話から始めることにする。私が初めてあの人と逢った場所よ。

父親が退職金で買った家は眺めはいいけど、駅から遠いから、あたし自転車で通ってたのよ。

一つ目の坂はまだいいの。だけど二つ目の坂はだめ。すっごく長いし、急なの。あんたなんかきっと、歩いて上るのだってへろへろになるよ。年寄り殺しだね。あの坂。

二つ目の坂の途中で、自転車を降りてちょっと休んでた。そうしたら、あの人が来たの。人だなんて、思わなかった。最初風が来て、それからあの人の姿が走り抜けていった。その速いことっていったら。大きな黒い犬みたいだったよ。

あたし、ショックでしばらく口あけてぼんやり見てた。すっげえ人間がいるもんだなって。あの人の後ろ姿かっこよかった。走ってる男なんてみんな野暮ったくさいもんじゃないの。脛毛なんか出して。はあはあ暑苦しい息してさ。シャツが汗で張り付いていたりして、貧乏臭いったらないよ。でもあの人は違った。手足が長くて、余分な肉なんかどこにもないの。走る筋肉みたいだった。

その時は顔も見なかったし、声も聞かなかった。でもあたし、それが普通の経験じゃないって、すぐに気づいた。あの人が追い越していった時から、あたしは変わったから。まるでトレーラーに引き倒されて死んで、生まれ変わったみたいに。そう。あの人、あたしを轢いてしまったのかもしれない。

毎日あの人が走るのを坂の途中で待つようになった。自転車に寄りかかって、いかにも休んでるみたいなふりして。あの人が来るのをじっと待った。ずっと坂を見下ろしているのに、あの人が側を通る時は顔を上げられない。ずんずん近づいてくるのを見ると、胸が締めつけられるほど熱くなって。あたしの前を通過する時、時間が止まるかと思った。

永遠って、あんな一瞬を言うんじゃないの。時間がなくなっちゃう。消えちゃうの。風みたいに。

あの頃が一番幸せだった。私が坂の途中で待っていれば、あの人は必ず来た。あたしは毎日あの人と永遠の中で会えた。

また雨が降り出したね。じき梅雨だから仕方ないけど。雨は大嫌いよ。

最初は雨の日だった。あの人が来なかった最初の日。そんなにひどい降りじゃなかったから、あたし、待っていたのに。三年前。へええ、もうそんなになるの。まだ一年くらい前のような気がする。ずいぶん長い間、待っていたけど、あの人は来なかった。初めてあたし、焦ったよ。あの人がここを通らなくなれば、もう二度と逢えなくなるんだって気づいたから。

このままだと、いつかあの人と逢えなくなる日が来る。

そう気づいた時、あたしの永遠は終わっちゃった。

カウンセリング　二日目

名前を調べるのは簡単だった。坂の手前に酒屋があって、そこのおばさんに聞いたら教えてくれた。狭い町なのよ。だってさ、いくらあの人が風みたいに駈けることが出来ても、車やバイクじゃないんだから、そんなに遠くから通えるわけはない。住所がわかったら、仕事だって、家族だって、すぐに調べられたよ。

教師って仕事も驚いたけど、結婚してるってわかった時はやっぱり一番ショックだった。奥さんと二人で住んでる家を見に行った。あたしの家とあんまり変わらない。庭があって、二階建てで、ベランダに布団が干してあった。

なあんだって思ったよ。あの人も普通のおじさんだったんだって。もう追いかけるのはやめようって気もした。あの時なら引き返せた。今ならそう思える。あの時やめてたら、こうして、あんたみたいなカウンセラーの世話になることもなかったのに。

なぜやめなかったのかって。そんなこと当たり前じゃないの。好きだったからよ。あんなふうに他人を好きになったことはなかった。あの人を追いかけるのをやめたら、どうして生きていけばいいんだろうって思ったら、怖くなったの。

仕事先の学校にも行った。放課後になればあの人が顧問をしている陸上部の練習を見ることが出来る。あの人の声を聞いたのは、その時が初めてだった。

いい声で怒鳴るのよ。叫ぶっていうのかな。グラウンドがあの人の声で一杯になる。時々生徒と一緒に走っているところも見た。ほんの少し練習で走るだけでも、あの人すごく真剣で、丘を走っている時と同じ顔になる。それを見るのがぞくぞくするほど好きだった。

うん、確かに家にも行ったよ。それが悪いことなの。最初は奥さんに嫌がらせをするつもりなんかなかった。ただ、家にいるあの人の顔を見ると、イライラするの。あの人、幸せじゃないのよ。家にいる時も、奥さんといる時も。狼が退化して、犬になって飼われているみたいになっちゃう。なんだか惨めで、滑稽。

私が学校や、家の近所に出没するようになってから、あの人、走るルートをどんどん変えたの。でも私はすぐ見つけて、途中で待ってる。あの人、あたしの姿を見つけて、驚いているみたいだった。

この町になんか何の興味もなかったのに、あの人の走るままに、私はどこへでも現れた。まるであたしの分身が町中にいるみたい。次々と変わるルートを発見するのも楽しかった。ゲームみたいなものかな。あの人だって新しい場所を走るたびに、心のどこかで私の姿を捜していたんだと思うよ。

声はかけなかった。顔を見合わせることがあっても、挨拶もしなかった。ただ見てるだけ。それがどうしていけないことなの。奥さんが妊娠ノイローゼにならなかったら、私たち、ずっとあのまま幸せだったのに。

無言電話のことは、しょうがなかったのよ。夏休みで、あの人は学校にもいないし、町中のどこも走ってなかった。あちこち捜してるうちにパニックになっちゃった。中毒患者が薬が切れたみたいに。想像してよ。あのくそ熱い夏、汗だらけになりながらどんなにあたしがあの人を捜しまわったか。

最初は留守電だった。心配と焦りで、毎日かけずにはいられなかった。奥さんがそれで流産しちゃうなんて、あたしのせいじゃないよ。

自分勝手だと思わないのかって。思うよ。でもそれは奥さんだって同じじゃないの。走りたくてたまらない人を走らせないように、家の中に閉じ込めておくなんて。あの人はね、お腹の中にいる赤ん坊じゃないのよ。走っていないと、あの人は腐っちゃうの。生きていないのと同じなの。そんなこともわからないなんて、奥さんでいる資格はないよ。ほんとに愛してるってわけでもないんじゃないの。

べつに、あたし。自分のしたことを正当化しようと思ってなんかいない。あんたも警察と同じこと言うのね。ひとつの家庭を壊し、穏やかに暮している主婦を不幸にして、罪の意識を感じないのかって、さんざん言われたよ。

あたし、奥さんや警察、みんながなんて言おうとどうでもいい。だけどあの人は心の中で喜んでいるよ、きっと。その証拠に新しい土地で、新しい学校で、また駈けているもの。昔とちっとも変わらない。土手でも、公園でも、同じ狼みたいな顔で、風みたいになって。生活なんて、あの人もあたしも、ぜんぜんいらないの。奥さんも離婚してみて、気がついたんじゃないの。あたしの今の心境。べつに何も変わらないし、話したくもない。あの人があたしを警察に訴えたなんて。みんな嘘っぱちよ。あたしの姿から逃れるたびに、駈け続けているなんて。ふふっ。バカみたい。そんなこと信じられるはずがない。

あんたは知らないだろうけど、走るっていうのは何かに向かっていくエネルギーなのよ。情熱だって。あの人がそれを教えてくれた。そして、あの人はいつだって、あたしに向かって走ってるの。

ストーカーなんて、陳腐な名前で呼ばないでよ。

あたし、よくわかってるのよ。あの人だって、心の中ではよくわかってるはずよ。ストーカーなんかじゃない。あたしはね、あの人の運命の女なの。

雲雀野に雲雀以外の影拾う

惜春

桜は例年より二十日以上も早く咲き、順序が逆になった春一番の突風と花冷えの寒い日を間に挟んで、いつもより十日早く散った。

「ちょっと遅くなったけど、花見がてらお墓参りにいかない」

姉から電話があったのは、もう八重桜も散って街路樹の花水木がちらちら咲き始めた四月の終わりだった。

「いいけど。お母さんのお墓にお花見する場所なんかあったっけ」

新しくて明るいのだけが取り得の、郊外の霊園を思い浮かべながら返事をすると、電話の向こうで姉がうふふと、含み笑いをした。十年前に死んだ母とよく似た笑い声だった。

「お母さんのお墓じゃないのね」

いつもの電車ではない海辺に向かう急行列車に乗り込んでから姉に尋ねても、はっきり返事をしない。

「ああ、ここよ。へええ。もっと小さなお墓だと思ってた」

無人らしい寺の前庭からだらだら坂を上って、最近できたばかりらしい墓地に着くと、姉は疲れたらしく日頃から調子の悪い膝をさすって、少し息を弾ませた。

「こんな遠い墓参りになるとは思わなかった。いったい誰のお墓なの」

目的地も告げられずについてきた私は、不機嫌な声で文句を言った。こんな遠い場所の墓参りをする義理のある人や、縁の深い人間が誰かいただろうと思いながら。

「あんただって、見ればわかるわよ」

姉は少し肉のたるんできた顎をしゃくりあげるようにして、まだ新しい塔婆を示した。

戒名のない、俗名だけの死者の名前は、意外にも私たち母子を四十年も前に捨てて出奔した父親の名であった。

「えっ、いつ死んだの。どうしてお姉さん、ここがわかったの」

「事情なんてどうでもいいでしょ。風の噂よ」

墓地の在処まで知らせるとは、随分念入りな風の噂だと思いながら、私も姉の隣に立って、あらためてぐるりとまわりをみまわした。

「そのへんで野たれ死にしても文句は言えない。家族も捨てて勝手に生きたにしては、けっこうな終焉の地じゃないの」

いつもの辛辣で皮肉な口ぶりの中にかすかな安堵の響きがあった。姉が中学生、私がまだ小学校の低学年だった頃の父親の失踪から、もう半世紀近くの年月が流れ、憎しみも愛情も遠い記憶のかなたに薄れていた。

「はるばるこんな遠い墓参りしたら、お腹がすいちゃった。ひと休みしようよ」

墓地を抜けて少し歩くと、満開の桃の木の下に、おあつらえ向きのベンチが具えつけてある。ガタガタする脚に気をつけながら、平均をとって座り、真中に持参した弁当を置いた。

「美味しそう。いつもながら、あんたって、まめねえ。あたしなんか亭主が死んでからずっと、お弁当なんて買って食べるだけよ」

重箱は二段になっていて、上の段には卵焼きに、煮豆。蕗と生麩の炊き合わせ。定番の鰆の照り焼き。下の段には俵の形に結んだおにぎりと、漬け物。密封容器には苺とオレンジが詰めてある。

母や義父の墓参り、姉の連れ合いの墓参りも、だいたい同じような弁当を作って持参するのが、すっかり習慣になっていた。

「相変わらず、おまえの作る卵焼きは絶品よ」

「そんなに急いで食べないで。はい。お茶」

魔法瓶からついだ煎茶を一気に呑み干してから、姉はやっと重箱から顔を上げた。

「そう言えば、お母さんはお料理、下手だったたね。こんな豪華なお弁当、作ってもらったことなかったじゃない」

「今とは時代も違うし、貧乏だった。仕方ないわよ」

「だけど、卵焼きだけはよく作ってくれた。一度、お弁当にほうれん草の茹でたのを巻いた卵焼きを入れてくれて。誉めたら、それからいろんなもの、入れるようになって。すごい卵焼きを作ったじゃない。覚えてる」

「覚えてるわよ。菜の花や三つ葉はいいとしても。ワカメや、じゃこ。ソーセージ。桜海老。何も入れるものがないと、納豆や漬け物まで入れちゃって。お弁当箱の中はいつも半分は卵焼きに占領されてた」

「でもけっこう美味しかった。ちょっとどきどきしたけど」

「お父さん。料理の下手さに閉口して。家を出たのかもね」

「まさか。男の心を掴むのは、胃袋を掴めっていうけど。そんなの嘘よ」

母親譲りの面倒くさがり屋で料理の下手だった姉は、四十年近く平穏な夫婦生活を送った末、一昨年夫に先立たれ、結婚当初から心を尽くした弁当を十五年作り続けた私は夫に背かれて五年前に離婚していた。

「そうね。若い時分は味なんかろくすっぽわからない、質より量だし。この歳になると、ほんとにちょっとしか食べられない。量より質より、見た目かな」

私たちは若い緑を撫でてくる春の風に吹かれながら、箸を置いては、お茶を飲み、お喋りをしては、また箸を取って、ゆっくりと重箱を空にしていった。

「あそこに見える白い花はなんだろう。山帽子かしら」

「朴の花じゃないの」

「朴じゃないよ。全然葉っぱが違うもの。卯の花かしらね」

緑の濃淡の間に白い花がちらちらし、無数のリボンを飾ったような薄紅の新芽もつけた木々もあって、山はいつまで見ていても見飽きなかった。ふさふさもこもこした山々の向こうに、小さな畑や田んぼがあって、畦は満開な黄色の花に彩られている。どこを見回しても、春の眩しく明るい風景なのだった。

「お腹一杯になったら、ちょっと眠くなっちゃった」

「そろそろ帰ろうか。電車が混んでこないうちに」

「二度と来ることもないだろうから、もう一度、墓参りしていこうか」

空になった弁当箱を提げて、私たちは来た道を引き返した。

「あっ。土手に土筆がいっぱいでてる」

「お姉さん。ほら、すかんぽ。蕨もあるよ」

「懐かしいね。これ、とっても酸っぱいのよね」

「うん。でもよく吸ったじゃない。つつじの花の蜜も。あれはとっても甘かった」

父親に見捨てられた母子家庭は貧しかったけれど、不幸というわけでもなかった。母親の実家のある小さな町で、女三人の暮らしはけっこう伸び伸びと楽しかった。

「あら。こんな所に、妙なものが落ちてる。来た時は気づかなかったけど」

父の塔婆の裏にまるで人知れず供えるように、赤い硝子玉のついた指輪が落ちていた。

「玩具だろうけど。へええ。こうして見るときれいなものねえ」

姉は私から受け取った指輪を春の太陽にかざして、しばらくうっとりと見惚れている。

「こんな、子ども騙し」何度目かの失踪の末帰ってきた父親に、激昂した母親が帯の下から、同じような指輪を取り出して、投げつけたことがあった。放られた指輪は赤く光ってとてもきれいだったから、幼かった私は妙に惜しいような気がして、よく覚えていた。

「どこかの女が、墓参りにでも来て、置いていったのかもしれないわね。あの男、妙にうさんくさいところがあったから」

姉はそう言うと、一度は取り上げてうっとり眺めていた指輪をそっけない身振りでぽとんと落とした。

「さあ、帰ろう。美味しいお弁当も食べたし、いいお墓参りだった」

私たちは束の間、塔婆に向かって手を合わせただけで、すたすたと元来た道を歩き出した。来る時には気づかなかったけれど、墓のあちこちに連翹が黄色に咲きほこり、小手鞠が白い花をこぼしている。花の匂いと、草や新緑の匂いが漂ってきて、私たちは思わず何度も深呼吸をした。

「今年も、春が過ぎていくねえ」

坂の途中で、姉が母親そっくりの声で言った。

蘂桜ゆっくり忘れていくつもり

別れの時計

午後六時二十二分。六秒、七秒。

私を見つけないで。九秒、十秒。私はかすかに、滑らかな音をさせて呟く。

お願い、私を拾わないで。十五秒。十六秒。声にならない叫びをあげて私は刻々と時を告げる。

「おい。見ろよ。この時計。玩具かな。あっ、動いてる」

そう。私は動いている。動き続けているから、言わずにはいられないのだ。お願い。私をこのまま見捨てて。決して拾わないで。私の中に仕組まれている罠にはまらないでと。

「これ、けっこう高いのよ。ねっ、ここにメーカーの名前がある。この時計、絶対狂わないんだって。すごく精妙に出来てるらしいよ」

そう。私はとても正確で、精妙にできている。決して時を過たない。ほんの一分、たった二分。

私が遅れていたら、進んでいたら。私をすてた人もあんな哀しい目にあうこともなかったのに。

だから私は小さな悲鳴をあげ続ける。休みなく警告を告げ続ける。

お願い。私をこのままにして。決して拾わないでと。

「どこかに名前でも入っていないの。だけど、こんな所に忘れていくなんて、変ね」

ひっくりかえされても、どんなに捜しても、私にイニシャルは入っていない。細い腕から腕に優しく触られたり、うっとりと秒針に見惚れたり、待つことの甘美な数分を共有した幸福な記憶もあるけれど。賢明なことに誰も私にイニシャルを刻んだりはしなかった。

「捨てていくわけはないし。どうする。どこかに届けた方がいいかな」

出来るならそうして欲しい。今日の日付と、拾得した場所を記した小さなカードをつけられて、遺失物係りの手で、どこか暗い倉庫の片隅に私は忘れ去られる。いらなくなった傘や、持ち主の現れない鍵などと一緒に。そんな平穏な将来をどんなに夢見たことだろう。

「届けるって、どこへさ。面倒くさいな」

「ちょっと貸して。あっ、見て。この小さな光ってる、粒々、もしかしてダイヤじゃないの。すっごく、きれい」

そう。私の悲劇は、いつもこんなふうに始まる。時計の正確さと、不必要な美しさ。そのことに気づかない人だけが、私に仕組まれた罠にはまらずにすむのだけれど。

「ほんと。きれいだな。ちょっと、はめてみたら」

「思ったより重くないのね。あら、私にぴったり」

ぴったりなんかじゃあない。まだ柔らかい細い手首。別れも、裏切りも、憎しみも知らない脆い手首。いけない、いけない。お願い。私を放して。いっそのこと、思いがけない重みであって、落として壊してくれたら。私は私の運命をもうこれ以上呪わずにすむかもしれないのに。

「でも、どこの誰がはめてたのか、わかんないし。ちょっと不気味じゃないか。それに、時計なんて、俺たちには必要ねえだろ。うざったいだけだ」

男は初めはみんなそういう。駅にも店にも時計は氾濫しているし、携帯電話もある。いちいち時刻なんか気にしない。待ち合わせた場所にはいつも早く来て、待っている。ごめんなさい、と謝る彼女の目が可愛い。走ってくる時の髪も、少し小走りになっている姿も好きだ。怒ったふりをしていたくても、すぐに微笑んでしまう。会えれば、それでいい。手を取って、肩を抱けば、待っていた三十分なんか、すぐに取り戻せる。

同じ三十分を今さっきまで私の持ち主だった人は、永遠の地獄のように過ごしたけれど。最初の数分は、まるで私が早く進み過ぎたとでもいうように、恨めしそうに。そうして、五分が過ぎ、十分が過ぎ。目は忙しく、私と、すり抜けていく人の群れの間を往復しながら心配と、疑惑とが交互に私の小さな面をよぎって。十五分が過ぎ、二十分が過ぎた。焦慮と、怒りと、予感が、彼女の目を刻々と変えていく。それでも自分が休むことなく動き続けなければならないことがどんなに苦しかったか。

二十五分が過ぎ、凝然と私を見つめる彼女の目は濡れていた。信じられない。信じたくない。でももう知ってしまった。決まってしまった。予感は少しづつ諦めと、覚悟とに変化していった。

三十分。私はできるだけ秒針の音をひそめようとしたけれど、彼女はもう、時刻など無関係な世界に足を踏み入れていた。過去へ。私が決して見ることも、触れることもない世界へ、呑みこまれていこうとしていた。そうする以外、もう彼女は立っていることも、目を見開いていることも、息をしていることさえ出来ないのだった。

過去へ。私の知らない幸福だった記憶。指輪の代わりに、「二人の永遠の時」の記念に、私を手にいれた頃。

時々私から目を離して、それでも縋りつくように、人の群れの中に恋人の姿を追う。ほんの片腕、背中の半分、片手のわずかなひらめきでもいい。待っている人の片鱗を見ようとして。

希望を持つことに疲れ、絶望に麻痺した後、私を引き寄せ、目をつむった二十秒。まるでまだ止まらない自分の心臓の音に驚いていたように、小さく震えて、私を腕からはずした。その後、彼女はもう時計などまったく必要ない世界へどんどん歩きだしていった。

「何してるんだよ。そんなものほっといて、行こう」

「待ってよ、ちょっと。ほらこんなふうに耳をつけて聞いていると、時計の音ってなんだか、妙に悲しい音のするものね」

白い小さな耳に時計をぴったりつけている姿を見て、男は彼女がずいぶん少女っぽいことに改めて気がついた。いつも少し感傷的で、感じやすいのは知っていたけれど、その壊れやすそうなところも魅力だった。あと半年もしないうちに、彼女のその感じやすさがどうしようもなく負担になることなど、男はまだ想像することも出来ない。

「休みなく動いている。時計だからあたりまえだけど。こんなふうにずっと時が過ぎ続けていくことって、怖いことね」

わけのわからない遠い予感に触れて、彼女は呟く。愛することを始めたばかりの人はすべてが怖い。そして本能的に私を恐れる。恐れるのに、私を手に入れずにはいられない。運命に向かって、動き出さずにはいられない。

「こうして、動くのを聞いていたら、なんだかこの時計が可愛くなっちゃった。まるで生きているみたい。届けるのはいつでも出来るから。とりあえず、預かっておこうかな」

お願い。いますぐ私を腕からはずして。六時五十二分。三十一秒。三十二秒。私は出来るだけの声をはりあげる。ずっと以前の、同じ時刻に、私を最初に捨てた人は、自分の死の刻限をこんなふうに計った。

私も一緒に粉々になるはずだったのに、最後の一瞬でさえ酷薄に動き続ける私を罰するように、彼女は時計をはずすと、何のためらいもなく走ってきた列車の前に飛び込んで行ったのだ。それからもずっと、私の中の二つの針は、いつも同じものに向かって動き続けている。死と別れ。それが私の仕事。私の運命。だから、お願い。私を捨てて、このまま行ってしまって。

「ああ。そんなに気に入ったのなら、貰っとけよ。どうせ捨ててあった時計だもの」

男が歩きだすと、彼女もあわてて、ついていく。二人のからみあった腕の真中で、私は新しい時を刻み始める。

六月の祭壇

今朝、緑白色の小さな紫陽花を庭から折ってきた。ほとんど無色に見えるグラスは、水を入れると、光の具合でまたかすかな緑色を取り戻す。

「これは胡桃の木を燃やした灰を混ぜて作ったんです」

旅先の小さな店で、このグラスを見つけた。喉が渇いて入った古い喫茶店の片隅に、同じようなグラスが十ばかり並べられていたうちの一つだった。

「まだ下手で、緑色が上手に出せないんです」

値を尋ねると青年は申しわけなさそうに言った。

「でも、これは一番気に入ったものです。ほら、すこうし、緑色が濃いでしょ」

両手で包むと、硝子とは思えない柔らかな曲線が手にぴったり収まった。指の間から、光に縒れた薄い緑色が零れてくる。

値は忘れてしまった。拍子抜けするほど安価だった気がする。

紫陽花は湯上げしたのが効いたのか、グラスの中で生き生きと水をあげた。

隣に何気なく香水の瓶を置いた。開きかけた蓮華形の瓶の底に緑色の種子のような色が沈んでいる。

香水を使ったことはない。夏になると出してきて、どこか目につく場所に飾る。飾るだけなのに、もう半分減っている。手に持つと、とろりと揺れる液体の中で、たった一度これを使った記憶が蘇る。苔とマグノリアと、薔薇水を混ぜたような匂いだと、あの人は言っていた。

花を生けたグラスと香水瓶を並べて置いたら、下に何か敷きたくなったので、母の形見になった越後上布の小切れを出してきた。まるで蜻蛉の羽根のように薄い布には、紺色の燕が飛び去っていく模様が織り込まれている。両手で持ってピンと張ると、燕は十五センチ四方の空でかすかな羽ばたきをする。薄い薄い繊維で作られた空に閉じ込められた小さな燕。

燕があまり寂しそうなので、書棚の片隅に置きっぱなしになっていた翡翠の蛙をちょうど燕のすぐ下に置いてみた。

緑色の小さな蛙。本当に翡翠なのかどうかわからない。よく見ると腹の部分に細い萌黄色の筋が入っている。翡翠に似て非なる、ただの石なのかもしれない。貰った時はとても喜んで、ずっと手の平に乗せていたりしたけれど、蛙はいつまでも冷たく動かず、くれた人の目を見つめているのにも疲れて、すぐに飽きてしまった。

忘れられた蛙。目のない蛙は、それからすぐに去っていった人の形見になった。

翌日、まだ供物の足りない気がして、マーケットで桜桃を買ってきた。つやつや光る暗紅色の桜桃を緑色のギザギザの縁取りがある切り子細工の鉢に盛った。

あの人の家を出て来る時、これだけをねだって貰った。

「何も好き好んで、罅の入った硝子鉢なんて」とあの人は不快そうに言った。

とりかえしのつかない罅が入り、亀裂の部分が鋭く光っている。深い傷に貫かれているのに、割れてはいない。粉々になる時がくるとも思えない。緑色の淵を内臓したまま鎮まるものを、私は懐に入れてあの人の家を出た。

六月の祭壇。燕のいる布の上に集められた、グラスと蛙と、香水瓶と、果物の鉢。

やがて紫陽花は緑白色から、青へと少しづつ色をにじませて変わっていく。すでに夏至も近い。六月の祭壇に、もう新しい供物が足されることもないだろう。

青桐や心の蓋の軽きこと

白い服

吹き抜けになっているホテルの中庭には大きな木が植えられていて、ふっくらとした白い蕾が、不思議な卵のようにひっそりと置かれていた。

木のてっぺんにむかってエレベーターがするするとあがり、ちょうど蕾のあたりでとまったかと思うと、すぐにおりてきた。

エレベーターのドアが開き、白い服を着た女が一人、中からひらりと出てきたので、それはまるで白い花の霊が女の形になって現れたように、男には思えた。

「はじめまして」

女は迷うことなくまっすぐ歩いてきて、男の前に立った。近くで見ると、思ったより若くなかった。白い服と、化粧の隙間に、疲れた花びらに似た肌の色がところどころからはみだしていた。

女は男のぶしつけな視線に少し苛立つように、指でテーブルの上を軽く叩いた。男の目的を思い出させるような、催促ともとれる仕草だった。

男はわざと鷹揚な身振りで椅子の背にもたれ、再び女を見つめた。値踏みをするような容赦のない目の色だった。

「これで、何もかも終わりにしていただくつもりで、今日は私が出向いてきました」

声は優しく滑らかだった。脅迫や威嚇は微塵もふくまれていなかったけれど、一歩もひかない強い決意のようなものがにじんでいた。

女はうなづいたまま、また指でテーブルの端を叩いた。せわしない、物欲しげな音に響いた。思ったとおり、品のない女だと男は思った。

静かな攻防とかけひきが始まっていた。

「誓約書を用意してきました。お約束のものを渡す前に、サインをして下さい」

封筒から取り出された書面を女は読むふりさえしなかった。テーブルの下で脚を組み直す気配がした。空気が動いて、女の身体から、花の匂いがこぼれた。

「どうぞ、サインを。書面の内容に同意する意志がないのなら、約束のものをお渡しすることは出来ません」

子どもの使いではないのですから、と男の顔は言っていた。もともとこんなふうに正々堂々と戦うような相手ではなかったのかもしれない、という懸念も芽生えていた。

小さな、薄い顔には不似合いな、バランスに欠けるほどたっぷりした唇が微妙に捩れて、女は笑ったようだった。

「いいの。こんなもの、何の役にもたたないのだから」

あどけないような舌足らずの口調だったにもかかわらず、女の声は老婆のように苦しげにかすれていた。

「あなたの役にたたなくても、こちらには必要なものです。法律的にも」

声を荒げないように男は自制しなければならなかった。女はすれているだけではなく、話にならないほど愚かだということもあり得た。

「でも人と人の関係って法的なものじゃないでしょ。まして、男と女のことは」

「男と女の関係といいますが、真の恋愛だったら、こんなやり取りは、もともと発生しないでしょう。違いますか」

「恋愛っていろいろありますから」

女はもう一度唇をゆがめると、男がわからないことを言う、とばかりに、再びいらいらした仕草で、テーブルを指で叩いた。

「ずいぶん自分勝手な台詞ですね。まったくお話にならない」

「ええ。だから、お話ではなく。持ってきたものを渡して下さい」

女はすぐにでも立ち上がりそうに腰を浮かした。逃げていく出口を探っているように視線がもう漂っていた。

「サインしていただかなくては、お渡しするわけには行きません」

男は強い声で言って、椅子の背中に置いてあるバッグを見た。女にとって唯一の目的はまだしっかりしまわれたままなのだ。

「あの人に言ってください。どんなサインもしないって」

テーブルの隅に添えられていた手を捕らえるひまもなかった。女はすばやく向きを変え、あっという間に歩き去って行った。


女の印象は一言でいうと「アンバランス」ということだった。顔と体。服装と印象。声と言葉。しかし、女に対する評価は定まっていた。美しくも、上品でもなく、若くさえないのだ。すれたようにも、一途に思いつめたようにも見えた。したたかであるはずなのに、行ってしまった後では、ひどく儚いような気もしないではなかった。

男は託された任務を果たすことが出来ずに、途方にくれた。全く子どもの使いよりもっとひどい。怒りといらだたしさと、自己嫌悪が普段にはない執拗さを男に与えた。

この街に、あの女が滞在している限り、自分も留まって、何度でも機会を作って、女を説得しようと思った。カバンに仕舞われた目的の封筒を渡し、サインをさせるまで、自分も同じホテルに留まる決意をした。

結果を待っているであろう妹にまず報告しなければならなかった。

「思ったより手ごわくてね。いや。難しいとは思わない。相手も感情的になっているんだ。ばかな意地を張っても、しょうがないと、じきに諦めるよ。多分明日か、遅くても明後日には、決着が着くと思うよ」

ののしって、その後はお決まりの泣き声になった。確かに幼い子どもを抱えて、夫に背かれるのは不幸なことかもしれないが、それにしてもなぜこんなふうに無力なのかと、同情よりも苛立たしさが募った。厄介なことを引き受けたものだと、後悔した。じき四十歳になる男が、女に血迷って出奔し、あげくの果てに自殺未遂をするなんて。

よくある痴情のもつれではないのではないか。浮気にしては、義弟の自殺という最終手段がどうしても腑に落ちない。意識不明のまま昏々と眠り続ける男を問い詰める代わりに、一度その女に逢ってみたいという好奇心が、休暇をとってまで出かけてきた隠れた目的でもあった。

「どうして、きちんと縁を切ってくれないのかしら。だって、うちの人は死んでしまうかもしれないのよ。死んでしまえば、お金だって、これ以上しぼれやしない。だいいち、どうして、うちの人は自殺なんかしたのかしら。もしかして、女の方から別れ話でももちだしたんじゃないの。ねえ、どう思う。だとしたら、手切れ金なんか準備する必要なんてなかったのかもしれない。ああ、一体どうすればいいのかしら。うちの人の意識は戻らないままだし」

泣いたり、怒ったりして、同じことを訴えては、また堂堂巡りの嘆きを繰り返す。妻になっても、母になっても、妹の愚かさはちっとも変わらないと、男は苦々しく受話器を遠ざけた。遠ざけたまま、ふと振向くと、女らしい姿がホテルの玄関で車に乗り込むのが見えた。

この古い町は碁盤の目のように道がきちんと整理されていたから、上ったり、下ったり、一度は見失ったように見えて、女の車をつけるのは案外容易かった。

「多分詩仙堂やな。やっぱり、当たりや」

運転手は自分の予想どうりだったことが自慢らしく、嬉しそうに男に笑いかけた。

女の後から、薄暗いような小さな門をくぐった。そして、くぐった途端、驚いてあっと声をあげそうになった。

森閑とした寺の境内のような場所を想像していたのに、そこはひどく明るく拓けた庭園だった。手入れされた植栽に白い砂の色が眩しく映えている。岩と水を配した庭には古都の庭には珍しい蘇鉄が異国的な明るさを漂わせ、つつじの整然とした植え込みと不思議な調和を保っていた。

女の投げた目潰しにやられたように、男はここへ来た目的も忘れて、しばらく呆然と佇んでいた。

それにしても、この古い町はまったくなんという奇妙な場所だろう。男は二十年ぶりに訪れた古い都に改めて驚愕していた。明るい場所と暗い場所が、まるで手品のようにくるくると現れる。まったく油断も隙もない。森閑と明るい近代的な道のはずれに、暗く湿った入り口の家々が軒を連ね、濃緑の波の切れ間に、突然明るい塔が現れる。墓地ばかり続く坂を抜けると、鮮やかな衣装をまとった女のゆきかう路地に突き当たる。暗い格子の窓の向こうに、紫の花を一輪いけた白い壷が浮かんでいたりする。昼でも鬱蒼とした杜を抜けると、真紅に塗られた屋根や、回廊が待っていたりする。

そう言えば女はなぜこの町を選んでやってきたのだろう。

女がこの町の生まれだという話は聞いていない。縁の人がいるわけでもないらしい。ただ男に去られた孤独をかこつのに、古都の雰囲気が感傷をそそったということなのだろうか。

目を上げると、庭を見下ろす書院の縁に腰掛けた女が目にはいった。白い服の裾をふわりとかぶせて、少女のように膝を抱えている。男の存在にまったく気づいていないらしい女のすぐ後ろにまわって、数人の客に混じって座った。詩仙堂の名の由来ともなった李白や杜甫などの肖像を眺めるふりをしているうちに、客は次々と席を立ち、気づくと女の他には誰も残っていない。男は女の背後までにじりよるようにして近づいて、初めて女が小さな声で歌を歌っているのに気づいた。いかにも楽しそうなのびのびした鼻歌。情痴の果てに相手の男が死を選んだ。

まだ半月もたっていない惨事など、まったく忘れ去ったようなせいせいとした横顔だった。

女のうしろに、若い娘が持つような籐のバッグが留め金もかけずに、置いてあった。男はふと悪戯を思いついたような気持ちになって、ズボンのポケットに折りたたんであった誓約書をその中に入れると、何くわぬ風に席をたった。

誓約書の写しは残されていたから、もし女があれを破ったりしても、改めてサインさせることはできる。男は女の出てくるのをタクシーの中で少しどきどきしながら待った。

ずいぶん長い間、待っていたような気がする。女の白い服がひらりと横切って、男はシートにもたれていた身体を慌てて起こした。

くねくねと細い道をずいぶん走った。車は行き止まりの山道で止まった。

「ここはどこ」

女がぼんやりした足取りで歩き去るのを見送ってから、運転手に聞いた。

「地蔵院です。こんな山の中までくるお客はんは少ないですけど」

運転手は興味が出てきたらしい目つきで女の後姿と男を等分に見た。かわった道行きにつきあっている気分でもしたのかもしれない。

苔むした庭はただしんとした木々の緑に囲まれていた。寺院というより由緒ある商家の別邸という趣だった。人の気配のない玄関を覗き込んでみたけれど、足音ひとつ聞こえない。縁先にまわって捜してみても、女の姿はなかった。

確かにここへ来たはずなのに、どこへ消えたのだろう。

男が狭い庭に佇んでいると、どこからともなく、かあん、かあんと、脅すような、笑うような、不思議な音が響いてきた。乾いて軽い打楽器のような音でもあった。

音のする方に歩き出すと、庭をぬけた山道の方に白い服が見えた。

ほんものの竹林というものを男は初めて見た。竹というのはこれほど高く伸びるものなのだろうか。真緑の節を連ねて、竹はしなりながら、空へと消えている。細い葉が海底の藻のように重なって、薄い光をいっそう淡く梳いていた。匂いでもなく、空気でもなく、不思議な空間がひしひしと迫って、男は息苦しくなった。

かあん、かあんと響く音に導かれて近づくと、竹と竹が風に揺れてぶつかっているのだった。竹の節の中にある空洞と空洞が響き合っているのだろう。自分の頭の中に風が吹き抜ける気がして、音が鳴るたびに、振向かずにはいられなかった。

竹林の暗さに目が慣れると、節と節の間を小さな蝶がいくつも群れているのが目にはいった。竹の節と節の間、空洞の中から蜜のようなものでも染み出しているのだろうか。

男が目を凝らして蝶を見つめていると、またあらぬ方でかあんかあんという音が響き渡る。男はもうすっかり女を見失って、竹林の不思議な世界に迷っていた。

白い服に、たっぷり二日間は翻弄され、付き合わされた。すっかり夏のひざしになっている灼熱の川原、薄暗い杜から杜。暑さに毛ばだった緋毛氈の茶店。打ち水をした夕暮れの路地。蓮の蕾がかすかに動く真昼の沼。

女はある時は、サングラス越しに男をじっと見つめるようでもあり、おもしろがって、つけられているのを承知で逃げまわっているようにも見えた。まったく何も気づかずに、古都の行楽を堪能しているように見えなくもなかった。

つきあえばつきあうほど、得体の知れない女だった。女の特色ともいえるアンバランスは、普通なら何でもない行為や所作のひとつひとつを複雑に、謎めいて見せた。男はもう二日目には、誓約書にサインさせたり、手切れ金を渡したりするのを半ば諦めていた。ごく自然な好機にでも出くわさない限り、話をつけたりする意欲もなくなっていた。

ひとつだけ、女の癖を男は覚えた。それは女がいつも気持ちよい時にだけ歌を口ずさむということである。

昔の童謡や、唱歌のたぐいだった。そんな時はほとんど忘我の境地らしく、心はここにあらずといった体で、周囲のことなどすっかり忘れ去ってしまうらしい。

「かあごめ、かごめ。いついつでやる。よあけのばんに」

三千院の書院の縁先にぺたりと座って、女は同じフレーズを繰り返し歌ったりした。半分のいやがらせ、半分の好奇心で、そのつど男は誓約書のコピーを彼女の口の開いたバッグにつっこんでは、実りのないおいかけごっこの報復をした。ファスナーとてない無防備な籐のバッグにもう五、六枚の誓約書が溜まっているはずである。男もさすがに、こんな子供の遊戯や、ゲームのようなことにうんざりしかかっていた。

それでなくても、旅先の情緒など薙ぎ倒してしまいそうな古都の暑気である。女の足どりにも心なしか疲れと倦怠が滲みはじめているようだった。

三日目の夕暮れ。夕凪の清水寺には人っこ一人いない。足の下で玉砂利が男の焦慮に軋む背骨のように音をさせて鳴った。

もう白い服も見飽きた。男は清水の舞台にだらりと垂れ下がった女のワンピースを確かめるように見上げた。今度こそ、女を捕らえて、話をつけよう。決意は唐突に兆して、汗にまみれた男の胸で定着した。こんな灼熱地獄のような古都とも、女の白い服の幻影ともいっさい縁を切るのだ。もともとの発端はありふれた情事ではないか。所詮夫婦のいざこざに過ぎない。示談が成立しようと、決裂に終わろうと自分には何の関係もないのだ。

標的を見定めるように女の立つ真下にきて、旗のように翻る白い服を凝視したその時である。直後に、自分の身に起こった事を男ははっきりと把握することが出来なかった。大きな花束が投げつけられたような濃密な匂い。白い闇と衝撃。落下なのか、浮揚なのか、確かめることも、感知することもできなかった。強烈な痛みと、一瞬の陶酔。

消えかかった意識が点滅して、男は閃光のようにひらめいた真実を口にする機会もなかった。木のてっぺんから落ちてきた大きな卵のような白い花が開いて、深紅の花芯が見えた。大山深山蓮華。標的は白い服ではなく、追いかけているつもりの自分だった。

降ってくる真っ白な花びらと思ったものは、引き裂かれた誓約書の紙片であることなどすでに意識を失っている男にわかるはずもなかった。

緑陰や酩酊を生む壷を抱き

階段の上

ことの始まりは一枚の葉書だった。いやそうではない。きまぐれに引いたいつもより赤い口紅だった。

長い梅雨が明けようとしていた。明け方まで降ったり止んだりしていた雨が上がって、なまぬるい風が吹いていた。葉書の内容は中元のありふれた礼に過ぎない。朝顔の横に書かれたたった三行の挨拶。がさばるはずのない薄い葉書をポケットに入れて、家を出ようとした間際、ふと思いついて玄関で口紅をひいた。

新しい口紅を買おうとすると、いつも間違う。緋色と言えば橙。オレンジがかった赤といえば、ワインレッドのくすんだ紫。絶対深紅でなければいけないのに、透き通った杏色だったりする。

どうみても赤すぎる口紅を唇で幾度もなじませてから、傘を持って出かけた。

ノウゼンカズラのはびこる角を曲がった所にポストがある。葉書を出そうとしたら、ポストの口が濡れていた。たった三行のお礼や、パッチリと咲いた朝顔の絵を濡らすのはいやだった。

葉書を持ったまま、坂を上った。坂の途中にもうひとつポストがある。雨に湿った桜並木の薄暗い坂道を歩いていると、桜餅の匂いがした。

重なりあった葉が守ったのだろう。坂の途中のポストの口は濡れていなかった。ほっとして、葉書を投函した。

やっぱり始まりは赤過ぎる口紅だった。振向くと、ポストの向かいの店のウィンドーに口紅が映っていた。こんなに赤い、と思って近づくと、飾り棚に群青の水差しが置かれているのが目に入った。どんな手法によるものなのか底の部分に真っ青な水滴がたくさん閉じ込められている。雨上がりの七月のウィンドーに置かれている硝子の水差し。その横に映っている赤いぐみのような口紅。

青い水差しの横には、飴の俸を捩ったような細長い香水瓶が飾ってあった。桜の葉の影で見えにくいけれど、他にも硝子の鉢や、大小の花瓶が中空に浮かんでいるようにぼんやり映っていた。

ドアはとても軽かったから、ためらっている閑もなかった。思ったとおり、硝子の器やグラスや花瓶が、落ち着いた李朝箪笥や、コンソールの上に整然と並べられていた。真中のテーブルには、黒かと見まがう深紅の杯の上に、口の開いていない柘榴が載せられている。知らず知らず息をつめ、すり足で見てまわった。ビーカーのような細い口の瓶にいれられている稚児百合。閉じられた本の上の真っ赤な硝子のりんご。ひとつひとつ手に取ったり、じっと眺めたりしていたけれど、店の人は誰も出てこなかった。

どのくらいそうしていただろう。ふと気が付くと、人の話声らしきものが聞こえる。かすかな笑い声も。店の奥にある階段の下に立って、ちょっと耳を澄ましてみた。

硝子の中にひしめいている水泡や、透き通った瓶の底に沈んだ金箔や銀の粉がささやきかわすような、不思議なざわめき。

階段の踊り場には、誘うように美しい硝子の甕が置かれ、一輪の睡蓮が浮かんでいるのが見えた。階上からは金色に梳かれた光がもうひとつの螺旋階段のように揺れている。導かれるように、一歩一歩上っていった。もう上がっていくしかなかった。

階上には大きな硝子の卓が置かれていて、それを取り囲むように座っている女たちがいっせいに、こちらを振向いた。白い顔と、それぞれの口に塗られたそれぞれの色の口紅。それらはみな同じ言葉の形に開いたように見えた。

「待っていたのよ。ずっと」

頬紅や朝一刷毛の合歓の花

ベリー、ベリー、ベリー

「いらっしゃいませ。何になさいますか」

私は本当に嬉しかったので、マニュアル以上の笑みを浮かべてお辞儀をした。

「注文はちょっと、待って。まだ決まっていないから」

白いブラウスを着た客は首に青い筋を浮かべると神経質な様子で答えた。

「あら。私は決まってるわ。バナナとチョコレートが段々になってて、上に真っ赤なラズベリーが飾ってあるケーキ」

ピンクの花柄のワンピースを着た客がこってりしたホイップクリームのような笑みを浮かべて言った。

「カーニバルの夜、ですね。かしこまりました」

「あら、カーニバルの夜、って名前なの。いやだ。ふふふっ。いい歳をしたおばさんが食べるもんじゃないのね。きっと。でも、私、バナナとチョコレートに昔から目がないの。おまけにここのは上に本物のラズベリーがたくさんのってるでしょ。あれがいいのよ。酸味が下の甘さとマッチしてて。あなたも同じのにしたら」

どんなベリーより鮮やかな、鋭いほど赤いマニキュアをした指をひらひらさせて、まだオーダーの決まらない相手に押し付けがましい様子で勧めた。

飲み物のオーダーは聞かない。聞かなくてもわかっている。店では「レモンティーの女」と彼女のことを呼んでいる。

「御見本をお持ちしましょうか」とますます楽しくなってきた私は、愛想よく言う。

「だめよ。見本なんて。側に全部持ってこられると、余計迷うから」

化粧気のない顔を激しく振って、客はきまじめな顔で断る。すっかり同じやりとりを、少なくとも十回以上は繰り返しているけれど、これはもう儀式のようなもので答えはわかっていても、省くわけにはいかない。

「やっぱり、自分で見てから決めるわ。新しいケーキだって、あるでしょ」

多分ウエストはゴムだろう紺のギャザースカートをひらりとさせて、せかせかした足取りで客は、ウィンドーの前まで歩いていく。

入り口の左右を囲む形で、大きな硝子のドームが設置してあって、中には二十種類近くのケーキが、まだほとんどカートのまま飾られている。硝子に鼻をくっつけるほど近づいた後、客は一歩づつ遠ざかりつつ、熱心にケーキを吟味して、プレートの字を読もうと無駄な努力をする。

その様子を何度か見た店長は、「あれは絶対近眼の老眼だな」と言っていた。

「右から二番目の新しいケーキにするわ」

何かとてつもない妥協を強いられたといった様子で、客はほとんど落胆した声で私に告げる。

「かしこまりました。アマゾンの虹ですね」

ケーキの名前を聞いて、レモンティーの女は白い喉をのけぞらせて、無遠慮な笑い声をあげる。

「えっ。そんな名前なの。スポンジの上にメロンやスイカや、パパイヤなんかがいっぱい載ってて。上に青い木の実がぐるりと取り囲んでいるケーキよ」

客が気の毒なほど狼狽して、顔を赤くしながら説明する。

「上に載っているのは、パパイヤではなくて、マンゴです。下はピスタチオの入った台になっております」

「えっ。パパイヤじゃなくて、マンゴなの。じゃあダメだわ。私はマンゴアレルギーだもの。一度ちょっと青いのを食べて、すごい蕁麻疹になったことがあるから」

客はむしろほっとした様子で、再びウィンドーを振り返る。

「仕方ないわね。じゃあ、本日のケーキセットにするわ。ブルーベリータルトね。ええ。それでいいわ」

私は奥のカウンターに行って、「本日のケーキセット。アイスコーヒー」と告げる。側にいた仲間のウェイトレスが我慢しきれなくなって、くすくす笑う。白いブラウスの客を「本日のケーキセット」と呼ぶようになって、もう半年になる。

ひとしきり笑った後、レモンティーの女は落ち着きのない様子で入り口の方を見ている。本日のケーキセットは、オーダーを済ませると、大きな仕事をなしとげたように脱力感を漂わせながら、ぼんやり水を飲み続けている。

二人はほとんど喋らない。きまずい雰囲気というのでもないが、お互いが居ることを気づかないふりをするようにいつも視線を避けて座っている。

ドアが開いて、黒い細身のパンツにサングラスをした客が現れると、レモンティーは少しほっとしたような表情になって「ここよ、ここ」と派手な仕草で合図をする。

「ごめんなさい。遅くなって」

必ず三十分は遅れてくるくせに、彼女は申し訳なさそうに頭を下げるだけで、決してサングラスをはずしたりしない。

「洋ナシのタルトをいただくわ。生クリームはつけないでね」

バッグの中から煙草を取り出すと、客はかすれた声で私に告げる。

常時二十種類はあるケーキが自慢の店のウィンドーをこの客は一度も見たことがない。私が水と一緒に差し出すメニューにさえ目を落とさない。おとといはピーチパイ、その前はレモンパイ、秋になるとシェフ自慢のタルトタタンを一ヶ月は食べ続ける。

「エスプレッソのダブル」

そんなものはメニューにはないけれど、私は平然と「かしこまりました」と短く答える。普通のエスプレッソなら一度だけエスプレッソマシンを押し、ダブルなら二回押す。トリプルと言われれば、三回押せばいいのだ。料金はマシンを押した回数分かければいい。ケーキにはこだわって、どの店にもないものをと工夫を重ねるけれど、うちのパティシエは飲み物には驚くほど無頓着なのだ。

オーダーされたケーキは必ず揃って一緒に持っていく。私たちウエイトレスはそのことだけは厳重にしつけられている。飲み物はともかく、ケーキの選択に対して客は敏感になっている。オーダーの順序に従って持っていったりすると必ず「私もこれにするわ」とか「やっぱり違うケーキにしたい」とか、トラブルの元になる。一緒に持っていけば、あれこれと吟味しあって「一口づつ味見をすればいいわ」ということにだいたいは落ち着く。

レモンティーにはカーニバルの夜を。本日のケーキのブルーベリータルトにはアイスコーヒーを。ダブルのエスプレッソには洋ナシのタルトを。私はなるべくゆっくりと丁寧にセットする。時にはわざとミルクやストローを忘れたふりさえする。

「それで、ゆうべは帰ってきたの」

カーニバルの夜の上に乗っている真っ赤なラズベリーをつまみながら、我慢できないといった様子でレモンティーの女が膝を乗り出す。

「だって、まだ木曜よ。帰るわけないでしょ。お宅はどうなの」

煙草を吸っていた客は低い声で答える。サングラスの下で目が光ったような気がする。

「帰ってきたのが、先月の二十日だから、じき半月になるわ。まったく人をバカにしてるったらありゃしない」

レモンをストローでぐしゃぐしゃに潰し、潰したレモンを持ち上げてケーキ皿の横に置く。ラズベリーソースの赤と、アイスティーが混じって皿は見るかげもなく汚れてしまう。客はそれでもまだ足りないというように、チョコレートのついた唇をぬぐったナプキンを平然とプレートの下に突っ込む。

なんにも見ていないふりで、本日のケーキセットは無心にケーキを食べ、アイスコーヒーを飲み続ける。白いブラウスの襟元の下で時々喉が大きな音をさせて鳴る。

「あなたって、よく平気ね。だって、もう一ヶ月以上帰ってきていないんでしょ」

レモンティーの女は苛立った様子で彼女の肘に触れる。フォークの先にのっていたブルーベリーが転がって、白いブラウスの袖に赤黒いシミを作る。

「平気じゃないけど。待つことに少し慣れたのかもしれない」

私のさしだしたふきんで袖についたしみをごしごしこすりながら、本日のケーキセットはおずおずした視線をサングラスの女とレモンティーの女に等分に向ける。

「永遠に帰ってこないかもしれないのよ。待って、待って、ただ年老いていくなんて、私には我慢できない」

でももうぐしゃぐしゃにするレモンもないし、ラズベリーも残っていないので、客は赤い口で咥えているストローをめちゃくちゃに噛み続ける。

「待っていれば、そのうちきっと、帰ってくるわよ」

流行のヌーディな口紅を光らせて、サングラスの女は静かに答える。とてもいい声。かすれているのに深い声は、とてつもない優しさや、冷酷さを秘めている。誰に言っているのでもない、多分自分に向かって言っているのだろう。エスプレットのダブルの苦さ、と私は彼女の声を聞くたびに思う。

「どうかしら。絶対帰ってくるなんて保証、どこにもないんじゃない」

三人とも必ず違ったケーキを食べるけれど、決して味見をしあったり、半分に分けたりしない。

めいめいのケーキをそれだけが自分のものだと言わんばかりに、早急に、あるいはゆっくりと独占して食べる。食べ終わっても、相手のそれぞれのケーキを絶対、もの欲しそうに見たりしない。よくいる客のように「今度、私もそれにしよう」などと無邪気に口をすべらせたりしない。

「いつかは帰ってくると信じているわ。だって、私は妻だもの」

ブルーベリーの紫色の皮を歯にくっつけたまま、本日のケーキセットはあえぐような声で呟く。私は食べ終わったケーキ皿を片づける手を目立たないように停止させる。

「そうね。私たちって、まだ妻ね。いつか妻じゃなくなるかもしれない。段階的な妻。この人はまだ四日。私は半月。あなたは一ヶ月。あら、じき二ヶ月になるんだっけ」

レモンティーの女がいつもがつがつと真っ先にケーキを食べ終わり、いつも一番多く喋る。

「私、甘いものに飢えているわけじゃないのよ。ただ、ここのケーキみたいに可愛いものを見ると、俄然食欲が出て、猛烈に食べてみたくなるの」

いつだったか、二つ目のケーキを注文した時、少し恥ずかしそうに打ち明けたことがある。こんなに早く食べるのに、こんなに汚く食べる客は珍しい。決してケーキをゆっくり眺めたりしない。真っ先に飾ってあるベリーをむしり取るように食べ、スポンジやクリームのきれいな層などまったく無視して、ぐしゃぐしゃにフォークで崩して食べる。食べるというよりやっつけているような速さと乱暴さ。その後の無惨な様子は、子供よりひどい。

生クリームをあちこちになすりつけ、ソースを点々とこぼし、フルーツの皮を吐き出し、最後に口紅のついたナプキンを丸めて仕上げをする。彼女の皿を提げる時はむかむかすると同僚のウエイトレスも言っていた。

そこへいくと本日のケーキセットは着ている服や、オーダーするものと同様質素でつつましい。ケーキに添えられた生クリームを丁寧にスプーンですくいとって掃除をすると、まるで今日一日の楽しいことが全部終わってしまったとでもいうように、文字どうり肩を落として、フォークを皿の片隅にこつんと置く。

「ここのケーキ、ほんとに素敵ね。季節ごとに新しいものがあって。時々きれい過ぎて食べるのが勿体なくなる。ああ、世の中にはこんなにきれいで、美味しそうなものがいっぱいあるんだなって。ついため息がでちゃう」

従業員がたまたまケーキを飾っていたら、そんな告白をしたことがあるのだという。

「段階的妻、確かにあなたの言うとうりだわ。でも私、もう許すふりも、忘れるふりもしない。今度夫が帰ってきたら、言うことにしたの。これ以上、私は決して待たないって」

レモンティーの女も本日のケーキセットも、明らかに動揺して、サングラスの女を見つめた。

「待たないって。まさか離婚するの」

「そんなことしたら。私たちが今まで耐えてきたことの意味がなくなるじゃない。短気を起こすと、何もかも水の泡になるのよ」

洋ナシのタルトの美味しそうなビスケット台を残したまま、彼女は三本目のタバコを深深と吸う。

「いいの。こうしていることこそ、すべてを水の泡にしてることだって、私、気づいたのよ」

彼女の手元で飲み残したエスプレッソが、深黒の小さな夜のように鎮まっている。いつも半分だけしか飲まない。シングルになってしまった夜。

彼女たちがそれぞれの方向に出て行った後、私はゆっくりと時間をかけて、ケーキ皿や、カップを片付けた。一人が欠けてしまえば、三人ともこの店にくることは二度とないだろう。本日のケーキセットはたまには店のウィンドーを眺めながらため息をつくかもしれないけれど。レモンティーの客は理由のわからない飢えに突き動かされて誰かに、ここのケーキの全部の種類を買わせることがあったとしても、もう決してここでレモンティーを飲むこともない。そして待つことをやめたサングラスの客は、本当は大嫌いなケーキなど食べることもなく、シングルのエスプレッソをどこか遠くの町で、一人でゆっくりと味わうに違いない。

わたくしの夜の小ささスイカズラ

二月の病室

個室に移ってから、私はいろいろ香りのするものを収集するようになった。きっかけは以前の同僚が持ってきてくれたアロマキャンドルだった。

「値段を言うのもおかしいけど、これ、すごく高価なの。最近話題のセレクトショップで買ったフランス製。とっても上品な匂いがいつまでも長続きするんだって。今日、見舞いにこられなかった人ともお金をだしあって、買ってきたの」

見かけはそれほどゴージャスにも見えなかったけれど、確かにそのアロマキャンドルは炎とともに柔らかい芳しい香りで病室を満たした。リラックス効果も抜群で、睡眠薬をつかわなくても自然に眠れたし、朝はまるで南仏のホテルにでもいるような清々しい香りで目覚めることが出来た。

香りはしかし、一種の中毒である。睡眠薬や鎮痛剤の量が少しづつ増すように、私の香り依存症はエスカレートしていった。

病室というのは常に無臭ではない。消毒の匂い、薬品や、血液の匂い。そして、髪も洗えず、入浴も禁じられている自身の内外から発する匂いも私を苦しめ始めていた。

香水やコロンの瓶が並び、サイドテーブルにはポプリを入れた硝子の壷が置かれた。枕の中にはラベンダーのサシャを忍ばせ、手や首にはほのかにジェル状のハーブミルクを塗った。

「ああ、いい匂い。ここへくると優雅な気分になっちゃう」

看護婦は検温や血圧の測定にくるたびにおおげさに深呼吸をしていく。

看病に通う母親はいそいそとハーブティーや、アロマグッズを捜しては持ちこんだ。

「おまえ、今日はちょっと変わった香りをブレンドしたのを持ってきたから、試してみようか」

あっという間に病室一杯になった強い伽羅の香りに、入ってきた医師が慌てて私に走り寄ってくるというハプニングもあって、私たち親子はそのことで半日は笑い続けた。

香りの収集は続き、治療も続けられたけれど、病状は確実に悪化の一途をたどっていった。

「今日はとても元気そうだよ。美味しそうな匂いがして。まるで焼きたてのホットケーキみたいだ」

婚約者はいい匂いのするヒヤシンスの花束を抱えてきて、晴れやかに笑った。

人はさまざまに気配りをし、演技をしているつもりでも、存外言葉は裏切らない。最後の手段のステロイド剤があっという間に私の痩せた顔をぱんぱんに膨らんだムーンフェイスにしていた。

母は手元にもう鏡を置かなくなった。その代わりに柑橘系やミントなどの特別爽涼感をもった香料がふんだんに使われるようになった。

しかしどんなにフレッシュなシチリア島のオレンジの香りや巧妙にブレンドされた中国の風蘭の匂いが私を包もうと、私の体から発する死と衰弱の香りを消すことは不可能だった。

同僚も友達も、婚約者の見舞いも次第に間遠になり、私はさまざまな匂いに包まれた肉体の島のように孤立していくしかなかった。

点滴のはずれたわずかな時間、私は母親に滴らせてもらう香水の匂いを嗅いで、ひとときの空想に浸る。それがもう唯一の自由の時間になっていた。

「この匂い。庭に咲く沈丁花に似ている。この花が咲き始める頃になると毎年、お母さんはひどい花粉症になったわね」

私のさりげない言葉に母親はふいに涙をぼろぼろこぼしたりする。

それでもいっかな絶望は訪れない。それはあまりに遅く、私の死より遅れるのではないかと最近は不安に駆られることすらある。

検査という検査はことごとく最悪の結果となり、成功は1パーセント以下の手術の日が告げられた。

「ねえ。お願いがあるの。手術の日に、花屋にあるだけの水仙を買ってきてくれないかしら」

婚約者は私のしばらくぶりの電話に罪の意識を感じているらしい声で了承した。

きれいさっぱりどんな香りも、その匂いが発する想像や、希望の類もいっさい消しさって、私は無臭の手術着を着て横たわっていた。

「さあ、いきますよ。頑張ってね」

看護婦に言われて、全身麻酔が効いてきた朦朧とした目で最後に病室を振り返った。

ベッドのまわりを囲んでいた香水瓶や、さまざまなアロマグッズはすべて片付けられて、シーツのまわりにはつい今しがたまで病室に漂っていた私の恐れの気配だけが残り香としてまつわっている。

婚約者の持ってきた水仙は二月の病室でいつまでも喪の匂いをさせて咲き続けるのだろう。

透き通るものみな好きで蕪煮る

女神のいる庭

「みなさん、本日はイングリッシュガーデンを巡る日帰りツアーに御参加いただきまして、ありがとうございました。最初は晩秋の森、次は自然味溢れる農園など御見学いただきましたが、いかがでしたでしょうか。お待たせ致しました。ツアーのハイライトでございます三つ目のガーデンにまもなく到着致します。このガーデンはイギリスから有名なガーデナーを招いて、五年もの歳月をかけて作られた関東では最大規模の本格的なボタニカルガーデンでございます。ゆっくり秋の午後の散策をお楽しみください。なお、入場券と一緒に隣接しましたティーラウンジでのアフタヌーンティーのサービス券を御配り致しますので、優雅なティータイムもご堪能下さい。予定どおり三時の到着ですので、出発は四時四十五分とさせていただきます。夕方は道路事情によっては、渋滞も考えられますので、どうぞ時間厳守ということで、よろしくお願い致します」

　オリンピックの選手でもあるまいに、青のブレザーに派手な金糸のワッペンをつけた添乗員が相変わらず、油紙に火をつけたようにぺらぺらと喋っている。最近は少し耳が遠くなったらしく、マイクを通した声は聞きとりにくくて難儀をする。どうせみんな聞こえたところで半分はきざったらしい内容のないことに決まっているから、かまわないけれど。でも、どうやら最期の目的地に着いたらしいらしいことはわかる。

　内心では本当にほっとした。なんとやら農園でハーブとか、自然食品を買った時に行けなかったので、小用が限界に達していたのだ。なんでもいいから、バスから降りたら真っ先に近くのトイレに駆け込まなくてはならない。

　入場券をひったくるように受け取って、後も見ずに派手なアーチをくぐり抜けると、みやげ物屋のトイレに入った。少し迷った末、やっと入り口付近に戻ってみると、三十五人いるツアーの客は一人も見あたらなくなっていた。目的地に着くたびに、自分のものみたいに得意げに説明をして、旗をたてて先導している添乗員の姿もない。いったいみんなどこへ雲隠れしてしまったのか。

　それにしてもなんというだだっぴろい庭だろう。西洋杉が一列に並んでいる道を通りぬけると、レンガや垣根に囲まれたいくつもの庭の入り口がある。そこここに噴水があるかと思うと、ベンチの並んだ中庭があり、低い丘陵にしゃれた東屋があったりする。

まるで孫の持っていた「不思議な国のアリス」の本の中にある庭のようだ。見たこともない木が黄色に透ける葉をいっぱいつけて並んでいる下にはきれいな草がそよいでいる。やっと見かけた人の後をついて、象の形に刈り込んだ木の横を曲がると、小さな川が流れていて、古い太鼓橋のような橋までかかっている。

「日本じゃあないみたいだ」

誰もいないので、ついひとりごとが出る。確かに立派な庭だ。とってもよく出来ている。ざっと見ただけで、千坪、あるいは二千坪ぐらいあるかもしれない。最近の建売住宅なら、三十件は建つ計算だ。こんな広々と整地された地面を見るのはずいぶん久しぶりだ。

秋の澄み切った空気、木や草の匂い。ほんとにせいせいする。柳の木が静かな水面に映って、池には蓮によく似た花が咲いている。極楽浄土の静けさ、なんて言ったらバスで後ろの席に座っていたきどった女などは、きっと冷笑するだろう。

まあ、いい。庭だって、ガーデンだって、結局は同じことだ。空は青から少しづつ夕焼けの色に変わって、鳥の声があちこちでする。秋の早い夕暮。広々としていて、本物の田舎みたいだ。初めてツアーに申し込んでくれた娘夫婦に感謝する気持ちになった。

「お父さんも、家にばっかりいないで、ときには遠出でもして気分転換をした方がいいのよ。

じきお母さんの三回忌だし、そろそろ一人で楽しむことを覚えないと、惨めな老後になっちゃう。ガーデンツアーにでも行けば、案外ちょうどいいお相手の年寄りに会えるかもしれないし」

確かにバスツアーには俺と同じ歳頃の初老の女がいた。いたどころじゃあない。ぞろぞろ、ほとんどそういう女ばっかりだと言っていいくらいだ。

でも、娘の計算違いは、そんな女たちはみんな相手がいたり、女同士のグループだということだ。一人で参加した女もいることはいたが、そういう女はみんな申し合わせたようにひどく派手なかっこうで、奇妙な形をした帽子ごしに、俺の冴えないスーツ姿をバカにしたように一瞥して、さっと離れていってしまった。

そんなことどうでもいい。俺は田舎が好きだし、花も木も好きだ。こんなふうに入場料を払ってまで庭に来たことはないけれど、公園や手入れの行き届いた庭園を散歩するのは昔から好きだった。

特に家内が死ぬ五年前くらいから、よく公園に連れ立って散歩に行った。歩くのは金もかからないし、健康にもいい。それに家内は昔から花が大好きだった。公団住宅の一階に住んでいたから、猫の額ほどの庭がある。そこに宿根草をたくさん植えていたし、花の鉢を絶やすことがなかった。子供が大きくなって出て行くと、まるで子供にするみたいに世話をして、よく話しかけていた。

地味で目立たない、これといった特徴のない女だったけれど、心根が優しくて、情が細やかだった。家内のおかげで、都会に住んでいても春夏秋冬の楽しさを味わうことが出来たし、花の名前や植物にも親しむことが出来た。

もし、家内が生きていて、こんな素晴らしい外国の庭を見ることが出来たら、どんなに喜んだだろう。「お父さん、これ、なんて名前の花か知ってます」って、うるさいくらい言い続けたに違いない。

池に沿ってひとまわりすると、また新しい庭に出る。出るように出来ている。兎の形に刈り込んだ柘植に菊の花で作った帽子がかぶせてあって、道の目印になっている。

「チューダー朝式ハーブガーデン」

何のことだかちっともわからないけれど、レンガが敷いてある両脇にいい匂いのする草や花が行儀よく並んで植わっている。かがんでよく見ると、白や紫の小さな花が咲いている。風が吹いてくると、なんだかなつかしいような匂いに囲まれる。台所から出てきたばかりの家内の匂い。エプロンや髪や手にしみこんだ匂いに似ている。鼻を膨らませて匂いを嗅ぐと、腹が鳴った。

ツアーには弁当とお茶が付いていた。助六寿司に、卵焼き。煮物と、佃煮。どれもみんな味が濃くて閉口した。喉が渇いたので、缶のお茶をがぶがぶ飲んだ。それっきり、何も食べていない。他の客はみんなバスの中で持ってきた菓子やみかんを回して食っていたけれど、誰もすすめてはくれなかった。

腹が減った。弁当と缶の緑茶。あちこちの入場料は込みだったとしても、それで九千円のツアー代は高い。町ならば、昼と夜と、寿司やカツ丼やけっこう贅沢に食っても、まだお釣りがくる。いい匂いのする庭を出ると、ローズガーデンに突き当たる。ローズガーデンの意味くらいだったら、俺にもわかる。

薔薇というのは五月に咲くものだとばかり思っていた。五月の薔薇、五月の薔薇、と家内がいつも歌うように言っていた。桜や菊よりずっと好きだったから、入院した時も見舞い客はだいたい薔薇の花束を持ってきた。

「病気も手術もいやだけど、こんなに薔薇が貰えるのは嬉しい」と娘のように喜んでいた。ほんのささやかなことで物喜びする、単純だけれど、素直な女だった。

どうしても家内のことばかり思い出してしまう。娘の思惑ははずれてガールフレンドは見つからなかったかわりに、死んだ家内の思い出とずいぶん会えたから、これでよしとするべきなのだろう。思い出の料金も込みで九千円ならそう高くないかもしれない。

それにしても腹が減った。熱いお茶にどら焼きでもあったらどんなにいいだろう、と思いながら一番奥らしい庭に着いた。ここには特別目新しい花はない。その代わりカタカナの名前が書いてある横に白い石膏で出来た女の像が立っている。石膏だからあたり前だけれど、白い首筋に白い手。白い服をつまんだ中に、薔薇の花や草の束を入れている。白い髪を花の輪でゆわえている。

夕映えが女の像のところどころを薔薇色に染めていく。どこかから鐘の音も聞こえてきた。近くにあったベンチに座りこんだら、少し眠くなってきた。

「またこんな所で居所寝をして。風邪をひくじゃありませんか」

聞き慣れた優しい声。叱るときでさえ、尖った鋭い声をだすことのない女なのだ。

「寝ちゃあいないよ。腹が減っているんだ」

「まあ。子供みたいに。じきに夕ご飯ですよ」

そう言いながらもお茶の支度をする気配。湯のわく音。ほうじ茶のいい匂い。

「何か甘いものでもあったら、だしてくれないか」

「いただきものの、カステラを切りましょうか」

カステラは家内の好物だったから、入院してからも見舞いによく貰った。カステラの底にざらめが敷いてあるところが特に好きだった。薔薇の花と、カステラに囲まれて家内は死んだ。

「いやだわ。お父さん。私はここにいますよ」

「そうか。帰ってきたのか」

四時四十五分になると、早い黄昏の気配が庭に漂い始める。噴水も寂しい漣の音となり、どの木々も淡く翳る。アーチからアーチへ咲き残った薔薇の香りを集めて風が吹き抜けていく。隠してあった照明に灯りがつくと、ガーデン全体が巨大な花のようにほんのりと明るむ。

「きれい。もうちょっと長く居たかったわねえ。喉が渇いてろくすっぽ庭を歩かないうちに、アフタヌーンティーを頂いて、サンドイッチやスコンを食べてたら、あっという間に集合時間になっちゃって」

客は少し不満気な声で話しながら、バスに戻った。

「みなさん、お帰りなさい。ダイアナの庭はいかがでしたか。名前の由来は彼の英国の王妃ではなく、これを作りましたガーデナーが亡くなった妻の名前をつけたのだそうです」

「へえぇ。そうだったの。庭に自分の妻の名前をつけるなんて素敵ね」

「でも名前がダイアナだからいいけど、ケイコの庭とかヤスコの庭じゃあ、あんまりロマンチックでもないわね」

客の笑い声に答えながら、添乗員はリストを片手に全員戻ったか調べてまわった。三十六人。座席はきちんと埋まっている。用心のために二度数えなおすと、運転手に「出発してください」と声をかけた。

「お疲れさまでございました。それでは一路帰宅の途につかせていただきます。途中一度サービスエリアでトイレ休憩を致します。皆様たっぷり本格的なアフタヌーンティーをご堪能頂いたとは思いますが、まだ飲みたりないと言う方のために、今度は熱い日本茶のサービスをさせていただきます。また植物などに触られて手を洗いたい方のために、おしぼりも一緒に御配り致します」

バスガイドが紙コップにポットのお茶をつぎ、熱いおしぼりを配ってまわった。

「あら、意外と気が付くじゃない。お茶はどっちでもいいけど、ハーブをいっぱい触ったら、手が汚れちゃって。おしぼりは助かるわ」

コサージュをつけた黒い帽子をかぶったイギリス帰りの客はアフタヌーンティーで食べ残した焼き菓子を取り出した。おしぼりでゆっくり手を拭きながら、それにしても前の座席の年寄りはなんて静かなんだろう、とふと思った。

つい最近、寡婦になって日本に帰ってきたばかりの彼女はイギリスの大きな男ばかり見慣れていたので、日本の男性がみな小さく貧相に見えて仕方なかった。

「特に歳をとると、日本の男って、まるで影だけみたいになっちゃうんだから」

紙コップもおしぼりもきちんと定員分用意したはずなのに、添乗員のところへ「これ、残りました」とバスガイドがひとつづつ余分を持ってきた。

「そんなはずはないんだけど」

添乗員はちょっと不安な顔で、もう一度バスの客を見回した。大丈夫、みんな揃っている。当り前だ。念には念を入れて確認したのだから。

バスはすっかり暮れた晩秋の夜を区切って大きくカーブすると、やがて光の帯のきらめく高速道路に入っていった。

聖夜に熊野町循環バスに乗る

後ろから三番目のバスのタイヤの上の、一段高くなっている席が私は好きだ。目当ての座席が空いていると、「今日は運がいいかもしれない」と思う。

五時二十分発熊野町循環バスのいつもの席は空いていた。聖夜だから、神様のみこころもあまねくゆきわたっているのかもしれない。よっこらしょっとコートの裾をたぐって座り、バッグの中からお気に入りのキャラメルをだしてなめた。

「次は四葉町、交番前。止まります」

赤いランプがすぐに点滅すると、車掌が野太い声で言った。発車して三分とたっていないけれど、年寄りの足で歩けば十五分はかかる。案の定、降車ステップに立ったのは、白髪の老人だった。

降りたものの、行く先を忘れてしまったように立ち尽くしている老人と入れ替わりに乗ってきたのは、若い男だった。まるでサロメがヨカナンの首を捧げ持つように真っ赤なポインセチアの鉢を抱いている。派手な金色のラッピングがされているけれど、クリスマスイブまで売れ残ったそれは、きっとひどい捨て値で売られたに違いない。

多分もうあまり愛していない、それほど大切でもない女のもとに行くのだろう。ポインセチアの葉陰ごしに見える顔はずいぶん疲れているから、勤め始めて四、五年の営業マンかもしれない。早い結婚をして、都内のはずれのマンションに幼い子供と妻が待っているということもある。小さなケーキに、出来合いのひからびた鳥のローストか、色の変わったローストビーフ。サラダに安いワインか発泡酒が用意してある二DKの部屋で騒々しい聖餐が始まるのだ。

同じような夕食の光景が並んでいるに違いないマンションをいくつも過ぎる。客のいない蕎麦屋と、喫茶店も過ぎる。昇降客がないまま、停留所を二つも通過した。

明るいコンビニの前で、若いカップルが降りる。おでんとおにぎりののぼりの下を通って、二人が中に入っていく。バスが赤信号で止まっている間、私は座席からずっとそれを見ている。

若い女にとって、初めての外泊なのかもしれない。歯ブラシに、愛用のシャンプーでも買えば、想像は大当たりということだ。座席から身を乗り出して私はいっしんに目を凝らす。クリスマスプレゼントはあたし。裸身に赤い巨大なリボンを結んだキャッチコピーが目に浮かんで、ついにんまりと笑ってしまう。

残念だけれど、何も確かめられないままバスは発車する。ぴかぴか光るピーマンや、白菜を束ねた八百屋を過ぎ、イルミネーションで飾られた郊外レストランを過ぎる。牡蠣フライ定食やハンバーグランチを食べている男や女や子供の影が見る見るうちに遠ざかって消える。

イルミネーションと入れ違いに耳の奥にジングルベルの小さな反響がいつまでもついてくる。私の耳元でなつかしいチリチリという鈴の音も混じる。

この鈴の音には聞き覚えがある。ずっと昔としかいいようのないほど以前に一度、妻に去られた男を愛したことがある。まだ小学校にもいっていない幼児と二人で暮していた男のアパートに、クリスマスイブの夜、ケーキを持って訪ねていった。途中の菓子屋で予約しておいたデコレーションケーキを受け取ると、銀色の鈴がついていて歩くたびにちりちりと鳴った。鈴の音をわざとさせるために、少し箱を揺らし加減にして歩いた。幸福といえるほど心が弾んで、そうせずにはいられなかった。

アパートまでずっと私をつけてきた小さな鈴の音とどうしてはぐれてしまったのか、その後のことは何も覚えていない。

木下病院前の停留所で中年の夫婦が降りた。二人とも黒っぽい長いオーバーを着ている。コートの下は存外喪服かもしれない。親戚か、知人の病状が急に悪化して、「今晩が山です」と言われていたりして。クリスマスイブの訃報。神様も新人を急遽、増員する必要に迫られることもある。

キャラメルをゆっくり舌や口腔で溶かし味わいながら、私はひとわたり乗車客を見回し、飽きると、窓の外に目をやることを繰り返す。私の膝の上には使い古したバッグがあるだけで、ケーキも御馳走の入ったデパートの袋もない。夕食は夕べの残りのカレーと決めているから買い物もなかった。

聖夜だからといって私には一緒に過ごす恋人も家族もいない。友達同士で、パーティーをするような歳でももうない。花も飾らないし、蝋燭もともさない。まして、ドアのノブにリースを飾ったりする習慣もない。カレーを食べながら、一番小さいビールの缶くらい開けるかもしれないけれど。

笑い声。携帯電話で話す声が通り過ぎて、後部座席にかたまっていた高校生らしいグループが降りていく。赤い髪、金髪と明るい茶色。黒い髪の子は一人もいない。みんなずるずるしたカバンを下げて、ピアスをしている。賑やかな分だけ汚らしい一群が降りると、私の後ろはいっぺんに静かになる。

次々と客は降り、あまり新しい客は乗ってこない。循環バスは発車して三十分も経つと、いつもだいたいこんな状態だ。聖夜だからといって、何ひとつ変わったこともない。

「熊野神社前。ご利用の方はいらっしゃいませんか」

そんなはずはないというように、ひときわ高い声で車掌が声をはりあげる。

「あっ、すいません。つい居眠りしちゃって」

運転席のすぐ後ろの座席で沈み込むようにして眠っていた女が立ち上がって、気安すそうに車掌の肩に触れる。

「夜勤が続いたから、眠くって」

慌てて降りていくコートの下から白衣らしいものがのぞき、昇降口にかすかに消毒液の匂いが流れる。死と病みの体臭が車内に一筋漂い流れ、彼女と共に降りる。バスの明るい車体が通り過ぎた後の闇の中を小走りに歩いて遠ざかる彼女のコートからはみだす白い色に私は目を凝らし続ける。

母が一番先に死に、父が二年後に死んで、私は一人になった。弟は出て行って帰ってこなかったから、私は生まれた古い家でずっと暮している。勤め先にいくために同じ路線を通って、もう二十五年になる。だからもし私が寝過ごしそうになったとしたら、運転手はやはりひときわ高い声で「けやき台前、お降りの方いらっしゃいませんか」と声をかけてくれるだろう。

バスは大きく曲がり、ふいに新しい闇の中に突入する。このあたりは昔からの農家がまだ残っていて、座敷杜の奥に広い屋敷が点在している。

「次、降ります」

ドアが開いて、かすかに土と草木の匂いが入りこんでくる。家々の明かりはぼんやりと遠い。停留所の前に裸になった大きな欅の木が立っている。

「忘れ物はないかな。杖、持ったかい」

「あんた、襟巻きをした方がいいよ。外は寒いから」

同じような色や形の服を着た年寄りが四人ほど固まって、降りていく。手には明らかに寿司のパックらしいビニール袋をめいめいが提げている。老人会の「クリスマス会」の帰りかもしれない。

「運転手さん、運転手さん」

いったん降りた年寄りの一人が乗車口のドアの前で立ち止まる。

「運転手さん。メリークリスマス」

杖の先に寿司のパックをぶら下げた老婆は上体をゆらゆらさせながら怒鳴る。少し酔っ払っているらしい。

「おばあさんたちもね。メリー、クリスマス」

運転手も大きな声で答える。古く親しい闇の中に、年寄りの一団は包まれるようにして消えてしまう。

メリークリスマスと怒鳴った時、運転手はちょっと乗車席をふり返って、私と目があった。よくみれば、もうバスに乗っているのは私だけなのだ。

次のけやき台前で私も降りる。とても静かに停車して、息継ぎをするようにバスは軽くバウンドしてから、再び走りだす。漆黒ともいえない曖昧な闇の中に佇ずみ、私はからっぽになった途端明るさを増したように見えるバスが行きすぎるのを見送る。神様の乗っていない聖夜のバスはあっという間に視界から見えなくなる。

雪の朝人の家はカレーの匂い

お喋りの樹

昨日はあんなにいいピクニック日和だったのに、今朝起きたら東京は雨、夏の終りの明るい雨が降り続けています。あなたは何をして過ごしていますか。障子をすかして入ってくる柔らかな光の中で機《はた》をおっているのかしら。すぐ側の広い土間からは、湿気と草木染めの原料の匂いがかすかに流れてきて。

「疲れて頭の中の空気が薄くなると、土間に出ていって深呼吸することにしてるの。他の人には得体のしれない変な匂いでも、私にとっては三度の食事に欠かせない常備菜みたいに身体と心にどうしても必要な匂いなのよ。土と植物と水の混じりあった、えもいわれぬ豊かな匂い。お腹いっぱいに吸い込むとまだ元気が沸いてくるから不思議」

あなたは会うたびに多くなる白髪を上手に結って、満足そうに目を輝かす。白いふわふわした涼しそうな袖を揺らして、植物園の草木の匂いのする風が私たちに歓迎の抱擁を繰り返していく。

いつものことだけれど、もう何年も変わらないことだけれど、本当にあなたと二人であの植物園に行くことは私にとっては、あなたの草木染めの甕《かめ》のように大切な貴重な時間です。

それにしても私たち、いつも本当によく歩くわね。あなたの林の中の家から、だらだらした坂や、田んぼの畦道を抜けて植物園まで。といっても、それは都会にあるようなゲートのある管理された場所ではなくて、あそこは正確には近くの農業高校の実験果樹園だから、管理人もいなければ、わずらわしい入園規則もない。時々実習に来ている学生がいるくらいで、ほとんど人に逢うこともない。まっすぐな畝《うね》の野菜畑、可愛いハーブ園と、温室。きれいに手入れをされたボーダーガーデンの先は、広大な果樹の見本植物園。水を満々と湛えた小さな沼まであるんですものね。

「一周すると、東京ドームいくつ分かしらって聞く人が多いの。初めてきた人に、この畑だけで分譲住宅が千戸は建つって言われた時は驚いたわ」

あなたは今でも驚いているように、黒目がちな目をくるくる動かしながら話す。

「都会の人間は土地を東京ドームと、分譲住宅を単位に測る癖がついているのよ。だって、ただとっても広いっていうだけじゃあ、誰も驚いたり感心したりしないもの」

私たちは喋りながらも、そばにある花の匂いを嗅いだり、立ち止まって木を見上げたりする。

「私たち、休みなく喋り続けてるから、普段静かなここの木や草は驚いているでしょうね。人間の女はなんてうるさいんだろうって」

私たちは植物園の端から端へと寄り道をしたり、わざと蛇行したりしながらいつもの場所へ自然に向かっていく。少し小高い丘のような場所に日差しを避ける小さな東屋があって、木のベンチが置かれている。

「きっと先生や指導員が農作業をする生徒をここで監視してるのよ」

東屋の後ろに大きな一本の樹があって、ここへ最初に来た時からずっと、樹の名前も知らぬまま私たちはその樹のことを「お喋りの樹」と呼んでいる。

「この植物園は私のもう一つの庭のようなもので、いつもお客様を連れてくるこの樹の下は私の応接室なの」

「ほら、あんなにトンボがとんでる」

東京ではまだ残暑の残る時期でも、あなたの住んでいる高原の村ではもうひんやりした初秋の風が吹いている。

私たちはベンチに並んで座り、私は朝早く起きて作ってきたサンドイッチを広げ、あなたはコーヒーの入った水筒を取り出す。

「今日はお焼きを作ってみたの。地粉だからちょっと茶色で見た目は悪いけど、少し寝かせておいたから、もちもちしていて皮が美味しいのよ」

こんがり焼いたお焼きの中には茄子と茗荷と少し甘い味噌が入っている。

私たちはサンドイッチを食べ、コーヒーを飲み、お焼きを食べる。お焼きに添えられた夏野菜の朝漬けをもりもり食べる。食べ終わると深呼吸をして、植物園のいい匂いのする空気を身体中に吸い込む。

少し高い所にいると、誰もいないと思っていた植物園にお揃いの麦藁帽子があちこちで巨大な虫のように動いているのが見える。その中のひとつが立ち上がり、帽子につけられていたリボンがひらひらするのを見た途端、私は離れている子どものことを思い出してしまう。

「まだお子さんを引き取れないでいるのね」

空になったお弁当を仕舞いながら、あなたがさりげなく私に聞く。

「そのうちきっと一緒に住めるわ。だって、お嬢さんは元気で生きているんだもの」

あなたは十二年前に最愛の息子をオートバイ事故で亡くした。彼はまだ十八になったばかりだった。あなたが田舎に移り住んだ時、まわりの者は誰も力尽きた動物が死に場所を求めるようにここに逃れてきたと思ったものだったけれど、それは間違っていた。あなたは新しい生き物として生きる為にこの場所が必要だったのだ。

「食事が終わったから、デザートを食べに行きましょう」

カンゾウの花が咲き、コスモスが揺れている道を抜けて、私たちは果樹園の方に歩きだす。ところどころにある薔薇やクレマチスの蔓がからまったアーチを抜けて、一番北の沼の方へ近づいていく。

栗林の下で作業をしている生徒があなたの姿を見つけて、「こんにちは」と声を揃えて挨拶をする。

「この間、草木染めの材料に落ちた栗のいがを分けて貰ったの。そしたら実習生がたくさん家に見学にきたのよ」

もともと農業高校の先生が彼女の古い友達で、この土地を勧めてくれたのだという。

「植物園で伐採した木や枝を貰う代わりに、自由研究の講師もしているから、生徒の中には顔見知りが多いの。今頃きっと、年寄りの大きな鳥がデザートを盗みにきたって、話してるわよ」

あなたはいたずらを見つかった子どものような表情をして、肩をすくめる。

「このあたりの鳥は私たちよりずっと贅沢。あらゆる最優秀種の果実が食べ放題なんだもの。梅も枇杷も桜桃も、葡萄も梨も、色々なベリー類が次々となって。この前なんか、食べ飽きたプルーンの実で鳥が遊んでいたのよ」

「鳥が遊んでいたのか、生きるために食べていたのか、どうして違いがわかるの」

「わかるのよ。鳴き方と、飛び方で」

甘く熟した果実の匂いがする林の側で私たちはやっと歩みを止める。

「あれが花梨。低い木がブルーベリー。私たちの今日のデザートは、ブラックベリーよ」

桑の実に似た赤紫の実がすずなりになっている木をあなたが得意そうに指差す。

私たち、それからどのくらい唇も指も果実と同じ色に染めて食べ続けたかしら。本当に大きなお化け鳥みたいに。

「現行犯として逮捕されないために、口と手を洗わないと」

沼の近くにある湧き水の鮮烈な冷たさと、かすかな甘さ。沼の岸には背の高い蒲の穂が生えていて、水はもう秋の色だった。

一杯になったお腹をさすりながらまたずいぶん歩いて。帰りにハーブ畑に寄った時はもう午後もずいぶん傾いていた。空には黄昏を告げる薔薇色の雲がうっすら流れ、私にご褒美の一日がじきに終わることを告げていた。

「さあ、最後の仕事。夕食用のハーブをちょっと貰っていきましょ。ここでいろんな野菜をちょくちょく盗むから、私はこの畑のことを失敬の庭って呼んでいるの」

あなたの籠の中には無造作に摘まれたいい匂いのする草と、小さな花の束が隠されていて、それはその日のうちに都会に帰らなければならない私への素晴らしいお土産にもなったのです。

今でもその花と葉といい匂いのする果実がテーブルの上に置かれて、昨日の素晴らしい時間をもう一度私に思い出させてくれています。

「若い時分には不幸な女が人生を教えてくれたりもするけれど、若くなくなったら、悲しい女より、元気な女こそ最良の友達よ。彼女たちは力を与えてくれるから」

あなたは私へのおみやげに路地ものの野菜や、果物、ハーブや野の花を入れた籠を作りながら、そんな話をしていましたね。私が持参したシトロンの匂いのする蝋燭に火をともして。黄昏からとっぷり日の暮れるまで、色々なことを休みなくお喋りして。

「亡くした息子の命で購ったこの家を私はあの子の体のように思って、大事にしているの」

仕事場と居間と寝室だけの小さな家。じきに風が吹けば栗の実がぼたぼたと落ち、葛の葉が戸口まで伸びてくる林の中の一軒家。あなたの大切な家は私にとっても、たった一つの避難所であり、魂の実家なのです。

疲れた時、失意と絶望にうちひしがれた時、私は目をつむって、あなたの家から植物園までの道を想像の中で辿ります。どんなに孤独で寂しくても、やがてあの小高い丘が現れて、そのてっぺんに私たちの「お喋りの木」が風にそよいでいるのが見えます。そしてその木の下には、必ずあなたがいてくれる。歌うように、ささやくように、あなたの優しい声が聞こえてきます。

「生きていれば、きっとまた逢えるわ」

鳥の声いくつか真似て人と逢う

鮎の家

たっぷりと水を打った玄関には蚊柱がたっていた。河骨《こうほね》の花が一輪浮いているつくばいの側で、男はもう四、五分も案内を待っていた。

庭の方からはかすかな話し声が聞こえているから無人の筈はないのである。

「誰か、いないのか」

男は声を少し荒げて帳場のある奥を覗いた。並べてあるスリッパをそのまま履いてどしどし入っていってもよかったのだが、あえてそれをしなかったのは、男の心の隅に「このまま帰ってしまおうか」というかすかな迷いがあったせいである。

「申し訳ありません。お待たせして。急に不幸があって、ごたごたしておりましたもので」

しばらくしてからやっと、女将らしい中年の女が走り出てきた。

「こんな格好で失礼いたします。すぐにお部屋にご案内致しますから」

黒子のように艶のない喪服の上に夏向きの真っ白な化粧をした顔が薄暗い玄関で不思議な花のように浮いて見えた。

女将の後をひきとった初老の仲居に案内されるまま細い廊下を通ると、ひそひそした声に混じって、かすかな嗚咽の声が聞こえた。

「今年の鮎はどうだい。昔とは水も変わって、随分釣り人も減っているっていう話だが」

川に面した庭のある座敷はすっかり夏支度で、戸も網戸もきれいにとりはらってある。古い建物だから空調の設備もなく、今どき扇風機と団扇だけという簡素さだった。

「毎年水量が減ってはいますが、今年は幸いにも長雨で。柄は幾分小さめですが、数は存外釣れているようです」

気の進まぬまま出てきて、玄関では不機嫌が昂じていたにもかかわらず、熱いおしぼりとこうばしい香りのほうじ茶でもてなされると、胸にわだかまっていた不愉快も少しは減じていくらしかった。

「いつ見ても川はいいねえ。気持ちがさぁーっと落ち着くよ」

そうは言っても案内された卓に胡座をかいて座ると、そこからは庭の緑だけで、川は見えない。うっそうと繁った緑陰と、藤棚、小さな池に遮られて水音もしてこない。ここが川岸にあることを思い出させるのは、厨房から漂ってくる魚を焼く匂いくらいのものである。

連れのことは聞かないから、事前に知らせがあったのだろう。無関心を装って尋ねることもしないでいると、枝豆に、稚鮎の南蛮漬け、ジュンサイにビールが勝手に並べられた。

「お連れのお客様はちょっと遅れていらっしゃるそうで。先に始めて下さいというご伝言でした」

訳も言わず急に呼びだしておいて、先に始めてくれなどと、きまぐれな女のやりそうなことである。

仲居が出ていった廊下の隅に、昼間から蚊取り線香を焚かれている。その薄紫の細い煙と、くすぶったような匂いが女と最後にあった夜のことを思い出させた。

別れてから二年になる。

今さら急に会いたいというからには碌《ろく》な用件ではあるまい。

男は冷えたビールで喉を潤すと、ふと思いついて縁台から庭に出た。遅れてきて座敷に相手がいなかったら、女は肩透かしをくったような気がするだろう。もしや怒って帰ったのではないかと、さすがの女も少しは慌てるに違いない。

少しは慌てて、困った様子でも見れば、幾分溜飲が下がる。そんな子どもじみた考えが、男の脳裏をかすめた。

庭下駄の鼻緒をぐいぐい押し付けるようにして、男は大股の急ぎ足で、すっかり葉を繁らせた桜の下まで歩いた。

川岸の崖を猛烈な勢いで葛の葉が這い昇ってきている。よく見ると猛々しい葉の間に、舌のような色の花が群れて咲いている。

「葛の勢いってすごいのよ。私が育った所じゃあ、葛は夜中に一尺は伸びるって言ったもんよ。村には葛の葉にのっとられた無人の家がいくつもあった」

女の昔話の一つが思い出された。普段はあまり愛想もない女が時々ひどく饒舌になる。とりとめもない話の内容とは不似合いの緊迫した表情をして、眉間には細い皺を刻んで言い募ったりする。

二年ぐらいでは、長く続いた関係の女をすっかり忘れてしまうことは出来ないのかもしれない。男は女の声の感じや、寄り添ってくる時の息の熱さなどを思い出しながら、川を眺めた。

仲居の言った通り長雨のせいか川は存外な水量で流れている。男の視界を切り取るように鋭く、ときどき白鷺らしい影が飛ぶ。

どのくらい一人で川を眺めていただろう。いつの間にか女への子どもらしい腹いせも、意趣返しも自然に消えて、初夏の清々とした川の気に洗われていくような気持ちになるのが不思議だった。

「結局俺はまたもやアイツの手にまんまと乗せられることになるのだろうな」

もうすっかり腹の決まったつもりで座敷を振り返ると、女が縁台に立って白い手をひらひらさせて手招きをしているのであった。

「何をしてるの。煮浸しの鮎と、一夜干しと、うるかと、もう合計六尾も鮎が並んじゃったじゃないの」

機嫌がいい時の癖で女は唇を突き出し気味にして、文句をいう真似をした。

「いつ見ても川はいいねえ、心が洗われて。わがままで勝手な女も許す気になるから不思議なもんだ」

思わず甘い目になって女を眺めた。藍と菫色の混じった一重を着て、露芝の帯を締めている。山水を墨でさっと描いている扇子を動かすと、かすかな伽羅の香りが漂う。くゆるようにかすかに揺らされていくのは、二人の気配も一緒であるらしい。

急な流れに呑まれて濁るかと思えばむしろ澄んで、凪いでいるかと思えば見えない堰に翻弄されたりする。いつまでも流れやまない川のような女であった。

「ぱりっと焼いた一夜干しの皮にうるかを薄く塗って食べるのが美味しいのよ」

以前に自分が教えたことを自慢そうに話す。歳のわりには悪びれない無邪気さが女の最も大きな美質であった。

「いつ見ても川はいいわね。特に今年は長梅雨だったから、水が豊富で」

男が注いだビールを白い喉を波打たせて一気に飲んで、また一段と柔らかい無防備な目の色になった。

「いつこっちに来たんだ。もう川を見たのか」

都内から来る高速を走ってそのまま来たのでは橋は渡らない。駅から車を拾っても、川の見える機会はなかった。

俯いて鮎の身をほぐしている女の目のまわりがぼおっと合歓の花の色に塗ってある。唇も爪の色も同じ花色である。

「いやあね。探偵みたいに」

仲居が笹竹をひいた籠と、炭火の支度をして入ってきたので、男は少し座布団をずらして、女の側に寄った。

柄の小さな割に獰猛な面相の鮎がずらりと串に刺されてあぶられている。

「養殖の鮎はもっと優しい顔をしてるけど、さすがに天然鮎の顔は猛々しいわね」

鮎の串を裏返しをしていた仲居が心得顔に笑った。見ようによっては馴れ馴れしいともとれる親しげな様子だった。

「こちらに蓼酢を御用意してございます。そろそろよろしいかと思いますが、後はお客様のお好みで。宜しくお願い致します」

擦り足が遠のく時、炭の匂いに混じって線香の匂いがした。鮎料理が専門の小さな割烹旅館は半日をかけて喪の家に変わろうとしているらしかった。

「知ってるかい。この家、急に不幸があったとか。誰か死んだらしいね」

男の問いには答えず女は焼けてくる鮎の世話をしている。上手に串を回して、男の皿の上にきれいな焦げ目のついた魚をおいた。

「あついうちにどうぞ。やっぱり鮎は塩焼きが一番よ。特にここの川は苔の質がいいから」

「ばかに詳しいじゃないか。鮎家の遠縁にでもあたるのかい」

女の出自がこのあたりだと聞いたことはない。出自どころか、五年もつきあっていながら女のことはほとんど何も知らないと言ってよかった。歳も、経歴も、仕事も、女が折にふれて喋ることを繋ぎあわせて信じているだけの覚束なさだった。

女は答えずに黙って鮎を食べている。頭と鰭と尾にまぶされた塩が膝や袂に散っても払いもせず、一心にと形容したいほどひたすらな目をして鮎に齧りついている。

「ああ、美味しかった。朝からほとんど何も食べていなかったから、お腹がすいていたのね」

帯の上を満足そうに一撫でしてから男を見て、にっこり笑った。

「まるで獲物を食い終わった猫みたいだねえ」

「ずいぶん太った、年寄の猫だわよ」

女は少し恥ずかしそうに男を見て、やっと気付いたようにあちこちに散らばった塩を丁寧に指の腹でぬぐった。

「もう五匹づつ鮎を食った勘定になる。最後に鮎飯が出てくるまで少し時間があるだろう」

女が用件を切り出しやすいように誘い水をかけたつもりだった。

「それがねえ、せっかく来てもらったんだけど。みんな片がついちゃったのよ」

女はついっと立ち上がって、縁側まで歩き、後を続ける気配もなく立ち尽くしている。

「片がついたって。どうしても入用のものがあったんじゃないのかい」

要らないと言うものを追いかけて聞くほどの義理もない。すんなり引き下がって、曖昧にしたまま帰ればいいのである。鮎飯でも食って、もう一、二本ビールでも飲んで。

「久しぶりに会えて、楽しかった」と少し未練も覗かせて、「おまえも元気でな」と軽く遠まわしの別れの挨拶をして。

「この景気だから、こっちも対した力にはなれないが、少しのことなら都合できないこともない」

縁側に並んで立つと、薄い水色の線のような川が見えた。このまま別れたら、今生の別れになるという確かな予感が男の心を執拗にした。

「どうしたんだ。わざわざ呼び出しておいて。こんな中途半端なことをされちゃあ、そうですかと引き下がるわけにもいかないじゃないか」

「相変わらず。優しいんですね」

振向いた女の目が濡れているのを見て、男は胸を突かれた。二年前の別れの時にすら、涙など見せなかった女である。

「いったいどうしたって言うんだ」

肩にかけた手に自分の手を重ねて黙っている。もういいんです、という女の声がまるで手の中から聞こえてきたような気がした。

「お待たせして。鮎飯が炊けましたが、ご飯を始めてよろしいですか」

仲居が二人入って来て、鮎飯の入った鉄鍋をどさりと置くと、薬味やら何やらの皿小鉢を手際よく並べ始めた。

鍋の蓋を取ると、鮎独特の丸ごとの西瓜を断ち割ったような清新な匂いがぷんとたった。骨を抜き、尾や小骨やらをさっと取り除くと、葱や大葉の薬味を器用に混ぜ込んでいく。

「ああ、いい匂い。あちこちで食べたことがあるけど。やっぱりここの鮎飯が一番美味しいのよ」

女はしみじみした声で言って、嬉しそうに鍋の中を覗き込んだ。

よそってもらった鮎飯を二膳半づつ食べて、お茶を飲み、座椅子に寄りかかって庭を眺めた。

「ねえ。末の刻って言うのは、何時のことかしらね」

ビールのコップも、デザートの水菓子も順々に片付けられ、しばらくすると床の間の水盤を眺めながら女が所在なさげに聞いた。

「二時だろう。午後の二時頃咲くから未草《ひつじぐさ》というんだが、俺が着いた時にはもう咲いてたよ」

しばらく前から両隣の部屋から客の帰る気配がしていた。いつの間にか二階の客もいないらしく、宿はひっそりとして、厨房からももう魚を焼く匂いも流れてこない。

「そろそろ行くか」

未草のことなど言いだして、女もそのつもりでいたのだろう。扇子を閉じてハンドバッグにしまうと、黙って男の後ろに立った。

「すいませんでした。わがままを言って。でも、もうこんなことはないと思いますから」

「いいよ。また一緒に鮎飯を食おう」

うなずいて女は眦《まなじり》をぬぐった。男の背中を優しく押すようにすると、一瞬肩に顔を押しつけた。喉が鳴って、こつんともう一度額をつけるようにしただけで、女は離れた。

曲がりくねった廊下を帳場の方に歩く間、女の姿がちょっと消えた。手洗いでもあるのかと、一つ奥の廊下を曲がると、納戸のような暗い部屋に行きあたった。

「あっ、間違った」引き返そうとした時、鏡台の脇の鴨居にかかった黒い服が目に入った。袖と裾にほどこしてあるレースの模様に見覚えがある。別れる少し前、女と一緒に買った服に相違なかった。

かすかな風に喪服の裾が揺れ、鏡台の鏡がぬるく光った。空気が動いて、水の匂いがした。奥に古い井戸でもあるのか、あるいは川からたちのぼってくるものなのか。多分鮎の宿に長く棲みつき、染みついている匂いなのだろう。

そう言えば自分のうしろにまわって、一瞬寄りそった時、女の身体からも同じ匂いがしたような気がする。

男は水底にいるような少し生臭い匂いに見送られて、長い廊下を歩いた。

遠き世で茗荷きざんでいる無聊

緑陰

　私たちヘルパー仲間は尊敬と少しの揶揄を込めて彼女のことを「マダム」と呼んでいた。最初、働く時に地区の主任からは顧客のことはなるべく苗字で呼ぶように言われているが、少し慣れてくるとほとんどは「おばあちゃん」や「おじいちゃん」と呼ぶようになってしまう。「お父さん」とか「奥さん」とか呼ばれないと答えない人もたまにはいたが、だいたいの老人が苗字で呼ばれることを「他人行儀」だと言って嫌った。自分の姓名など忘れてしまっている人も少なくなかった。

　彼女のことも最初は顧客リストにのってある通りに呼んでいた。しかし、自己紹介をしあっても、彼女は決して私たちのことを名前で呼ぶことはなかった。

　マダムの家を訪問する際には、時間厳守が鉄則になっている。遅刻は勿論、五分早くてもいけない。

「女の人を訪問するのに、外国では決して早く訪問することはないのよ。それはエチケットに反するだけでなく、エレガントでない、とても野暮なことだとされているの。突然の訪問なんて、あなた、もっての他よ」

ヘルパーとして派遣された当日、しっかりと念を押されてしまったから、少し早めに来て車の中で化粧をしていた。ヘルパーと介護二級の老人の間柄でも、お互いの身だしなみと化粧について マダムは容赦しない。

「化粧は媚びや虚栄心ではなく、自身の品格と、相手に対する礼節の問題です」

品格と礼節を損なわない程度に眉を描き、ファンデーションを塗り口紅を引き直し、マダムの好きな白いシャツの上に洗いたてのエプロンをした。

通い慣れた家の、錆の浮いたチャイムを十時二分過ぎに押すと、ベッドルームのカーテンが大きく揺れて、マダムが杖に縋って出てくるのが見えた。

「こんにちは。今日はとてもいい天気ね。今度あなたが来る時はもう梅雨にはいってしまうかもしれないから、今日はこれからお出掛けをすることにしましょう」

先週訪問した際には今度来たら、ベッドまわりの掃除とカバー類の掛け替えをしてくれと頼まれていた。

「六月は黴雨《つゆ》といって、湿度が高いから外国の人なんかはとても嫌うけれど、私は好きよ。日本の雨は美しいわ。露草が咲いて、柘榴が咲いて。でも黴臭いのは苦手だから、からっと晴れた日にリネンはみんな干して、とりかえてちょうだいね」

八十七歳にしては脅威の記憶力を誇っていたマダムも、最近はめっきり忘れっぽくなった。来週来たら、そのことでお叱りを受けるかもしれないけれど、当の本人が今日「出かける」と言うのだから、口応えはしない方がいい。

「今日すること、今したいことがすべてに優先するのよ。命なんて明日をも知れない。特に私たち老人は、明日のことも三分先のこともわからない。危険でスリリングな生き物なのよ」

マダムの所へ週に一度通うようになってから二年が経ち、私たちヘルパーは彼女の口癖をほとんど諳んじてしまっている。

外出する時にはいつも持参する熱い紅茶を準備している間、マダムはいつもの「私のモロッコ皮のハンドバッグ」にハンカチやコンパクトを入れ、常備薬の薬を指差し点検をしながら入れている。

「公園は日差しがとてもきついから、あなた、日傘か帽子を忘れないようにね」

何十年前に作ったのだろうか、自分で編んだらしいビニールストローの帽子をかぶりながらマダムが言ったので、外出先は公園なのだとわかった。

学校の見える丘の上、町で一番大きいマーケットのあるアーケード通り、図書館と公園。マダムの外出先はほとんどこの四ヵ所に限られている。病院にも、墓地にも決して行かない。老人病棟に入院している友達や、亡くなった旦那さんが眠っている町営墓地の方向に車椅子が向くだけで顔をしかめる。病みと死の匂いがマダムの最も恐れているものだ。

ビーズで芥子の花が刺繍してあるスリッパと糸の擦り切れかかったバスタオルを膝に乗せて車椅子に腰を降ろすと、マダムは八十七歳とはとても思えない晴れやかな声で「さあ、まいりましょう」と私を促す。まるで古い映画に出てくる貴婦人が四頭馬車に乗って颯爽と出かける時のように。

マダムはあらゆるスポーツシューズを忌み嫌っている。その軽さや機能をどれほど宣伝しようと、「足音のしない靴なんて、靴じゃあありません。泥棒にでもならない限り私はぜったいはきません。女の人がぶざまな形の足音のしない靴で歩くなんて。女の喜びを半分放棄しているようなものです」

車の中で履き替えたパンプスがむくんだ足にあたってちょっと痛いけれど、私は姿勢を正しくし、マダムの乗った車椅子を出来うる限り優雅に、果敢に押す。

「まあ、あなた。見てごらんなさい。月桂樹の若芽があんなにきれい。帰りにはあれを少しむしって、ポトフにでも入れることにしましょう」

マダムが見惚れている木は月桂樹ではなくて、よくある鼠モチの木だけれど、私は「はい」と返事をする。帰り道は疲れてうとうと眠ってしまうのが常だし、食のめっきり細くなったマダムが、ポトフらしい野菜のごった煮を作ることは決してないことを私たちヘルパーはみんなよく知っている。

「ああ、いい匂い。すいかずらの匂いだわ。この花は別名金銀花といって、若いときには強壮剤として飲んだりもしたのよ。まあ、私ったら、とんでもない。はしたないことを口にしてしまって」

白髪の下から薄い薔薇色の頭皮が透けて見える。マダムの恥じらいに満ちた笑い声が六月の少し重たい空気にまつわって流れる。すいかずらなのか、マダムが老臭をまぎらすためにつけているコロンなのか、確かにかすかに甘い香りが車椅子の後をひそかにつけてくる。

「このあたりもすっかり庶民的になってしまったけれど、以前はずっと広大な屋敷が続いていて、昼間でも一人でここを通り抜けるのは怖かったものですよ」

昔から坂が多く、崖下には貧しい家が密集している地域なのだ。今では逆に坂の上には廃屋や長い間ほったらかしの更地が広がっていたりする。少年が途中で自転車を降りて押しながら通り過ぎていくのを、マダムは口元に恥じらいをこめた微笑みを貼り付けたまま見ている。

「もう衣替えになっているはずなのに。あの学生さんは、帽子を白くしないのかしら。きっとお母様がさぼっているのね」

坂の上に着いたかと思うと、突如掻き消えてしまった少年の姿をマダムは名残惜しそうに振り返って見る。

「衣替えといえば、来週はシーツを替えないと。晴れていたら、布団も干しましょうね」

マダムはすぐには返事をしない。きっと私がついうっかり「布団」などといってしまったのがお気に召さないのだ。

「夏のリネンはなんといっても麻ね。上質の麻は決してごわごわしていないのよ。洗えば洗うほど肌になじんで、さらっとしているのに、とろりと優しいの」

麻なのか木綿なのか、合成繊維なのかもう判別も出来ないほどよれよれになったシーツを思い浮かべながら、私は車椅子のスピードを速める。少し風が出てきた。

「年寄りは耳が遠くなったり、眼が霞んだりするものだと、みんなは思っているらしいけど、私に限っては反対だわ。幸いなことに。鳥の声はみんな正確に聞き分けられるし、眼も遠くのものこそ鮮明に見えるのよ。ほら、公園にあがっている噴水がもうはっきり見えてきたわ」

噴水は経費節約のために七月まで止めることにしたと役場の広報に書いてあったけれど、マダムがはっきり見えると言うのだから、今日はあがっているに違いない。

公園の入り口には大きな白く塗ったアーケードがあって、そこにいつもの警備員が二人立っている。

「こんにちは。おばあさん、いい天気の日に公園にこれてよかったね」

警備員の挨拶に鷹揚な笑顔で応えたマダムはアーケードを過ぎると、少なくなった歯の隙間を使って、小さな舌打ちをする。

「私は昔から知り合いでもない人に気安く声をかけられるのは嫌いでしたからね」

この町にマダムの顔見知りはほとんどいない。年をとってからは勿論、まだ健康な時でも彼女の行動範囲はすこぶる狭かったらしい。「外国では」とか「日本という国は」というのが口癖のマダムがどこか他の国に住んでいたとか、海外旅行の経験があるということもないらしい。とはいっても、亡くなったご主人というのが「流れ者だった」とか「年に数回しか帰ってこなかった」とかいう噂は聞いている。

「結婚しても、あの人は一生自由で漂泊を好む人でした」と言うだけで、マダムはご主人のことをほとんど語らないから、本当のことは誰も知らない。

数週間来ないでいたら公園の緑はすっかり深くなって、まっすぐ続く並木の先にプラネタリウムと植物園の建物の天井がきらきら光って見えた。花壇には長い間満開だった菫が掘り起こされて、代わりに濃いオレンジ色のマリーゴールドが咲いている。ひときわ葉の立派な大きな木の下までくると、マダムが合図のハンカチを振ったので車椅子を止めた。

「なんてきれいなのかしら、こんなに橡《とち》の花が咲くなんて、とても珍しいことなのよ。見てごらんなさい。白とピンクのピラミッド型の花がそそりたって。でもね、橡の花が満開の年は昔から凶作だと決まっているの」

マダムは珍種の亀のような皺だらけの首をせいいっぱい伸ばして、ひそやかな溜息をつく。

「凶作で食べ物がなくなると、橡餅を作って食べるのだけれど、橡の実はじつは猛毒で、よくさらさないと危険なのよ。凶作の年は飢えで死ぬ人と橡の実の毒で死ぬ人が半分づつくらいいたそうよ。この美しい花は、とても不吉な花でもあるの」

そんな悲しい逸話のある木とはとても思えない美しい葉が、マダムの顔に大きな痣のような影を落とす。

「お疲れになったんじゃありませんか。このへんでティータイムにしましょう」

水筒から熱い紅茶をつぐとマダムは震える手で受け取って、貪るように飲み干した。

「アイスティーはアールグレイって決まっているけれど、ほんの少しハイビスカスやローズヒップを混ぜると、素敵な薔薇色になるのよ」

マダムが豊富な外来語と、食物の最新の知識をどこで仕入れのかは、ヘルパー仲間で長い間謎とされていた。けれど車椅子になって頻繁に通えなくなった図書館から「貸し出された本を返してください」という催促の葉書がたくさん来るようになって、その謎の大半は解けてしまった。

「久しぶりの外出のせいかしら、胸騒ぎがして。動悸のせいね、首筋や手がねばねばする。ハンカチを冷たい清水で湿らせてきてちょうだい。そして氷水をいくつか、もらってきて」

以前は刺繍をしてあったらしい黄ばんだハンカチを苦労して取り出すと、有無を言わさぬ様子で私に押し付けた。

「大丈夫ですか。ご気分がすぐれないのなら、引き返しましょうか」

心配して尋ねた私に、マダムはこれ以上話すのを拒絶するかのように手をふって、「しっ、しっ」とまるで犬でも追い払うような仕草をする。

目をつむって、ゆっくり深呼吸を続けるマダムを残して、私は休憩場にある水道目がけて走り出すしかなかった。

マダムの所望どうりの「清水のように冷たい水」を求めて公園を駆け巡り、管理人室の冷蔵庫から氷を三つほど調達して、やっと戻ったのは二十分くらい後のことだった。

「すみません。すっかり手間取ってしまって。でも、氷を頂いてきました」

帽子で半分隠れた乾燥プラムのような顔を覗きこんでも、マダムは皺だらけの手をだらりとさせたまままみじろぎもしない。

「冷たい氷です。しっかりしてください」

ヘルパーの心得もすっかり忘れるほど動転して、もらってきた氷をひとつ半開きになった手に握らせた。

「いったい何をするんだい」

黄色に濁った目がいっぱいに見開かれて、繰り人形のような手が素早く私の手をふりはらった。

「やっぱりあんたかい。ああ、とうとう見つかってしまったんだね」

マダムは見たこともないような凶暴な形相で私を睨みつけた。

「捕まってしまったんならしょうがない。上手に逃げおおせたと思ってたのに。何もかも白状するよ。だから、そのナイフをしまっとくれ。今となっちゃあ、あんな男どうだっていいんだよ。あたしにとって、自分の命以外、惜しいものはないんだから」

薄い唇を捻じ曲げて笑っているマダムの顔は、錯乱というよりむしろ、不思議な覚醒によって若若しく輝やいていた。

青梅を踏むこの近道は抜けられず

絵手紙

お母さん、家に忘れてきた携帯の充電器送ってくれてありがとう。新米も、サツマイモも、おせんべいもありがとう。お礼、遅くなってごめんね。電話しようと思っていたんだけど、夜は仕事から帰ってくると、疲れてすぐ眠くなっちゃうから。お母さんも携帯電話を持っていたら、メールできるのに。こんなふうに字を書くなんて、すごく面倒くさい。

でも久しぶりにお釜で御飯炊いたらあんまり美味しかったから、感激が冷めないうちにお礼言おうと思って。新米って、毎年こんなに美味しかったっけ。

ほかほか、ぴかぴかの御飯にふりかけをふって食べながら、一緒に入っていた絵手紙を見ています。お母さんって、絵、下手だね。爆発してる頭みたいなへんてこな花、鶏頭っていったっけ。その下に描いてあるのは雲丹《うに》でしょ。なあんて、栗のイガだってことはわかったよ。

ごはんを食べてから、教わった通り電子レンジでチンして、その後アルミ箔で包んでトースターで焼いた自家製焼き芋を食べるつもり。ほんと言うと給料日前でお菓子を買うお金もないから、余計にお母さんからの宅急便が嬉しかった。

先週初めて帰った時、「まだ引越しの荷物が片付いていないからアパートに来ないで」って言ったりして、ごめんね。

「おまえの部屋に掃除をしに入ると、からっぽの匂いがして、つい涙がでちゃう」なんて言うから、ちょっとイライラして意地悪しちゃった。からっぽって言ったって、一ヶ月に一度は帰るんだし、逢おうと思えば電車を乗り継いでも三時間もかからないところにいるんだから、オーバーなこと、言わないでよって思っちゃったわけ。

「おまえは一人で暮らして寂しくないの」って何度も聞いたけど、ほんとを言うと、今はまだあんまり寂しいとか、思わない。仕事で覚えなけりゃあならないことは一杯あるし、休日には掃除したり、買い物したりしてすぐに時間がたっちゃう。東京ってところは、田舎みたいに朝と昼と夜がはっきりとしていないの。寝坊すればすぐにお昼だし、夜っていったって、眠らずにいれば明るい賑やかな時間がずーっと続くだけだもの。その間、電話やメールはどんどん入ってくるし、テレビもみなきゃなんないし。

お母さんも、せっかく一人で自由な時間があるんだから、「からっぽの部屋が寂しい」なんて言わないで、何かすることを見つけて楽しめばいいのに。

あれっ、やだ、あたし。いつの間にか説教しちゃってる。手紙って、だからいやなのよ。じゃあね。

九月二十三日

葉書届いた。秋刀魚と、茄子の絵、ちょっと上手になったね。特に茄子がよかった。お母さんの漬けた茄子やきゅうりの漬け物が食べたくなっちゃった。スーパーで買う漬け物や、コンビニのお弁当に入っている漬け物はふにゃふにゃしてて気持ち悪いの。従食で出るのなんて、最悪。

叔母ちゃんと温泉旅行に行くなんて、いいんじゃない。そのうち私も一緒に行くよ。

今日病院で患者さんに「木犀《もくせい》の匂いがするね」って言われたの。言われて気がついたんだけど、病院の庭には大きな木犀の木が二本もあるんだよ。医局へ行っても、ロッカールームにいっても、どこも木犀の匂いでぷんぷん。

「お父さんの出て行った日も木犀が満開で、溢れて止まらない涙まで木犀の匂いがするみたいだった。だから木犀が咲くたびに今でも泣けてくる」

そう言えばお母さん、よく言ってたね。もう十五年も前の昔のことなのに。私はまだ小学二年生だった。だけど、とっくにお父さんの顔も姿もみんな忘れたよ。出ていく時私の頭を撫でて、その後ぶらりと垂れ下がったままだった手を覚えているくらい。

ほんとを言うと、東京に出てきてから時々「同じ空の下にいるんだ。もしかしたら、どこかで知らずにすれ違っているかもしれない」と思う時がある。むかつくよ。のんきな顔して、あたりまえの夫や父親みたいなふりで生きているのかと思うと。靴でも投げつけてやりたくなるほど、腹が立つ時がある。

そう、離れて暮して、手紙だから言うけど、私はお父さんが大嫌い。

お母さんが悲しがるから言わなかったけど、私が家を出た理由の一つはそのこと。お母さんの神棚。

神棚っていっても神様が祀ってあるとこじゃない。お父さんの写真のあるところ。お父さんの本がそのまま置いてある書棚。お母さんが内緒にしてるお父さんからの手紙のしまってある箪笥の引出し。お父さんの冬と夏用のスーツが一着づつ下がってるクローゼット。つまり二度と帰ってこない人がいつでもいるみたいにしてあるお母さんの神棚。

私はそれから逃げたかった。十五年も経って、死んだ人よりもっと遠い人をいつまでも待っている、いつか帰ってくると信じてるお母さんの気持ちを毎日家の中で見せつけられるのが、たまらなくいやだった。

こんなこと言って、傷ついた。でもほんとのことだから仕方ない。ごめんね。でもまたお母さんが木犀の匂いを嗅ぎながら泣いているのかと思うと、やっぱり腹がたって、いらいらするんだもの。

変なこと一杯言っちゃった。病院で今日、突然お婆さんが死んだの。ちょっと滅入っているのかもしれない。もう寝るよ。

十月七日

コスモスの絵手紙と、柿と大根の漬け物とアップルパイ。どうもありがとう。荷物が届いたのが、一時間前、でも、みんな食べてみたよ。絵手紙以外は。アップルパイ、シナモンが一杯はいっていて、あんまり甘くなくて最高。熱いレモンティーと一緒に、もう半分くらい食べちゃった。宅配便がくるたびに体重が増えてるかも。

毎年今頃は、学校から帰るといつもお母さん、林檎を焼いたり煮たりしてて、甘酸っぱい匂いがドアを開けないうちから流れてきたことを思いだしちゃった。

お母さん、コスモスなんてみんな引っこ抜いてしまいなよ。ちょっとした風にゆらゆら揺れて、そのうしろから誰かが来るような気がするなんて、バカみたい。

誰かって、お父さんのことでしょ。十五年前、他の女の人と暮らすために出て行った男のことでしょ。お金だけを毎月払いこんでくる籍だけの、夫のことでしょ。私はコスモスも、あの男も大嫌い。この先一生見なくても、全然平気。

来週、帰るつもりだったんだけど、病院の運動会で行けなくなっちゃった。新米の医療技師である私は色々と手伝いがあるみたい。二百メートルリレーと綱引きと、借り物競争にも出場しなくちゃならないし。

というわけで、もし出来たらお米かスパゲッティか、そういうもの、送って下さい。今月は超ピンチなの。

十月十八日

きれいな木の実（からすうりっていうんだね）の絵手紙と、食物をたくさんありがとう。乾麺やお米、缶詰も。しばらくこれで食いつなげるし、部屋にこもっても飢え死にしないですむ。

実は今だから言えるけど、荷物はとってもグッドタイミングなだけじゃなく、ぎりぎりセーフってとこだったの。

宅配便が届いた三日前、運動会で足を捻挫しちゃった。湿布して仕事をしてたのが悪かったみたいで、家に帰ってきたら腫れあがっていて、もう一歩も歩けないって感じ。熱はでるし、吐き気はするし。

　翌日はお腹がすいて目が覚めたんだけど、牛乳もないし、パンもないし。コンビニには行けないし。つい「お母さん」って呼んじゃったくらい。

　看護婦さんで仲良しにしてる人がいて、結局おつかいしてきて貰ったんだけど、ほんとに宅配便が来た時は天の助けって思った。絵手紙を見て、「美味しそう」と思ったんだから、情ないよね。

　今も湿布はしているけど、腫れもひいて靴もはけるようになったから、心配はいりません。だけど関節と一緒に元気も挫いたらしく、弱気になってるみたい。お給料も入ったし、今週は帰ります。お母さんの好きな栗蒸し羊羹をおみやげに持っていくから一緒に食べようね。

十月二十八日

　蕪の絵手紙と、山茶花と、蜜柑の絵手紙。三つも溜まるまで、手紙を書かなくて、ごめんね。忙しくて、つい電話ですませちゃって。

　でも今日は電話だと話しにくいから、手紙にしたの。

　昨日、お父さんと逢いました。勿論、向こうは気づいていないと思うけど。たまたま心電図の係の人が休んで、手伝いにいったら検査にきていたの。カルテを見て、すぐお父さんだとわかりました。

中年の普通の患者って感じ。カルテを見ていなかったら、勿論気づかなかったと思うよ。髪も薄くなって、少し太ってた。地味な感じの同じ歳くらいの人が付き添っていたみたい。驚いたのは最初だけで、自分でも呆れるほど落ち着いて見てました。昔からよく再会のシーンを想像してたけど、まったく違う。父親として懐かしいとか、憎いとかいう感情は全然湧いてこないの。「へええ。あれがお母さんの神棚の男なのか」って感じ。

心電図は異常なし。多分もう二度と逢うことはないと思う。

お母さん、あんな神棚、みんな壊してしてしまいなよ。つまんないただの中年男を唯一の神様みたいに、大事に祀っておくことはない。写真も手紙も、本もみんな捨てるか、焼くかしてしまいなよ。あの男は二度と戻ってもこないし、お母さんと一緒に暮らすことなんかない。私にとっても、ただの患者の一人だったみたいに、お母さんにとっても、昔、夫だった、今は見ず知らずの男なんだから。

あんな神棚、効き目のないおまじないみたいなものじゃない。なくなったって、お母さんも私も、何にも変わらない。ただ壊す勇気もきっかけもなく十五年が過ぎてしまっただけだから。

今度家に帰った時、お母さんの留守に私が片付けてやってもいいよ。なくなってしまえば、きっとすっきりする。考えといて。

十一月二十日

びっくりしちゃった。真っ白な絵手紙のことだよ。一瞬、お母さん、呆けたのかと思った。白っていう色は怖い色だね。

「神棚はもうありません。お墓もありません。何もない上に初雪が降りました。」

干し柿と、椎茸と、林檎ジャムの瓶の隙間にメモがあって、やっと安心しました。まったく、驚かせないでよ。

真っ白な絵手紙をテーブルの上に乗せてこれを書いています。東京はクリスマスの飾りつけで賑やかだけれど、そっちはもう本物の雪が降っているんだね。家を出る時も、一人暮しを始めてからも、お父さんに逢った時も、涙なんか全然出なかったのに、今、これを書いているうちに涙が出てきました。

ごめんね。お母さんを一人ぼっちにさせて。

もう神棚もない家にお母さんが一人でいて、どんどん降ってくる雪を眺めている姿が目に浮かんで、拭いても拭いても涙がこぼれてきて、ついでに鼻水も出て、テーブルの上はティッシュだらけです。

今年初めての林檎ジャムは涙で煮詰めたみたいに甘酸っぱくて、ほんのり薔薇色をしていました。肉の厚い椎茸は隣山のひかげを、干し柿は縁側の日向の匂いがします。林檎ジャムを舐めながら絵手紙を眺めていると、寂しいって言うのは、きっとこういう気持ちなんだと初めて思いました。懐かしくて、恋しくて、もう取り返しがつかないって感じ。私も最近になって、生と死の間にこういうものが存在しているってことが、少しだけわかるようになりました。人はみんな死んだり、いなくなったりしても、何も残さないってことはない。神棚があってもなくても、それは同じことなんだね。

お母さんの白い絵手紙、しばらく飾っておくことにします。お返しに私から最初の絵手紙、クリスマスカードを送ります。

メリークリスマス。

十二月二十四日　深夜

風布《ふうぷ》という名の美しき青蜜柑

パーティー

「ねえ、見て。ほら、あの巨大なアマリリスの前にいる女よ。何度も何度も見たことがあって、声まで覚えている気がするのに。どうしても名前が出てこない」

外は木枯らしが吹いていても、室内は暖房でむっとするほど暑い。顔からたるんだ頬をはみださせている女が隣の男にささやく。

「皆様、御多忙中にもかかわらず、お集まり下さり、わたくしめは感激であります。ほんとうに有難くて、キョキ、キョキであります。あーあー」

黒すぎて一目で鬘とわかる初老の男がマイクを握りしめて演説を続ける。

「あの男、またまた結婚したらしいわよ。二十五歳も年下のフィリピン女性と」

鮑の冷製を口の中でもう十分は噛んでいた男が羨ましそうな顔で仰ぎ見る。隣にいる妻らしい痩せた女がテーブルの下で男の脚を思い切り蹴る。

「私たちの運命とも言うべき出会いから、何と三十年が過ぎようとしている今、こうして再び出会い、皆様のご尊顔を拝することができるのは、なんという幸運、至福であることでしょう。あーあー」

「なんで、あんな変な男にいつまでもマイクを持たせておくのよ。司会はどこへいっちゃったの。不愉快だわ、まったく」

髪を高く結って、大きなエメラルドの指輪をした女が、誰にともなくヒステリカルな声をあげると、隣にいる皺くちゃの背広姿の男が前歯のない口をあけて、にやにやと笑う。

「まったくねえ。あの男はつい最近神経病の病院から退院してきたばっかりだっていう噂だから」

「あら、わたくしは平気。かえっておもしろいじゃあありませんか。ありきたりの司会より座が盛りあがって。このくらいの座興がないと、パーティーなんて、退屈で」

黒いスーツを着たショートカットの女が美しい姿勢でスッポンのスープを飲んでいる。

どちらにしても、乾杯から二十分が過ぎ、宴はたけなわなのだった。

「ほら、あの人。真っ赤なアマリリスの前にいる人。よく知っている気がするのに、どうしても思い出せないの。ほんと、じれったい。年はとりたくないものねえ」

「私も入ってきて、すぐ気付いたの。美人じゃないのに、とっても目立つのよね。青白い額に大きな目、完璧な形の赤い唇。もしかしたら、整形かもしれないけど」

脂肪に膨らんだ体を窮屈そうに椅子に押し込んでいる中年の女がバッグの中を探って、チョコレートをだしながら言う。

「まさか。だって、とっても懐かしい気がするもの。素敵ねえ、白鳥みたいな首、大理石のような滑らかな肩……」

女の話を聞いているものは誰もいない。チョコレートの中には丸ごとのアーモンドが入っているから、チョコレートを口の中で溶かしてしまってから、女は音をたててアーモンドを噛む。カリリッ、カリッともういくつのアーモンドやヘーゼルナッツが唯一の自慢である美しい歯で粉々にされたことだろう。

「あの女、どんどん太っていくわねえ。昔からチョコレートに目がなかったけど、益々ひどくなったみたい。相変わらず男運がなくて、寂しいのね、きっと」

痩せた妻が夫の肘を突いては話し続ける。もうチョコレートなんて食べなくなって、何年になるだろう、と考えながら。

「でも、おまえ。おまえはもうちょっと食べないといけないよ。ほら、まだ前菜だって、こんなに残っているじゃないか。この鴨のパテはなかなかうまいよ」

逆に夫は益々食い意地がはって、卑しくなる。きれいな女に逢っても、涎をたらさんばかりにじっと見るだけで、その分食べ物に対する情熱と欲望は増大して、手当たり次第に出てきたものは残さず食べ尽くす。

男の座る周囲に散らかるパン屑や食べ滓がボーイは気になって仕方がない。あの爺、いい歳をして、物の食い方ひとつ知らねえんじゃないか。ちきしょう、あんなにボタボタとソースをこぼしやがって。

部屋の隅で黒服が、不穏な目つきをしているボーイをじっと監視している。確かに申込まれた時から、奇妙な会なのはわかっていたのだ。

年寄りが多いから、なるべく柔らかいもの。肉は少なく、野菜をたっぷり。消化のよいものを少しづつ。最近は健康志向だから、その程度の要望なら簡単に対応できるけれど。人数は十二人。ただし十五食分。うち三人はわからないように糖尿食。席順をはった紙を渡されて、克明な指示があった。

テーブルのフラワーアレンジメントは二箇所。その他に赤いアマリリスだけをいける箇所にはご丁寧に要注意のシールが貼ってあった。

乾杯のシャンペンと、ワインリストを渡され、三箇所の席にはわからないように水で割ったワインを注ぐように指示が出ていた。

「心配ないよ。ここに来る時には、どうせもうへべれけに酔っ払っているんだから」

こんな怪しいパーティーじゃあ、どんなアクシデントが起こらないとも限らない。ほんとは非番だったにも関わらず、だから黒服の俺自ら出張ってきたんだけれど。開けてみれば、案ずるより産むがやすし。問題なんて、はなから起きるはずもない。ただの年寄りが旧交をあたためる体の、ありきたりの昼食会に過ぎない。

「思い起こしてみれば、三十年前、わたくしたちは、運命にもてあそばれて、出会い。またこうして悪魔か神のいたずらによって、再び深く結びつくために、こうして集ったのであります。あーあー。これが宿命といわずして、何でありましょうか」

出席者の内訳は男が五人、女が七人。それまで一番片隅の席で料理にはほとんど手をつけず、ずっと煙草を吸っていた男が大声でどなった。

「もういい加減あいつを黙らせろ。頭のおかしい爺の愚痴話を聞くためにわざわざ遠方から来たんじゃないんだ。おまえは片足突っ込んでる棺桶にでも戻ってろ」

一瞬座がしーんと静まった。何人かの女はナプキンで口をぬぐって、男を凝視した。

「ほんとにそうだわ。あの人の言うとうりよ。わたくしたち、こんな場末のホテルで、不味いフランス料理を食べるために集まったんじゃないはずよ」

成り行きを静観していたボーイと黒服は思わず苦笑する。確かにここは一流でも、二流でもない、古いのだけが取り得のホテルで、だからこそこんな珍妙な、得体の知れないパーティーを請け負ったりすることができたのだ。

ボーイと黒服の存在に気づいた女の連れが肘で彼らを示すと、女はわずかに動揺して、腰を降ろす。わざとらしい咳払い、くすくす声、また新しいざわめきの渦。

だいたいこのパーティーの目的とか、趣旨はいったい何だと言うのだ。三十年前、こいつらはどんな共通なものをもっていたというのか。

ボーイは三本目のワインをついでまわりながら一人一人の様子をくすねるように素早く見てまわる。職業も、年齢も、出自もばらばらそうな男女十二人。

あれっ、と黒服は職業的な勘で、ふと気付く。

アマリリスの生けてあるテーブルの前に誰かいたはずだ。とすると、十三人。念を入れてぐるりとテーブルを一周する。確かに一つ、椅子が余る。

誰か手洗いにでも立っているのだろうか。

宴はもう後半に入って、メインの後に、桜桃とキルシュのグラニティが運ばれている。

「いやだわ、あたし。ずいぶんと緑内障が進んでいるのかしらね。つい今さっきまであった気がするのに。あの大きなアマリリスが消えちゃってる。確かに、その前に一人女の人がいたはずなんだけど。あそこだけ、ぽっかり空いてる」

チョコレートを食べ終わった女はさかんに目をこする。あの人……、どこかで見たような、見ないような。なんだか若くて、まだ痩せてた自分にちょっと似ているような気もしないじゃあなかった。

「この集まりの中にもし彼女がいたとしたら、ああー。どんなに素晴らしい、完璧なパーティーになっていたことでしょう。それを思うと、わたくしは今でも、涙、涙で、泣き崩れそうになるのであります。ああー」

ビルとビルの間に木枯らしが吹き荒ぶ。錆びたガードの上を音をさせてひっきりなしに、電車が通過していく。毛糸の帽子をかぶった老婆が、帽子と同じほどむさくるしい毛をちぢこませている老犬に向かって何かささやき続けている。

「なんだろうねえ。おまえ、見ただろ。火事が出て、とうの昔から営業をやめてる古いホテルから、出てきた赤い花を抱いた女を。ねっ、確かに女だったよねえ。まるでぼーっと赤い人魂みたいな……」

我の影啄ばしのち百舌猛り

羽虫

深夜、みんなが寝静まったのを確かめてから、台所で林檎を剥いて食べる。真ん中に蜜のある、甘くて果肉の硬い林檎はしゃくしゃくしゃくと崩れ、果汁が溢れ、口の中を僕の知らない光と風で満たす。

ああ、しあわせ。

思わず呟いてから、一人で笑う。

しあわせ、なんて。

どのタンスの、どんな机の引出しに仕舞いこんで忘れた言葉か。母親の古い下着みたいに、見たこともない。触れたこともない。それでいて懐かしいような、馴染み深い言葉が、誰もいない深夜の台所に落ちる。

明日の朝、流しにある林檎の皮や残った芯を見て、母親や父親は何と思うだろう。「息子はまだ生きているのだ」と少しは安心するのだろうか。「彼奴はこうして無為と安穏の中で、林檎なんて食いながら、まだまだ生き永らえるつもりなのか」と思うだろうか。

ああ、いつもの羽虫が飛んでいるから、もう二階に引き上げなければならないのに、口の中に残っている林檎の甘さと酸味と、健康な唾液が僕に「外へ出てみろよ」とそそのかして、止まない。暗く静まったリヴィングルームを抜けて、月の光が降り注ぐ外へ。

もう二年も足の下に感じたことのない本物の土と本物の夜の空気。

一歩踏み出すごとに羽虫が増える。痛くなるほど握りしめた拳のまわり。瞬きもせず前を見つめる瞼のあたり。

助けてよ、あなた。

リヴィングにあるソファの上や床にまで溢れて置きっぱなしになっている洗濯物の山につい つまずきそうになる。どんなに歩きまわっているつもりでも八畳の自室にいるだけじゃあ、やっぱり足の力が衰えてしまうのだ。ほとんど寝たっきりの婆さんと、同じくらいの筋肉しかないに違いない。

ちきしょう。洗濯物くらい、片付けてから寝ろよ。

暗い部屋に積まれている洗濯物の山の下からぼおっっと灯りがさしているように見える。目をこらすと、羽虫の群がそこから数え切れないほど発ってくる。

助けてよ、あなた。

洗濯物を足で踏みつけた途端、バランスを失ってソファの上に倒れこんでしまった。

痛い。倒れこんだ途端肘に何か金属があたって、痣が出来るほど思い切り打ってしまう。

父親のゴルフのパターがどうしてこんな所に転がっているのか。

やにわに掴んだものを力一杯ふりまわして、居間にあるものすべてをぶち壊してしまいたくなるのを、歯を食いしばって我慢しなければならない。

怒りの発作を煽りたてるように、どんどん羽虫が増え、あたり一面を銀色に発光させて飛び回る。

助けてよ、あなた。

自分の髪の中に両手を入れて、頭を抱えてうずくまる。

林檎なんか食いに降りてくるんじゃあなかった。あまり口の中が懐かしさで一杯になって、何となくそれが楽しさという感情の記憶のようで、ついふらふらと外に出てみようなんて。どだいそんなこと許されるはずがないのに。

この部屋は相変わらずいろんな匂いがする。果物の匂い、観葉植物の匂い、夕飯に食べた焼き魚と漬け物の匂い。母親の化粧の匂い、父親の靴下の匂い。つまり、生活している生き物の匂いのすべてがここには充満している。

その生きている匂いが羽虫を養う。母親がしょっちゅう開けっぱなしにしている戸棚のあたり。食いかけのビスケットや煎餅がごちゃごちゃ入っている缶。新しく買ってはすぐ枯らしてしまう花の水の濁った花瓶のあたり。父親のアルコール臭い息、背広に積もったフケや、カイシャという場所のあのゴミ溜めの匂い。羽虫はそんなものが好物なのだ。

そろそろと目を開けると、散らかった部屋を月の光が弱々しく照らしている。庭につながる細い道を抜けて、出て行きたいという衝動が僕を突然貫く。

無理だろうか。あなた。

だって二年前の秋までは、僕はあなたと一緒によく庭を抜けて、町のはずれの土手まで、あるいは暗い森の中まで、ずっとずっと一緒に歩きまわったのではなかっただろうか。

あなたの匂い、あなたの息、飛び回るあなたの四肢。

町も、家々も、あらゆる道も、庭も、公園も、あんなに安らかで美しくさえあったのに。

今、世界中に僕は一人取り残されて、日々増殖する羽虫に阻まれている。手足の自由はおろか、時には息をすることさえ苦しくなって、八畳の、あの狭い部屋でやっと生きながらえている。パソコンと、一日に三度運ばれてくる食事だけにかろうじて養われて。

あなたが死んでしまったから。もう誰も僕と世界の間を仲介してはくれない。

あなたの柔らかい毛並み。湿った鼻。濡れていた舌。鋭い嗅覚が常に僕を外界から守ってくれた。無知な父親と、鈍感な母親と、二人の築いた汚辱に満ちた生活から、僕を遠ざけてくれた。あなたを仲介にした時だけ、それらのすべてと時には和解の真似事すら可能だったのに。

昼夜を分かたず眠り、新聞を読むこともないので、パソコンを開かなければ、日時も正確に知ることはない。壁にかけてあるカレンダーがもう最後の一枚になっているからじきに冬なのだ。あなたの大好きだったいい匂いのする枯葉が、世界中に降って、積もっているんだろうな。ヴェランダの窓を開けようとしたら、夜目にもくっきりと、無数の羽虫がとりついているのが見えた。

出られやしないんだ、やっぱり。僕はずっとここに閉じ込められて生きていくしかない。二年前のあの日、誤って僕はあなたを殺してしまった。あなたの食いしばった歯の間から一筋の血が流れていて、永久に閉じない目が僕をじっと見つめていた。

自分の喉から発したとはとても信じられない長い長い悲鳴。我に返ったのは僕ではなく、僕を取り囲む状況に過ぎない。その時、僕は見たのだ。たった一匹の小さな羽虫が、硬直の始まったあなたの四肢の間を飛び回っているのを。

あの時からずっと、僕はこんなふうに罰せられて、無数の羽虫に監視されながら、あなたに飼われて生きていくことしかできなくなった。

無月かな手脚畳んだままでいる

人の声

どちらかというと私はお喋りな方だ。二十年主婦をしているわりには社交的なところもある。友達も多い。誰と会っても、口ごもったり、言い淀んだりはしない。言葉はすらすらと口をついて出るし、どんな時でもだいたい会話を楽しむことが出来る。だから私は自分の声を充分知っているつもりだった。半月前、夫と別居をして一人暮しを始めるまで。

おかえりなさい、疲れていない。おまえ、今日はずいぶん頑張っちゃったから。それを言ったのは自分の声だ。他には誰もいない。

ありがとう。大丈夫よ。明日はゆっくり家にいるから。

答えたのは私の声だ。ずいぶん低い。言葉とは反対に疲れが滲み出ている。疲れだけではない、何だかひどくがっかりした寂しそうな声だ。

声は壁や床や、カーテンの襞の隙間に消えてしまう。あとかたもなく。残響もなく。私は自分が口を開いて、自分の喉から声を出していることにほとんど気づいていなかった。夫がいたとしたら、すっかり同じことを言ってくれただろう、とぼんやり思ったくらいだった。シャワーを浴びて、化粧を落とした。前髪の濡れた、顔色の悪い女が鏡に映っている。

寂しいの、声が言った。

いやだ、それほどでもないのよ。ただ、ちょっと。少しくたびれたのかな。

でも、すごく悲しそうよ、と声は続けた。

そうね。なんだか気が滅入ってるの。子供のいる女なんかと会うもんじゃないわね。時間ばっかり気にして、そわそわして。夕食の支度が遅れるくらいどうってことないのに。

答えているのは自分の声だ。わかっている。夫がいる時も少し顔をゆがめて、不愉快そうに喋ることはよくあった。こんな顔を、こんな声を彼は二十年以上我慢し続けていたのだろうか。

もう眠るわ。平気よ。一晩ぐっすり眠れば、またすぐ元気になるから。

声は鏡に映らない。勿論、もうひとりの声の主が鏡の奥にいるわけでもない。

いつの間にか、深夜になっている。時計の音を遠ざけても、時間は進む。

眠れないの、と声が低い声で再び言う。

柔らかで滑らかな肌触りの寝具。暖かさも申し分ない。ゆっくりと手足を伸ばすと、かすかな自分の匂い。どこにも違和はなく、痛みの芽も、不快の兆しもない。悪い夢の予兆があるわけでもない。

どうしたの。何を考えているの。声は続けて聞く。

歳をとった女の声。傷み始めた果物のような息。一生懸命優しくしている。どこかで聞いたような声。

いつものことよ。気にしないで。じきに薬が効いてくるから。

暗闇の中でぽっかりと目を開いて私は答える。隣のベッドはからっぽで、当然彼の寝息も、気配もまったく消えている。あの人は、そんなものまでみんな持っていってしまった。寝巻きも、枕も、スリッパも。彼の匂いのするものはもう何もない。

大きなうつろが、私の横で眠っている。もう決して起きない。死ととてもよく似ている不在。

眠りなさい、と声は諭すように言う。

母のように、姉のように。私によく似ている女の声で。

いい加減に忘れなさい。そして、なるべく早く慣れるのよ。誰だって、みんないつかは一人ぼっちになるんだから。

本当にこれは私の声なのだろうか。よそよそしくて、硬い。いや、そうではない。遠くて、懐かしい。でも、やっぱり私の声ではない。

私は唇に触り、声を出しているのは自分だということを確かめる。声に触ることはできない。

いつまでも、諦めることができないなんて。ばかね、ほんとに。

薬が効き始めているので、声は固まりかけた葛のようにとろりとしている。

誰も答えない。

ひとつの体の中に二つの人の声はしまわれて眠りの中で揺れながら、たゆたいながら捻り合わされていく。明日、どちらの声が私に戻ってくるのか、わからない。

蝶の家

信州の山奥にあった古民家を移築したという店は駘蕩とした春景色の中にひっそりと佇んでいた。桜の花びらとほの赤い蘂が到るところに散り敷いて、都内より一ヶ月は遅い春が、いっさんに過ぎていくのかもしれなかった。

「見て。蝶よ」

門を過ぎると妻が華やいだ声でふり返った。

水を打った玄関の側には大きな常滑の壺いっぱいに一重の山吹が迎え花として生けられている。そのまわりを白い蝶がしきりに飛びまわっていた。

「二匹いる。連れ蝶だね」

「あら、珍しい。あなたにしてはしゃれたことを言うのね」

「あなたにしては、って言うのは余計だ。このくらいのことはしょっちゅう言ってる」

右の頬にくっきりした笑窪を刻んで妻は屈託のない声で笑った。きっかり二時間後、薬が切れた時の痛みに歪む顔とはまったく別人のような晴れやかな表情。凄惨な日常から軽やかに発って、かつての健やかだった妻の顔が、声が、奇跡のように今私の目の前にあった。

「いいわねえ、一重の山吹って。なんてきれいなのかしら。花はどんな花でもやっぱり一重の方が素敵ね」

こぼれた花びらを手のひらにのせてうっとりと佇んでいる。その横顔を私はすかさずデジカメで撮った。従来のカメラと違って、シャッター音がしないのが有難い。妻は何も気付かずにしんとしたままの玄関から中を覗きこんでいる。

「きて、来て。いい匂いがしてる。料理が楽しみ」

つま先だった妻のなんと痩せてしまったことだろう。白い靴を履いている小柄な体は後ろから見ると、少女のように見える。

最近の私はこれほどの意気地なしだったのかと呆れるほど泣いてばかりいる。すぐそばにいる時はかろうじて耐えていても、妻が一メートル以上離れるだけで、じきにもう触れることのできなくなる体をすぐに引寄せて、抱きしめたくなる。そんな時、気がつくとだらしなく涙が流れている。

まるで幼子が母親の代わりにもたされたぬいぐるみを片時も手離せないように、現身の妻の姿を瞬時たりとも見失うまいとして、ポケットにしのばせたカメラを触らずにはいられない。再びデジカメを取り出そうとして、慌ててひっこめた。ひそかな足音が近づいてきて、背後から声をかけられた。

「いらっしゃいませ。ご予約をいただいた麻生様でございますね。お待ちしておりました」

懐石料理店の女将というより、茶室の主のような佇まいの初老の女性が地味な和服姿でたっていた。

「すぐにお判りになりましたか。こんな山里で、ろくに道案内の表示もだしておりませんもので」

「丁寧な地図を送っていただいておりましたから、すぐわかりました。予定の時間より、少し早く着いてしまったようです」

白い布の帽子に手をやって挨拶をしようとする妻を目で止めた。豊か過ぎてどんなにピンで止めてもすぐにはじいてしまった、自慢の髪が手術の後、見るかげもなく激減したことを本人はすぐに忘れてしまうのだ。

「じきにお部屋にご案内できます。それまで少しお庭でお休みください。すぐにお茶を運ばせます」

まだ若い葉がしなしなと揺れているだけの藤棚の下に座りごこちのよさそうな籐椅子が並べ

られている。

「奥様。どうぞ」

案内のために先に歩き出した女将を先導するように白い蝶が飛んでいる。

「お花がいっぱい咲いているからかしら。庭に蝶がたくさんいるんですね」

妻の足取りはあくまで軽い。こんなふうに容易く息をし、手足を動かし、あまつさえ明るい声でお喋りが出来る。もしかしたら知らない間に奇跡が起こって、このまま妻が快癒するとどうして信じてはいけないのか。

「つい半月ほど前から急に増えて。蝶も鳥も、木も草も生き物のすべてで賑やかになってきました」

牡丹の芽が真紅に膨らんでいる側まできて、女将が藤椅子を引くと、妻より先に白い蝶が飛んできて止まった。

「庭よりも、蝶はお客様が気に入ったみたいです」

蝶の椅子には少し強すぎる日差しがさしている。女将が遠ざかるとすぐに、私はしゃがの花が足元に咲いていている日影の椅子を妻に譲った。

「大丈夫よ。光の温泉にはいっているみたい。あったかくて、とてもいい気持ち」

そう言われても、むくみや、震えや、脱力感といった発作の前兆がどこかに現れていないだろうかと、籐椅子によりかかった妻の全身をつい点検するようにまじまじと見ずにはいられないのだった。

「いやだわ、知らない人が見たら、いい歳をしたカップルが夢中になっているみたい。結婚して三十五年もたっているのに。きっと最近再婚したに違いないって思われるわよ」

煩そうに顔をしかめながら、妻の目は笑っている。

「いいじゃないか。二度目のハネムーンと間違われても」

妻の手に軽く触れて呟くだけで、もう目の前が霞むのだ。

「今朝、摘んできたばかりのハーブティーです。どうぞ」

硝子のポットには白い花と茅のような草や、茎が鮮やかな緑をたたえて押し込められている。

「まあ、いい匂い。カモミールとミントとレモングラスね。フレッシュなハーブティーなんて。ここは意外と暖かいのね」

発病する二年前まで、妻は狭い庭にたくさんの植物を植えて楽しんでいた。そう言えば一時同じような草のお茶をしきりに飲まされたものだった。

硝子のポットにとぐろを巻いているような緑の塊を上手に避けて、美しい翡翠色の湯がやはり硝子のティーカップになみなみと注がれた。

「一時半の予約だけど。時間は遅れないだろうね」

妻がうっすらと目を閉じてお茶をすすっているのを横目でみながら、小さな声で聞いた。病んでいるシンデレラにはきっかり二時間の猶予しかない。

「はい。じきにご案内できます」

一安心したら、どっと汗が出た。こんな重病人が医師の同行もなく遠出をすることがどれほど危険なことかよく承知していた。

「人間らしい最後の食事よ。目も舌も、鼻も、残っている正常な五感をつかって、最後の美しい食事がしたいの。あなたと二人で」

妻の最後の頼みはいじらしいほどささやかなものだった。

「私、この二年間、負け戦と知りつつずいぶん頑張ったんだもの。そのくらいのご褒美はいただきたいわ」

「呆れた食意地の張った頼みだなあ」

妻の最後のわがままを実現するために、私は奔走し、手を尽くした。この隠れ里のような一軒家の店を午後からは借切って予約したのは、私にとっても危うい最後の賭けのようなものだった。

「見て。竹薮の中にも蝶がいっぱい飛んでる。竹の節と節の間に蜜でも滲んでいるのかしら」

「ああ。多分かぐや姫の匂いでもするんだろう」

帽子の縁をめくって竹林の方を眺めている、形のいい顎と、薄い鼻梁。デジカメに映る妻のどこもかしこもなんとかぼそいはかなさだろう。

部屋のどこかから、うっすらと香《こう》の匂いが漂ってくるだけで幸いなことに音楽はない。あれほどクラシックの好きだった妻が「ピアノもヴァイオリンも、ソナタもコンチェルトも、オーケストラは勿論、なんだかとても疲れて消耗するのよ。音楽はもう私の体には耐えられなくなったのね」と寂しそうに告白してから半月、私たちは病院でも家でも自然の音と、二人の会話以外にほとんど無音の中で暮してきた。

「お待たせ致しました。お食事の支度が出来ましたので、ご案内いたします」

浅葱色のお仕着せを着た若い娘が案内に立つと、私たちのまわりを前後して黄色の蝶が附いてくる。

通された二階の部屋は涼やかな緑陰の映える部屋で、十畳ほどの広さでゆったりとしつらえられていた。

「あの花台はきっと李朝ね。あけびの蔓の籠にぴったり。白い山吹がなんて上手に生けてあるのかしら」

おしぼりと食前酒を持ってきた少女が妻の言葉に嬉しそうに答えた。

「ありがとうございます。主が毎朝採ってきた花を生けるんです」

そういえば、手洗いのある廊下には掛け花がいけられていて、いちげの花が天井から降ってきたように自然に投げ入れられていた。

妻はこわごわとリキュールグラスに入った梅酒に口をつけている。

「甘くなくて、とても美味しい」

梅酒でもアルコールなのだから、と妻の分を取り上げようとしてやめた。三十数年前、新婚時代に私の母にもらった梅酒でしたたかに酔っ払った若い妻の姿が蘇ってくる。採光を気にしながら、すかさずデジカメのシャッターを押す。アルコールを飲む時の妻のちょっと薄目をした表情をあれから何十回、何百回見てきたことだろう。

「まあ、きれい」

朱色の折敷に盛られた前菜の盛り込みに妻が歓声をあげる。

「やっぱりね。今頃はきっと筍づくしだと思っていたのよ」

数々の山菜を従えて、可愛い焼き筍が中央に盛られているのをすかさず口にして、妻の顔がげんきんにほころびる。

「あなた、覚えている。一昨年あたりまで、春といえば筍で、下茹で用の糠と鷹の爪をどんなにたくさん使ったことか」

「君の筍好きは有名だもの。毎年顔にぼつぼつが出来て。それでも懲りずに四月いっぱいあちこちの竹薮を荒らし尽くすほど食べた」

「だって、日本中の筍が三ヶ月でみんな竹になっちゃうのよ。鹿児島から始まって、福岡、静岡、京都、千葉、埼玉、最後は東北の曲がり竹まで。それでも一年のうちで二ヶ月半くらいしか食べられないんだもの」

椀盛りは筍のしんじょ。炊き合わせは筍の土佐煮風。竹皮で蒸した筍御飯。私の頼みを店の主は笑いながら聞いてくれた。好都合に店で持っている竹薮がちょうど旬を迎えているのだという。

こごみの新芽と一緒にしんびき粉をまぶして揚げてある蚕豆を食べている妻の表情が無邪気に輝いているのを見て、この店を選んだことをつくづくよかったと思った。

「ずいぶん長い間中国製の水煮ばかりたべてきたから、ほんとの筍の香りを忘れちゃったくらいよ」

最初の頃はまだ病状も軽かった妻は病院の食事を克明にメモしたりする余裕があった。その日記が三年日記になり、やがて形見になるだろうなどと本人も周りのものも想像だにせず、日記に添えられた拙い絵をさんざん笑ったものだ。

料理は絶妙の間を置いて運ばれてきた。青磁の皿に散らされた花びら形の百合根、香り高い木の芽や、見たこともない山菜が次々と趣向を凝らし、あるいは呆れるほど素朴に盛られているのを、妻は子供のように手放しで感嘆した。

私は彼女がどれほど元気に、曇りなど一点もないほど健やかな食欲を示そうと、決して油断をすることはなかった。椀をとる仕草、咀嚼し、喉を鳴らし、あるいは箸を一旦置くたびごとに、妻の表情や体調のどんな変化も見過ごさないように気を配り、観察し続けた。

「私ばかり見ているから、あなたの方がずっと食べるのが遅いのよ」

多分妻は私が時々デジカメを取り出してシャッターを押すのを気付いていたに違いない。今日の写真の中から一ヶ月か二ヶ月後の告別式用の遺影が選ばれるのだと、勘のいい彼女は察しているのだろう。

「たらの芽や、ふきのとう。山葵の茎や、のびるや、蕨、芹や、クレソンや。口の中の緑色がしゃりしゃり、さわさわ、オーケストラを奏でているみたいね。春の小川のせせらぎも聞こえて」

「なかなか詩的な形容だけど。僕には野菜畑に逃げ込んだ二匹の兎が次々と御馳走を平らげているとしか思えない」

鮎の解禁には間があるとみえて焼き物は山女だった。二度揚げして骨まで柔らかくなった魚には緑色の蕗の葉をまぶして、甘酢を絡めている。

「あら、いやだ。山女と目があった。頭からは食べられない」

長い闘病生活ですっかり胃の小さくなった妻が、どんなに頑張ってもそろそろ量に限界を覚えているらしいのは、口数のわりに箸の動きが鈍ったのですぐわかった。

「まだ時間はたっぷりあるし、料理も先がある。無理をしないで、行儀が悪くてもいいから、少しずつ味見程度にしなさい」

諭すように小声で止めると、ここへ来て初めて妻の顔に薄い影がさす。

「残念だわ。運ばれてくるものを片っ端から平らげて、葉っぱも花も何にも残さずに店を出たいのに」

「心配しなくても、君の残した分くらいみんな食べてあげるよ」

箸を置いた妻の視線が窓ごしの柿若葉に逸れて、陶然と見入っている。

「覚えているかしら。あなた、つきあっている頃、垣に赤い花咲くっていう歌詞を勘違いして、柿の花って、白いじゃないかって文句を言ったのよ」

「まったく四十年も前の話をよく覚えているなあ」

今はまだ柔らかな新芽が透き通っている柿の若葉が繁り、白い小さな花が咲く頃には多分もう妻はいないのだ。

「格子窓の桟にも蝶がいる。まるでこっちを見ているみたい」

皿は静かに下げられて、口直しのつもりなのか、熱い葛湯の中に桜を浮かべた小さな茶碗がいい匂いを放っている。

「いい加減のとろみだ。胃が休まる。少し、食べてごらん」

素朴な木の匙を口にいれて、妻の目が笑う。

「あまあい、春の水」

最後の化粧のように、桜色の葛湯の一匙で唇を光らせて微笑む妻。ただそれだけなのに、滂沱とした涙が湧きあがって止められないのだ。

「ごめんなさいね。あなたをすっかり泣き虫にしてしまった」

妻は立っていって、格子の蝶に手を差し伸べて触れる真似をする。

「いっちゃった。招き猫ならぬ、招き蝶だわ、まるで」

窓に軽く触れていた手に力がこもっている。薬の効き目は日に日に短く、当てにならなくなっている。多分もう食事の続きは妻には負担になるだけだろう。どんなに好物で、春の生気に溢れた筍も、春の野草も、健康や命の力を注いでくれることは出来ない。その豊かな香り、命の先端のえぐみも、苦味も、そこはかとない甘さでさえ、もう必要のない体に妻はなってしまっている。

「食べなくてもいいから、見たいものだけでもお言い。ちょっとづつ運んでもらうから」

「いやんなっちゃう。意気地がなくて。止め椀の蓋をとることもできないなんて」

抱きかかえて椅子にもたらせると、目だって荒くなった息でそれでも妻は弱々しく笑う真似をする。

「蝶って、飛びながら死ぬかしら」

「いや、羽根は閉じてしまうんだ。だから展翅板《てんしばん》に止める時は、蝶の胸を一瞬圧して瞬時に殺さなければならないんだよ」

「いいわねえ、そんなふうに人も死ねたらいいのに」

羽根も生えていないのに、まだかすかな声で話してさえいるのに、妻の心も体もどんどん私から遠ざかる。暖かい、蝶よりはずっと持ち嵩のある肉も骨も駘蕩と過ぎる春そのもののようにたゆたいながら過ぎていこうとしている。今となってはどんな性能のいい、何十万画素のデジカメでもってしても、もう妻の現身を捕らえることは出来ないに違いない。

「残念だわ。私のデザートは蝶にあげて……」

まるで妻の最後の頼みを聞きつけたように、長い廊下を粛々と近づいてくる足音がする。竹の籠に盛った美しいデザートのまわりを待ちかねるように、惜しむように白い蝶がちらちらと飛びまわっている。

かごめかごめ振り向けばみな花の影

水の庭

あの女の人を見るのは、もう三度目だ。最初見つけた時もホールの中央にある「寝そべっている犬の像」の傍らにいた。僕が池を一巡りして、ガラス戸の側に戻ってくると、彼女はブロンズでできた犬の背中をゆっくりと撫でていた。ホールに陳列してある作品には一切手を触れたり、写真に撮ったりしてはいけないことになっている。それはこの彫塑館の入場券にもきちんと書かれているはずだ。そうでなかったら、ホールにあるブロンズの像はこの館が公開されて百年経つうちに、どの像も人間の飽く事のない愛撫で随分磨り減ってしまったに違いない。

初めて彼女が現れた時、ホールを担当しているボランティアの人は注意をするために足音をたてずにすぐ後ろまで近づき、立ち止まったものの、何も言わなかった。多分彼女の絶え間なく流れる涙と、震えながら呟いている声に気付いたのだろう。

「スター。おまえがいなくなって、もう半年になる。お母さん、ずいぶん捜したのよ。まさかこんなところでおまえに逢えるなんて」

彼女は子供のように涙を拳で乱暴にぬぐっては、その手でさも愛しくてたまらないように撫でては、話しかけ続けている。

「ごめんね、ずっと気づかずにいて。でもお母さんだってどんなに心配したことか。怪我がまだ治っていないのに、おまえが獣医さんのところからいなくなって。あの獣医さん、きっとスターはどこか遠くへ死にに行ったんですよなんて、言うんだもの。それでも私、ずっと諦めきれなくて」

彼女は痩せた手でおずおずとブロンズの犬の背中をさすり、腹を撫で、脚に触れる。

「傷も治ったみたいね。血も流れていないし。それにおまえ、怪我をする前みたいないい気持ちそうな目をしてる。そうなの、おまえも私と逢えたことを喜んでくれてるのね」

その日、ホールを担当していた富田さんは再び足音をたてないように、彼女から遠ざかり、係員の定位置には戻らずに彼女の死角になる大きな梁の影に隠れるように立った。

「よかった。こんな素晴らしいお屋敷におまえが住めて。それも真ん中の一番日のあたるいい場所にずっと居ることが出来るなんて。お母さん、とっても案心した。またくるからね」

彼女は最後にブロンズの冷たい鼻に触れると、名残惜しそうに帰っていった。

またくると約束したとおり、彼女は一ヶ月に一度はここを訪れた。入場すると、いっさんに「寝そべっている犬の像」まで近づき、嬉しそうにブロンズに向かって声をかけ、まるで彼女自身が犬のように近くにすりよっては、像を撫でた。

三度目の今日もホール担当は富田さんだったので、いつものように彼女は注意も受けず、したいように振舞うことが出来た。

本当に富田さんは優しい人だ。受付と、ホールと、客間と書斎。庭の担当は五人居るボランティアが順番に受け持っているのだけれど、自分が庭の担当でない時でも、富田さんは僕たちにお麩の御馳走をふるまってくれる時がある。それも普通の「鯉の餌」なんかじゃあない、京都の名産の上等な粟麩なのだ。

「じき池に氷も張らなくなって、水もぬるむわ。おまえたち、元気でいるのよ」

池の縁にある露台に身を乗り出して、優しく話しかけてくれるから、三十匹はいる鯉の仲間にも一等好かれていて、彼女の影や、手や声だけはみんながよく覚えている。

「スター、今日はおまえにお別れを言いにきたの。としとった両親の面倒を見るために遠い田舎へ行くことになったから。ごめんね。でもおまえ、怪我も治ったし、こんな素晴らしいお屋敷で、たくさんの人に囲まれているから、もう寂しくはないでしょ」

彼女は大きなブロンズの像に顔を埋めていつまでもじっとしている。

富田さんが足音をしのばせるようにして梁の影に隠れると、「寝そべっている犬の像」の隣に陳列されている若い少女の像がかすかに顔を伏せる。

彼女は笑っているのだ。自分は十三歳のまま一度も衣服を着たこともないのに、常に美しい背中を反らせ、ツンと胸を上げて、いつも誇らしそうにしている。彼女は自身の美しさと若さ以上に尊いものはないと信じている。百年の歳月は彼女から羞恥心と優しさとを奪い、かわりにブロンズの像としては珍しい性癖を与えた。

「若い娘の像」はとても笑い上戸だった。彼女は突然襲ってくる笑いの発作を抑えることがどうしてもできないのだ。

「ばかみたい。人間のくせにお母さんなんて。スターなんて名前じゃあない、相手は百年も前からいるブロンズの犬じゃないの」

少女に分不相応な傲慢と自信を未来永劫に渡って授けてしまった彫刻家に対して時々僕はひどい怒りを覚える。何もあんなに完璧な肢体と、美しい顔を両方与える必要はなかったのに、と。

少女に比べて、寝そべっている犬の像の後ろにいる男のなんと貧相に見えることだろう。軍服の胸にたくさんの勲章をぶら下げているけれど、服の下には筋肉らしいものはほとんどなく、その顔にはいつもかすかな怖れの表情が張り付いている。少女の像の正面にいる政治家にしても、あまり立派とはいえない。突き出した腹のしたに杖を当てて、やっと体を支えている。

ホールには笑い上戸の少女の像と、貧相な体格の軍人と、杖をついた政治家の他に、年老いた猿と、大家族のウサギと、馬の首がある。人間の像に比べると、動物たちはどれも立派で堂々とした体躯と、美しいともいえる面構えを与えられている。

この館の主は人間よりも、動物の方が好きだったらしい。特に猫に対しての愛情は正気を逸しているほどで、この家は以前は猫屋敷と呼ばれ、主の彫刻家は「猫の彫刻家」として知られていたのだそうだ。

僕たちは生き物としては長命の方だけれど、ブロンズほどには長生きではないので、それほど昔からここに居るわけではない。「水の庭」と命名されている池の辺にきては一休みしている見物客がめいめい言いあっていることを長い時間をかけてつなぎあわせ、知らず知らずに暗記してしまったのだ。

五人いるボランティアは僕の知る限りではここ十年のうちに三度も四度も人が変わった。変わっていないのはひとり富田さんだけ。彼女はここにきた最初の時ですら、五人の中で一番年取っているように見えた。

「この歳じゃあいつまで続くかわからないけれど、できれば命の続く限りこの家の、この庭の世話をし続けたい」

僕が見る富田さんはほとんどいつも手に少しひしゃげた柄杓を持っている。

「ここは水の庭ですから、石はどれも濡らしておいた方がきれいなんですよ」

池を巡る数え切れないほどの石のひとつひとつに墓石に手向けるように丁寧に水を注ぐ彼女は「何のためにしているのか」と問われるといつも同じことを答える。

かけるそばからすぐからからに乾いてしまう真夏でも、雨催いの寒い日でも、池の水が凍る冬ですら、彼女は石に水をかけ続ける。

僕たちの一人がそんな石の影から現れると、彼女は恥ずかしそうに顔を逸らす。逸らした時、濡れた石とほとんど同じ色の染みが顎から首にかけて、生き物のように少し動く。僕たちの仲間内ではそれのことを「水の痣」と呼んでいる。

「もうとっくに桜が散って、春も終りに近いのに、寒い日が続くわねえ」
四、五人のグループでやってきた人が話している通り、今年は天気が定まらず、寒暖の差が激しい。池の温度もなかなか上がらないのだ。どくだみと雪の下が咲いているけれど、僕たちの好きな河骨の花も睡蓮もまだ咲く気配もない。
吹き抜けの天井には天使ガブリエルのステンドグラスが早春の光を背にうすぼんやりと立っている。その下を入場者はあちこちに貼ってある「見学順序」という矢印に沿って進む。時々スターのお母さんのように、目当ての像だけを見て帰る人もいるけれど、大部分の人は廊下にそって、ホールから書斎、客間、居間と主の寝室といった順序を正確に守って、粛々と進む。家具調度、所々に展示してある美術収集品、床の間の軸から、置物、凝った作りの襖や、窓、当時のままのモダンな照明器具を見たり、溜息をついたりしながら館をひとまわりする。

「すごいわねえ。百年も前からこんな素敵な家に住んでいたなんて」

「彫刻家って、当時はお金持ちだったのかしらね」

ロンドンまで特別注文したというオークの家具の前で、人々の歓声はますます熱を帯びる。ときたまその熱い溜息やどよめきが池の水面にかすかな波紋をひろげる。池の最も深い井戸水の流れ込んでくる場所で寝てばかりいる長老の白い鯉が、一瞬目をあけて百年一日のごとく変わらない愚かな人間の言動に憫笑《びんしょう》をもらす。

「きゃあ、あたしの顔を変なものが触った」

「びっくりさせないでよ。ただの蜘蛛じゃないの」

硝子ケースの前に長い長い蜘蛛の糸が幾重にも垂れて、庭の緑に埋めつくされたような硝子戸の前でゆっくりと揺れる。硝子戸の中に飾られた骸骨やら、翡翠の蛙やらが騒がしい客をじっと見つめかえす。

「ああ、なんだかぞくぞくする。彫刻家なんて、みんな少し気が変なんじゃないかしら。何だか気味が悪くなってきた」

「言われてみれば、なんとなく不思議な雰囲気よね。この家も、たくさんある彫刻や像も。側に立っている係の人だって、半分はできそこないの像みたいだし」

「あっちの本棚に黒魔術とか交霊術の古い本がいっぱいあったでしょ」

僕は当意即妙なユーモアとサービス精神を発揮して、池の中でダイビングをしてみせる。ぼちゃんという水の音に何人かの人が小さな悲鳴をあげる。

「いやだ、二階なんか見学しないで、もう帰ろうか。今さっきから何となく足の裏が湿っぽくて、生ぐさい匂いがしてる」

梅雨まじかのこの館はいつもよりいっそう濃く水の匂いや水の気配が漂い充満している。磨かれた床は勿論、格子や、階段の手すり、天蓋のある古いベットのまわりにまで水の気配が絶えず押し寄せている。

「水の庭」のせいばかりではない。大きな沙羅の木の影には守宮《やもり》の一家が住んでいるし、蜘蛛の巣はどんなにボランティアの人が熱心に掃除をしても、あっという間に様々な場所に繊細なレース模様をかける。晴れた日には、二階の壁いっぱいに水陽炎がはかない興行のダンスを繰り広げる。

「駅の近くにあった店でコーヒーでも飲んで帰ろうか」

二階にはアトリエと、陳列室と、ベランダに通じる細い階段があるだけだから、そのままそそくさと帰る客も少なくない。

四時には閉館する彫塑館に三時過ぎに訪れる客は滅多にない。受付のカーテンの影で係の人がうとうとし始める頃、決まって聞こえてくる足音。門にくるまで走ってきて、息を沈め、すり足のまま受付を通り抜ける小さな影。

素足のまま階段を二段づつ駈け上り、彼は猫の陳列室のまえでぴったり立ち止まる。

「吊るされた猫」をまずじっくりと眺める、たるんだ首と、幽霊のように前に垂れた手、従順に吊り下げられたまま、猫は嬉しそうに目を細めている。

「へへへへっ」

少年は横から正面から猫を眺め、満足そうな笑い声を漏らす。爪の内側に隠れている肉の瘤を触ってみたりする。

少年はあまり嬉しくてひとつの像の前に落ち着いていることが出来ない。

「ううっー。ううー」

「跳びかかろうとする猫」の前にたちはだかり、睨みつけたりする。

怒った時の猫の毛を逆立てて威嚇する姿そのままに、少年は自身もよつんばいになって、獣のような声をあげる。睨みあい、対決する痩せ猫が二匹。陳列室にある「猫百態」の像はみんな次の相手は自分ではなかろうかと緊張し、身構える。

「小さな猛獣使い」

少年のことをブロンズの猫たちはそう呼んでいるらしい。しかし小さな猛獣使いはどんな猫も決して傷つけたり、損なったりはしない。それが貴重な芸術品と心得ているからではなく、それが少年にとってかけがえのない仲間であり家族であるから。

「乳をやる母猫と仔猫の像」

彫刻家の最後の作品となったブロンズの前で、少年は人間は勿論池に住んでいる鯉なんかにはまったく意味の不明な呻き声をあげる。涙をすすっているような、怒っているような、何か必死でねだっているような奇妙な声。しかしその声の意味を猫の像だけはよくわかっているらしい。

来た時よりずっと優しい心弱い目になって、少年は入る時同様のすばしこさで彫塑館を出ていく。廊下の時計はじきに四時をさし、食堂の古い掛け時計が三分遅れて鳴ると、ボランティアの人がポケットから様々な鍵の束を出して、部屋を見回り、次々と部屋を閉じていくのをよく知っているのだ。

彫塑館の灯りが消され、門扉に古い錠がかかっても、池が閉じることはない。水は生まれつづけ、うごめき、流れ続ける。人間がいなくなると僕たちはいっせいに饒舌になり、池を泳ぎまわっては、今日あったこと、見たことを存分に喋りあう。背中に緋色の裂け目のような柄をもった鯉も、悪魔のように漆黒な鯉も、ほとんど石と貸した亀までも言葉に似た水泡をこぼす。

金魚のような賑やかな模様の鯉はみんな恥ずかしがりだから、一箇所に集まって、もじもじしている。生まれたばかりの小さな、富田さんの痣くらいの鯉がはしゃいで歌を歌ったりする。夏の初めの夕暮は長い。庭のどこかで、姿の仏法僧が鳴くと、笑い上戸の少女の像がこらえきれずにけたたましい笑い声をあげる。そばにたっている軍人が咳払いをし、政治家は杖の位置を変え、おもむろに散歩の準備を始める。

彫塑館に夜の訪れを知らせるただならぬ水の匂い。それを合図に、二階にいる猫たちがいっせいに騒ぎ始める。

大姥百合まだまだ雨の降りそうな

私はテレビを消すことが出来ない

「一日中テレビばかり見ているようになったら、人間もおしまいね」

「そうねえ。ワイドショーのはしごならまだしも、テレビを消せずにテレショップをずっとかけっぱなしにしていたりして」

女友達の言葉に私はすこぶる明快に笑ってみせた。娘どころか、もう年増ですらない。ただのおばさんの歳になってしまった今では、この程度自分を偽ってみせることは日常的なことだった。

「意外とテレビ依存症の主婦って多いらしいわよ。お手軽でお金もいらないし、頭を使うこともないもの」

「そうそう。女である必要もないしね」

わずかに虚栄心がのぞく笑みをかわしながら、二人は鏡に映る自分を微妙にチェックしている。薄くなった髪は精巧なウイッグでごまかし、ミュールをはいた生脚と、煙草をくゆらす指には凝ったマニュキュアを施している。少し胸の開きすぎたワンピースから肩紐が覗くこともないから、ブラジャーは流行りのヌーブラをつけているのかもしれない。

もう一人は中年になった時分から意識して「若づくりをしない上品さ」を看板にしている。色は単色、形もシンプルな、その分しっかりお金のかかった服をさりげなくきこなしている。

一人は夫の事業を手伝って多忙な暮らしを続け、もう一人はつい二、三年前退職した夫と二世帯住宅に住み、旅行と孫が趣味の生活をおくっている。

「女だって生涯現役でなくちゃあね」

現役というのは六十を過ぎても流行の下着で体の線を整え、十年ごしの恋人と鎌倉あたりに不倫旅行をし、あるいは「絵に描いたような幸福な老後」を演じ続けるということなのだろうか。

「それであなたのほうは、相変わらずなの。寂しくない」

初老の女のおせっかいと親切心を取り戻して二人の視線は鏡の自分から、隣で大人しくアイスティーのストローを咥えている私に向けられる。

「ありがとう。なにごともなく静かに暮しているわ」

私たちは三年前、カルチャーセンターの川柳教室で出会った。私は夫が若い愛人のもとに出ていって、離婚訴訟のまっさい中だった。考えてみると、当時の私は今より溌剌と攻撃的で、離婚ハイの後期といったところだった。

「私はこれから一人で生きていくのだ。もう誰に依存しているわけでもない。自立した一人の女なのだ」

被害者としての悲しみすら正面から引き受けることの出来なかった私は混乱し、不安に倒れそうになりながら、女性雑誌丸写しの理念と理想で必死に鎧っていた。川柳はそんな私にぴったりの趣味だと思っていた頃、二人と出会った。

「ところで、あなたの翡翠、本物じゃないわよね。そんなに大きなカラット」

不倫女は宝石に目ざとい。

「まさか。偽物よ」

「でも夏はそういうの、涼しそうで素敵よ」

母の日のプレゼントに貰った本物の翡翠のイヤリングをしている幸福なおばあちゃまは鷹揚に微笑む。

私の耳には聞き慣れた声で「はい。21358番、ソールドアウトになりました。ありがとうございました」という声が聞こえてくる。翡翠どころか、天然石でもない緑色の練り石。台座はプラチナまがいのメッキ。税込みで一万一千円のテレショップの「お値打ち品」。夫から分割の最後の慰謝料が入っていた時に思い切って買った「離婚指輪」。

朝の七時に紹介された商品が、夕方からのテレショップで三十パーセントオフになる。着ているブラウスはその反対だった。十四サイズのみの売れ残り。五千八百円になって迷っていた時に電話があって、今日のランチに誘われた。雨だったらコートがあるからいいけれど、暑くなったら着ていくものがない。それで思い切って買うことにしたのが二週間前だった。

洋服を買うなんて、一年ぶりのことだ。スカートをはくのも半年ぶり。いつも三枚四千円で買ったウエストがゴムのズボンを順番にはいている。買い物に出る時以外はきちんとした下着もつけたことがないから、久しぶりにはいたスカートがあまりきついので驚いた。

「あなた、離婚してのびのびしたのね。少し太ったんじゃないの」

少しどころかあっという間に五キロ太った。以前はドラマの間のコマーシャルの時には動いていたけれど、ショップチャンネルを覚えた時から、よほどのことがない限りソファから立ち上がることもない。

毎朝、テレビ番組だけ入念にチェックするようになってからもう二年以上になる。相手の女が妊娠したので、今回だけはどうしても籍を抜きたかった夫はかなり無理をして、慰謝料を奮発した。あと四年で年金も入ることを考慮すれば、贅沢をしないで古いマンションで暮していくくらいのことは出来る。

「寂しいかもしれないけど、考えてみれば熟年離婚も気楽でいいわね」

二人とも絶対そんな気楽さはいらないと思っていながら、慰め顔になって言う。

離婚が成立し、夫の荷物がきれいに運び出された部屋は想像していたよりずっと空虚だった。離婚ハイが瞬時に跡形もなく消えた後は長い長い離婚鬱が待っていた。夫の使っていた茶碗もお椀もスリッパも、箸も湯呑みも半年は捨てることが出来なかった。マーケットで夫の好物の茄子を見ては泣き、豆腐を食べても泣いた。まるで罠のように、思い出はあらゆるところで私を待ち伏せし、おまえは一人だと囁き続けた。

拷問のような一人の長い長い時間。出かけて遊ぶ才覚もなく、一人の部屋に帰ってくる勇気もなかった私を救ってくれたのは、女友達でも川柳でもなく、二人でいる時はそれほど見たこともないテレビだった。

絵とクラシック音楽の鑑賞が趣味だった夫はテレビを軽蔑し、疎んじていた。たまに目当ての番組を見た後すぐに、「ほら、あれ、貸して」と苛立った声でリモコンを押した。

夫の愛用したものは一切処分し終わった一年後、私はそのリモコンを片時も手離さない立派なテレビ中毒になっていた。

朝起きるとすぐにテレビのスイッチを押し、ニュースキャスターの声を聞きながらテレビ番組を丁寧に調べる。まだ頭がぼんやりしている朝食の前後は中継をたっぷり取り込んだローカルな話題に心が安らいだ。どんどん流行が変わる食品知識のほとんどを私はこの時間帯のテレビから仕入れた。ココアや黄粉、あらゆる大豆食品の効用も、野菜ジュースの作り方も、トマトのリコピンも、お茶に含まれるカテキンも覚えた。メモをとったりする必要もないほど、同じことを特集するテレビの話題はまるで洗脳のように、起きたばかりで鈍い頭に疑問も批評も交えずすーっと入ってきて、ほどよい好奇心を掻き立ててくれた。

夫に捨てられ子供もいないひとり暮らし。容姿はどんどん衰えてきているけれど、健康で、持ち家もあり生活には困ってもいない六十三歳の初老の女。テレビは私に最小限の、しかし磐石の安心を与え続けてくれる。

普通のニュースはあまり見ない。ニュースを見ると、時々脈略もなく夫を思い出した。若い女と暮している彼の新しい生活、これからの人生が目に浮かんだ。戦争も、公害も、政治家の不正も税金の見直しも私には関係ない。それは彼と彼女と、二人の間に生まれたであろう子供の世界にだけ起こることに思えた。

午前中から妙にテンションの上がっているタレントや、キャスターの声には我慢できなかったから、ほとんどずっとNHKか教育テレビをつなぎに聞いた。話題が気に入らない時だけ、リモコンをかちゃかちゃ鳴らした。気に入りのコマーシャルがだいたい一日の初笑いのきっかけになった。

食事をし、後片付けをし、新聞を読み、お茶を飲み、その間中ずっとテレビは次々と新しい話題を提供し続ける。一時間半から二時間に及ぶ朝の番組を二つもはしごをすれば、すぐに午後になった。

料理番組も好きなものの一つだった。だった、と過去形でいうのは最近では保存食か「万能だれの作り方」などいう特集以外めっきり見なくなったからだ。

夫と暮している時、料理は平凡な結婚生活の唯一の彩りになっていた。真新しい、手の込んだ、それでいて大してお金のかからない料理を夫はよく褒めてくれた。励ましてくれた。だから時間と手間のかかる料理に精をだしては、私はありあまるひまを潰すことが出来た。

今はテレビをみながらインスタント食品と、一週間に一度半額になる時買い溜めしておく冷凍食品でだいたいの食事はまかなわれている。

「ここのスイーツ、メインディッシュより美味しいくらいね」

四千五百円のランチを数ヶ月に一度食べる贅沢の裏にこんな生活が隠されていることを知ったら、二人は何と言うだろう。

「この歳になると時間の過ぎるのって、怖いくらい早いわね。もう今年も半分過ぎちゃったし、じき梅雨があければ、夏だものね」

「そうね。今年は娘夫婦のところの分と、四キロも梅を漬けたのよ。あなたはどうしてる。一人でも梅酒漬けたりしてるの」

杏タルトからの連想ですぐ梅酒の話になるのは何といっても、私たちが主婦歴三十年以上の初老の女だからだ。

「まさか。飲む人もいないのに、そんなことしないわよ。糠漬けも、新生姜の甘酢漬もみんなやめちゃったのよ」

「あら、勿体ない。でも料理をしなかったら、あなた、毎日何してるの。最近は川柳教室もお休みだし」

相変わらず不倫女は突っ込みに容赦がない。この分ならまだまだ熾烈な嫉妬合戦にだって、連勝し続けることが出来るに違いない。

「21341番。今年初めてのご紹介になります。沖縄の島らっきょう。五百グラム入りが二袋で、なんと四千円を切ったお値段になりました。残り少なくなりました。貴重品です、お客様、お申込お急ぎ下さい」

私がショップチャンネルで初めて注文したのは、夫の好きだった塩らっきょうを漬けるためだった。一ヶ月か半年でぼつぼつ食べられるようになれば、もし夫が帰ってきたとしたらきっと喜ぶに違いない。

未練と、性懲りもないかすかな希望に動かされて気がつくと、ショップチャンネルへ電話をかけていた。

名前も性別も住所も、欲しい商品番号の後にシャープを何度も押し、やっと申込を完了した時、私はかつてないほどの充実感と、わけのわからない高揚感を味わっていた。これはきっと癖になる。そんな予感がしたことを今でもはっきり覚えている。

あれからどのくらいの商品を買っただろうか。シングルのシルクのシーツ。コラーゲン入りのクリーム。全国各地の蜂蜜。福岡の明太子、静岡のお茶。北海道の冷凍蟹。撫でると鳴く猫のぬいぐるみ。タイ産の簾。一日中垂れ流しにしているわりには、実際買ったものはそれほど多くない。欲しいと思って決断するのではないのだ。ずっと見続けていれば、「もうそろそろ何か買おうかな」と電話の前に立つ時が自然にやって来る。

「都内にお住まいの千代子様よりお電話、繋がっております」と一度はショップチャンネルに声の出演までしたことがある。

あれは確か「安眠枕」を注文した時だった。

「主人が大変よく眠れるようになったので、私の分を慌てて注文しました」

猫なで声の司会者の言葉に吊られて淀みなく嘘の言葉がすらすらと出た。都内にお住まいの千代子という夫婦円満の主婦はきっとたくさんいるのだから、構わないと思った。

「それで、千代子様のところは勿論ご夫妻で寝室はご一緒なんですね」

少し下品で余計なお世話の言葉に私は「うっふふ」と笑ってみせさえしたのだ。

「どうぞお二人仲良くいつまでもこの安眠枕で楽しい夢をごらんになって下さい」

べたべたしたサッカリンのような声でアナウンサーは別れの挨拶をした。

そう言えばあの安眠枕、どうしたのだったろう。

「どんなに気楽でもあなた、ずっと家に閉じこもっていたら健康のためにも良くないわよ。たまには川柳教室に出て社会性を磨かないと」

社会性。批評や懐疑、自己認識と自己表現。そんなものが今の私にどれほどの価値があるというのだろう。私はテレショップで物を買う「東京の千代子」として存在すればそれで充分なのだ。

私は一日中テレビをつけている。トイレにいったり、ほんの少しの家事のために部屋を離れたり、時々居眠りをする時を除けば、ずーっと。テレビを相手に泣いたり笑ったり、興奮したり、慰められたりする。番組が終われば、どんな感動もすぐに忘れてしまう。感情の絶え間ない消費。

そのことに少し疲れるとショップチャンネルをつける。タッパーウエアの十二個セット。家族全員の肉がいっぺんに焼ける卓上コンロ。デコポンの缶詰。尿素が三十五パーセントも入ったハンドクリーム。京都の漬け物。瀬戸内海の干物。

次々と変わる商品への絶え間ない賞賛。注文を急がせる巧みな進行、異国の言葉のようなうっとりと響きのいい商品の説明。まるで滝のような激しさで始まって、微妙に変調していくキャスターの声。それをただ聞き流しているだけで、私は自分の孤独も寂しさも、時々錐揉状になって襲ってくる憎しみや、嫉妬、我を忘れて夫に電話をしたくなる衝動を抑えることができる。一週間か、二週間に一度不必要なものを注文する無駄使いなど、ある意味ではとても安い買い物だといえるくらいだ。

「あなた、一人になっても、年をとっても、クオリティの高い生活を心がけないとだめよ」

二人は自信たっぷりに顔をみあわせる。多分、こんなふうに三人で逢うのもこれが最後になるだろう。今となっては同性の友達に話しを合わせることも、気兼ねをして新しい服を新調することもしたくない。私には自己評価も、批評も、社会性も品のいいユーモアも必要ではないのだ。

「私たちこれから映画をみようと思うんだけど、あなた、どうする」

今、まっすぐ帰れば再放送のミステリー番組にちょうど間に合う。多分以前にも見たことがあるには違いないけれど、どうせ初めから犯人がわかっているのだから、何度見てもちっともかまわない。

「私、ちょっと家に用事があるから、帰るわ」

地下鉄の入り口で二人を見送る。二時間ミステリーを見れば、もう五時でニュースの時間だ。洗濯物を畳みながらぼんやり聞き流して、特集によっては七時までまたテレショップをかけてもいい。

七時からはクイズ番組で、七時半からは旅行の特集番組が始まる。九時にもなればドラマはよりどりみどりだから、その前までに軽く食事を済ませてしまわなければならない。

私の一日の予定、一週間のスケジュールはだいたいテレビ番組を選択することにかかっている。朝も、昼も夕方も夜も。時には深夜や、早朝にいたるまで。びっしりと埋め尽くされたテレビ番組が私の日常を支えている。

もう足音を待つこともない。時間を逆算して炊飯器のスイッチを入れることも、魚を焼きはじめることもない。夫の機嫌に左右されることもなければ、必ず夜にはお風呂に入らなければならないわけでもない。

何時に起きても、いつ眠ってもいい。どんなにきまぐれにテレビをつけても、ショップチャンネルは私に向かって極めて感じのいい微笑を浮かべてくれる。

六十三歳の女の日常。それは男に依存しない生活でも、自立した人間の社会参加でもなく、いつまでもテレビを消さずにすむ自由の獲得ということになるのだろう。

遠き世で茗荷きざんでいる無聊

ドライブ

　雨の暖簾を左右にわけて、たった三両の電車はのんびり進む。終点の二つ手前、銀色に煙る雨飛沫に包まれた駅で下りる。大きな水溜まりのような車寄せに姉の運転する赤いパルサーが迎えにきている。

「今日はお母さんと、お兄さんとおまえと四人でドライブに行くことにしたの」

　こんな雨の日に、と私は文句を言わずうなづく。別に対した用事があって帰ってきたわけではない。母の庭を見ながら世間話をし、お茶を飲み、食事をするだけのありふれた里帰りの一日というに過ぎない。

「みんな、元気」と聞くと、みんな元気よ、という答えが返ってくる。八十八歳の母も、姉の嫁ぎ先の家族も、義姉も、姪も甥も、みんな。一人くらいその中に含まれていないかもしれないけれど、挨拶はいつも同じ。母が危篤で帰ってきた時すら、同じ問答をしてしまうかもしれないほど、それはここ二十年以上里帰りのたびにかわされる儀式のようなものだ。

「お母さんのうちにお兄さんも来ているはずだから、迎えに行くね」

雨の川を渡る。私たち兄妹が通った小学校を過ぎる。校庭の大きな銀杏が雨に濡れている。出来たばかりのスーパーマーケットにはいろとりどりの車が並んでいる。年取った医師がいた古い接骨医院の戸は閉まっている。新しい三階建てになった歯医者。「武井酒店」は二年前から、コンビニに変わった。

母の家の門にはノウゼンカズラが巻きついている。

「お母さん、支度できた」

玄関につくなり姉が大きな声で呼ぶ。

硝子戸を開けて、白髪の母が杖を持って現れる。そのうしろにますます母にそっくりになってきた兄が立っている。

私が車の窓を開けて手を振ると、母は私の名前を呼びながら急ぎ足で近づいてくる。雨が母のうしろにも前にも降りしきる。

「どこへ行こうか」

姉の問いに母がすかさず答える。

「ぶどう園」

「この雨の日に、葡萄園なんか言っても仕方ないだろ」

兄が反対しても、母は意見を変えない。

「葡萄園から案内状が来たの。是非またいらしてくださいって」

姉はもう道を決めていて走りだしている。

「葡萄園へ行っても、昔みたいにうんと買わないよ。どんなに買っても、俺は三粒しか食えないんだから。梨なら半分は食えるけど。林檎なら一個食ってもいいって、医者が言ってたから、今年は林檎狩りにいくことにしたんだ」

最近とみに糖尿病の数値が深刻になってきた兄がうんざりしたような声でぶつぶつと文句を言う。

「可愛そうに。でも確かにあそこの巨峰は特別甘いからね。三粒くらいが限度かもしれないねえ」

母は私と並んで雨を見ている。白い槿《むくげ》の木、ピンク色の夾竹桃。夏の花が咲き残っている庭をいくつも過ぎてから、薄の尾が出ている土手を走る。

「ほら、見て。もう萩があんなに咲いてる」

母が言う方を見ても、雨にしだれる草と藪が見えるばかりだ。

三十分ほど走ると、以前に見たことのある葡萄園のアーチが見えてくる。紫と緑の房が大粒の雨のようにぶら下がっている。

「まあ、おばあちゃん、お久しぶりです」

母とたいして歳の違わない老婆が、アーチの下にあるベンチから立ち上がって、私たちを迎える。

「ほんとに久しぶり。もう五年ぐらい前になるかしらね。お元気でしたか」

老婆二人が手をとらんばかりに話し合うベンチを抜けて、私たちは葡萄棚が雨を遮っている売店の方へ歩きだす。

「今年は粒が揃ってないけど、天気がよかったから甘いですよ」

アルバイトらしい若い男が葡萄の籠と秤の間から顔を出して言う。

「これでいくらくらいなの」

姉が値段を聞いているうちに兄は手を伸ばして試食用の巨峰を二粒食べる。

「甘いの」

私が聞いても、兄は知らん顔をしている。

一キロ入りの籠を三つ。私への土産用に箱を一つ。計っている間中、姉は葡萄に目を光らせて、「もっと大きい房にして」とか文句をつける。

兄は安心して、また二粒葡萄を口に入れる。それを見届けてから、私は葡萄園の中を歩きまわる。雨は緑色の大きな葡萄の葉に遮られている。観光用に白い袋を取り外してある葡萄棚の下にきて、ぐるりと頭をめぐらす。

「きれいねえ」

母が杖をついて後ろに立っている。

「おばあちゃんの話を聞いたら、貰い泣きしちゃった」

母の両目に涙の後が光っている。

「ここの葡萄園のお爺さん、死んだんだって。その二十日後に、跡取りの息子さんが事故で亡くなって。葡萄園、二年も閉めていたの」

八十をすぎてから母は歳をとらなくなった。肌の皺も増えず、声も澄んでいる。物忘れもひと頃のようではないし、食欲も変わらずにある。変わったのはただひとつ、しきりに涙をこぼすということぐらいだ。

「長年連れ添った人に先だたれるのは勿論辛いけど、頼りにしていた子供に突然逝かれるなんて。親としてこんなに悲しいことはないのよ。親にとって一番見たくないものは子供の死に顔だもの」

母は葡萄棚の下で静かに泣き続ける。二十代の初め両親に死なれ、三人の子供の父親とは三十年も前に別れた。幸いなことにそれからずっと、母は親族の死にはあわずに来た。

「結婚の時に誂えたおまえの喪服もきっと私の葬儀の時にしつけ糸をはずすことになるよ。でも、私がいなかったら、娘たちに誰が喪服を着せてくれるんだろう」

母の心配は限りがない。

「だっておまえにしろ、おまえのお姉さんにしろ、帯ひとつまともに締められないんだから。心配でおちおち目をつぶってもいられない。といって棺の中から出て手伝うわけにもいかないだろ」

母と私は雨の色に濾《こ》された葡萄棚の下で泣き笑いをする。もう何年も前から母が自身の死を語るのを遮ったり、否定したりしなくなっている。母の死はもう私たちの家族の中でひっそりと承認され、受け入れられつつある。

葡萄の籠を両手に持った姉と兄が近づいてくる。

「お母さん、もうお婆ちゃんと話は済んだの。宅配の手配もしたし、でかけるよ」

母はベンチに座ってぼんやりこっちを見ているお婆さんの方に丁寧に頭を下げる。

「会って挨拶をすると、また泣くから」

赤いパルサーは雨の葡萄園を後にする。

「お兄さん、私たちが見ていないと思って、葡萄をいっぱい試食したでしょ」

兄はまるで子供のように口を尖らせて聞こえないふりをしている。

「おい、こんな道、以前にあったか。道、間違えているんじゃないの」

「新しく出来たバイパス。有料だから、四百円用意して」

四百円の道は思っていたより短い。二十分も走らないうちに、ピンク色の尖った屋根の「道の駅」に着く。

「お母さん、お土産買うでしょ。ここのお焼き、美味しいよ」

来るたびに「道の駅」は拡張され、商品と客が増えている。半年前に来た時にはなかった「地ビール」と「自家製ソフトクリーム」のコーナーに兄がふらふらと近づく。

「おい、サツマイモのソフト、半分づつ食うか」

「だめだめ、ソフトなんてすごくカロリーが高いんだから。だったら、お饅頭の方がまだましなのよ」

姉の剣幕に兄はすごすごと売り場から遠ざかる。

「ちょっと、杖を持っていて。おみやげ、買うから」

母は刺身こんにゃくや、茄子や胡瓜の漬け物をどんどん籠に入れていく。

「そんなに買ってどうするの。配るのも大変よ」

私が咎めても、母は平気で、隣にある柿の羊羹や栗の落雁を足している。

「だって、あちこちからおみやげを貰ってるから、こんな時にお返しをしないとね。あさっては句会もあるから、みんなに配りたいし。子供たちとドライブに行ったこと、自慢もしたいから」

籠は瞬く間に一杯になり、母は数を数えてから、すっかり満足した顔になる。

「お勘定をしてきて。私は疲れたから、あそこで座ってる」

私にお財布を押し付けると、杖を受け取ってすたすたといってしまう。

野菜を仕入れてレジに並んでいた姉が手招きをするので、籠とお財布を預ける。

「お兄さんは」

「どこかでまた試食でもしてるんじゃないの」

私たちが笑いあうのを後ろに並んでいる初老の男が不愉快そうに睨みつける。

確かにちょっと目を離しているうちに、兄はすぐ試食をするし、母は誰とでもすぐ世間話を始めてしまう。

「道の駅」の誘惑から二人を引き離すようにして車に乗る。雨は少し小降りになっていて、遠い空は明るんでいるように見える。

「古代米のおせんべい、買ってきたの。半分づつ食べよ」

姉の割ってくれた半分の煎餅を兄がまずそうに少しづつ食べている。

広い広い葱畑を過ぎる。今が一番きれいな稲田がずっと続く。ゴッホの絵のように、その上を黒い鳥が飛んでいる。こんな光景を夢の中でも何回も見た、と思う。

草に埋もれている廃業したドライブイン。大きな胡桃の木、島のような屋敷杜が遠くに浮かんでいる。花屋の軒先と見紛うほど園芸種の花で満開の建売住宅。

「目がチカチカする。ネオンみたいな花ねえ。立派なお屋敷も、ちゃんとした庭もめっきり見かけなくなった」

母は座席にもたれて少し疲れた声でいう。

「仕方ないよ。代替わりすれば、相続税も払わなくちゃあならないし。若いもんはみんなセキスイハウスが好きなんだから」

母はうとうとと夢を見る。セキスイハウスの二世帯住宅。エレベーターがついていて、廊下は歩く先々で自動的に灯りが着く。火の出ないコンロで天ぷらをする嫁。秋刀魚を焼く時はどうするのだろう。煙なんか見たこともない孫は無臭の部屋で、無臭の料理をパソコンをしながら食べている。

また降り出した雨が母の背後を滂沱と流れる。

「景色も家も泣いてるみたいだねえ」

空から降る涙は荒川の上流と合流する。水嵩の増した川は勢いを増して奔流となる。この雨の中、岸でキャンプをしている人たちがいる。テントの前でバーベキューをしている。川辺で傘をさしながらお弁当を食べている二人連れもいる。

「変ねえ。まるで並んでおしっこをしているみたい」

運転中なのであまりよそ見をできない姉は一瞬でとても的確なことを言う。

「そう言えば、トイレに行きたくなっちゃった」

母のひとことで、兄が途端に活気づく。

「このちょっと先に評判の蕎麦屋がある。俺が運転代わろうか」

「知ってる。大きな石臼がある店でしょ」

次の信号を右折して、細い田圃道を車は進む。急にウキウキと快活になった兄が鼻歌を歌っている。

古民家を改造したような、凝った作りの蕎麦屋の前に姉は苦心して車を止める。店を囲んで東京や横浜ナンバーの車がぎっしり止まっている。

「もうとっくに昼飯時は過ぎたのに、えらい繁盛だな」

兄は小走りに店の中へ消える。大きな芙蓉の花が雨にしおれ、石臼の中には水が溜められて、睡蓮の葉だけが浮かんでいる。

「こっち、こっち」

人の一杯いる座敷の奥に陣取った兄が大きな声で私たちを呼ぶ。

「せいろでいいだろ。それから天ぷらの盛り合わせ二つな」

「お兄さんはせいろ一枚。精進揚げ二つまで」

姉の容赦のない断言に兄は「しまった」という顔をして、注文を聞きにきたおばさんに顔をしかめてみせる。

「私、今月の蕎麦って書いてある、けし切り蕎麦にする」

私の注文を聞いて兄の機嫌は少し直る。

「けし切りはうまいぞ。俺も大好きだ」

兄は前後左右のテーブルにとりどりの蕎麦が運ばれてくるのをにこにこしながら眺めている。

「見てみろよ。定休日は月曜と火曜。営業時間は十一時から三時までって書いてある。つまり一週間で二十時間しか開いてないんだ。蕎麦屋って、儲かるんだな。俺の工場なんて、一日十五時間は機械を動かして、それでパートのおばさんたちに給料だすのが、いっぱいいっぱいなんだぞ」

「そんなこと言ったたって。蕎麦屋とプラスチック屋じゃあ作るものが違うんだから。蕎麦屋さんだって、手打ちをするのに凄い時間がかかるらしいよ」

トイレから帰ってきた母が静かに長男を諭す。

「いっぱいいっぱいだって、仕事があるだけで幸福じゃないの。自営業は定年がないだけいいよ」

母の声は蕎麦屋の注文を引き継ぐ声に消されて、ほとんど聞こえない。

せいろ蕎麦が三つ、けし切り蕎麦が一つ、それぞれの前に置かれる。揚げたての天ぷらがやってきて、兄の機嫌は絶好調になる。

「私、お蕎麦は喉にひっかからないか気になるから、ほんのちょっとでいいんだけど」

兄の箸がまず私のけし切りに伸び、その後は母のせいろに伸びる。

「おふくろ、海老のてんぷら、一つくらいなら食えるだろ」

自分のせいろをあらかた空にした後、兄は満足に喉を鳴らさんばかりにして、母をねぎらう。

「蕎麦湯を飲んでみろよ。ここのは美味いぞ」

天ぷらも蕎麦もあっという間に空になって、私たちはやっとゆっくり蕎麦湯を注いで飲む。

「美味しかったね。評判どうり」

「ほんと。大満足。お腹いっぱい」

「今度来る時はもう新蕎麦だな」

兄はすこぶる優しい声になって言う。満足と満腹は人の顔や声までも変える力を持っているらしい。

「また降ってきた。帰りは俺が運転していくよ」

兄は勘定書きと車のキーを持って立ち上がる。

「ごちそうさま」

良く似た声で女三人が礼を言う。

雨はしょうしょうと降り続けている。母は少し疲れたらしく、後部座席で目をつむっている。

「飴、舐める」

姉がバッグの中からミントキャンディーを取り出して配る。母がだるそうに口をあけてキャンディーを頬張る。

「せいろ蕎麦一枚に、食後はミント飴一粒。こんなもんばっかり食ってたら、仙人になっちゃうな」

「何言ってるの。巨峰も、てんぷらも、古代米煎餅も食べたじゃない。夜は三百キロカロリーしか残ってないからね」

姉は昔から三人兄妹の中で一番しっかりしていた。働き者で、愛嬌があって、よく気がついた。丈夫で我慢強い姉に、気の弱い兄と、わがままな妹はずっと世話になり続けてきた。お嫁にいって、自分の家族が出来ても、姉は昔の家族にすっかり同じ世話をし続けている。

「私も存外のんびりのうっかり屋なのに、誰に似たんだろう。あの子」

姉は実は姉の年齢の頃の母によく似ている。黒目がちのよく動く目も、たっぷりした唇も、はきはきと命令しても語尾が優しく流れる癖も、昔の母にそっくりだ。

「お兄さん、ちょっと止めて。とうもろこし、売ってる。このあたりのとうもろこしって、砂糖水塗ったみたいに甘いの。私、一箱買ってくるからみんなで分けよ」

砂糖と聞いて兄は過敏に反応する。

「そんなもん買ったって、もてあますだけだよ。皮ばっかりで、持って帰るのにがさばるから、やめとけ」

雨の中、とうもろこしの売店はあっという間に遠ざかる。

「そう言えばとうもろこしの髯の数って、とうもろこしの粒ときっちり正確に同じなんだってね。知ってた」

「はっはっはっ。そんなことどうだっていいのに、数えたのかな、暇な奴もいるもんだ」

兄の運転は姉より少しだけスムーズで、つい眠くなってしまう。家に着くまで後一時間くらいかかるかもしれない。雨の日の日暮れは早い。母の家でお土産を分配したら、すぐに帰りの電車に乗ることになるだろう。

結局私は夫との離婚話を切りださなかった。兄だって、とうとう正確な糖尿の数値を明かさなかった。姉も絵手紙をどんなに出しても娘からぱったりとメールがこなくなったことを隠している。

母だって、最近は夕方になると決まって先に逝った親兄弟や友達の誰彼が暖簾の下を行き来することや、冷蔵庫の中にどんどん牛乳がたまっていく不安を口にしないのだ。

深夜に鳴る無言電話。その先でひっそりと息をつめている夫の恋人。「もう私、限界」と私は誰にも打ち明けることは出来ない。兄は絶え間ない事業の心配を、姉はちっとも減らない住宅ローンを、母は日々育っていく死の双葉を…。私たちはいっさいを口にせず、雨のドライブを満喫したのだ。

「今日はとっても楽しかったから、秋にはもっと遠いとこへドライブに行こうね」

姉が言うと、眠っていたはずの母がしっかりした澄んだ声で答える。

「秋ねえ。その頃にはおまえの車でドライブをしなくても、私はもっともっと遠いとこへ行ってるかもしれない」

私たちは楽しそうに声を合わせて笑う。

実家《さと》の梨年々水の味になり

十月のベンチ

「とても素敵なベンチね」

女はなかなかしゃれた彫りのある木のベンチに座りたがっているようだった。

「一休みしていきますか」

実はさっきからずっと時計を気にしている男が言った。駅の近くの公会堂でコーラスの練習をしている妻と四時半に待ち合わせをしていた。

「そうしましょう。少しだけ」

女はきどった足取りでベンチの後ろをまわり、西日のさしている側にゆったりと座った。

「どうぞ、おかけになって」

ベンチに落ちていた先客の落ち葉を指先でつまんで落とすと、男の座る位置を白い手で示した。

「今年は夏が長かったから、今日のように穏かな秋の日は老人には格別ありがたいですよ」

男が最近ことあるごとに年寄りのふりをすることに女は気付いていた。

「大きくて、きれいな公園ですね。花壇も手入れが行き届いていて。ダリアもサルビアもきちんと一列に並んで咲いている」

「なるほど。確かにきれいですが、秋の花というのはコスモスや萩のように自由な感じがいい。行儀は悪くても揺れたり、しどけなく垂れ下がったりする方が風情があるような気がしませんか」

去年初めて美術館で出逢った時、女はコスモスの花のようだった。まだ華やぎを残し、少しだけ寂しそうで。そしてどんな風にも嬉しそうにしなしな揺れて。

一年が経ち、女はときおり萩のようにも見えた。細かい糸くずのような花を点々と零して。露も風もなくても自らの思いにすぐしだれて。

「すっかり日が短くなりましたな」

男はなるべく乾いた声がでるように咳ばらいしながら言った。秋の日のあまりに短いことを女に知らせるつもりもあった。

「ほんとうに。心細くなるほどあっという間に暮れてしまって」

薄い髪が夕風にほつれている。女の声が少しかすれるだけで、泣き出すのではないかと、男は脅えた。泣き出した女はしぼんだ芙蓉の花のように見えるに違いない。

男は困惑し、途方に暮れて遠くの方を眺めるふりをした。

白髪の目立つ精彩のない横顔を女は盗み見た。歳をとると男というものは、こんなふうにむやみにどんなことにでも脅えるものなのだろうか。

考えてみればおかしなことだ。もう盗まれるものも、侵食されれば取り返しのつかないものも、それほど残ってはいないはずなのに。

「少し冷えてきましたね。そろそろ帰りませんか。風邪でもひくと大変だ」

男が怖れているのは風邪などではなく、スカーフで首も肩も暖かくおおっているこの私なのだ、と思うと女は少しおかしかった。

男は時がどんどん過ぎていくことにいいようのない焦慮を感じた。練習が早く終わって妻が公園に散歩にでも来たらどうしよう。初対面の少し頭のおかしい女に誘われてベンチに座っていただけだといっても、妻は信じないだろう。

男は思わず立ち上がり、眼鏡をかけ直すと真剣なおももちで周囲を見回した。

「噴水公園なんて無駄なことをいつまでやっているんだ。水道の無駄遣い、資源の無駄使いに気づかないのか。子供だって、一人も遊んじゃあいないっていうのに」

確かに葉の透いてきた木々の隙間から時おり白い馬のように飛びはねている飛沫は少し季節はずれには違いなかった。

「ええ。でももう少しすると、噴水にきれいな灯りがつくんです。音楽も流れて。とてもロマンチックな光景なので、若い恋人同士があちこちから集まってきますよ」

ただ寒そうなだけの水の乱舞に女の声はすでに感傷的になっている。話の延長で灯りがつくまでここにいましょうと誘わないとも限らない。そうしたらどうやって断ったらいいのか。男の頭の中は遅刻をなじる妻の容赦ない声でいっぱいになってしまう。

「そうですか。確かに若い者にはいいでしょうな。でも年寄りの私たちにはどっちにしろあまり有難くはない。七色のライトに照らされても、噴水は温泉になるわけじゃあありませんからな」

男が上の空になると決まっておもしろくもない冗談を言う癖があることにも女は気付いていた。もうしらばっくれて意地悪をするのも、気がつかないふりをするのもやめよう。二度も結婚をすれば、ほとんどの女が潮時というものを学ぶものだ。諦めや、悟りなどといった大仰なものではない、現代では「別れ上手」とでも言うのだろう。若い時分には悲嘆や、絶望の中にさえある種の甘さがあったものだけれど。

平均寿命から自分の年齢を引いてみれば、男との一年二ヶ月の交際は決して短すぎるとも言えないのだから。

「あなたはとても薄着だから、私よりずっと寒さがこたえるのですよ。もしよかったら、先に帰ってもらえないかしら。私はここで、秋の夕暮を楽しんでいくことにします。なんだか、このベンチ、あまり居心地がいいんで、もう少しここにいたいような気がして」

厚着のうえに大きなストールに包まれた女の顔が男にはもうはっきり見えないのだった。背を少しかがめてベンチにもたれ、うっとりと噴水の方を見つめた横顔は一挙に見知らぬ老婆のようでもあった。

男はほっとして、途端に少し腹がたった。妻の待っている東口とは反対の西口の改札口で、せめて女を見送ってやることを心に決めて出てきたのだ。

「噴水に照明がついたからって、風が冷たいのは同じですよ。こんな固い木のベンチにいつまでもいると、腰や膝が痛みはじめますよ」

「大丈夫。この木のベンチは私にはとても暖かいんです」

女は訳のわからない言い訳をいって、強情を通すつもりらしかった。まあいい、これ以上強いて誘えばどんな藪蛇にならないとも限らない。

男は少し機嫌をそこねたままで、別れの挨拶をした。女はまるで新しい恋人の腕にもたれるようにうっとりした様子で、男に型どおりの挨拶を返した。

六十五歳と、六十歳の恋人同士は行儀よく別れて、ゆっくりと二人の距離は広がっていった。

「あなた。やっぱりダメでしたね。ごらんになったでしょう。あんなに及び腰で。用心深く自分を何回も年寄り扱いして。奥さんのいる人って、臆病なのね」

女は低い声で呟きながら、ベンチのちょうど背もたれのところに彫ってあるサインを愛しそうに撫ぜた。

「あなたがあんな約束をさせるから。私、いつもつきあっている人をこのベンチに誘わなければならないはめになって、困るわ」

困るわ、と言いながら女はベンチの後ろ側のサインにも指を這わせた。

「つきあっている男をいつも前の旦那に見せにこいだなんて、ふっふっふ。あまりいい趣味じゃあないのね。二人とも」

ベンチは女の体温でわずかに暖まり、それは先に逝った二人の夫が彼女を両側から抱きしめているように、女には感じられた。

「さあ、あの人の奥さんと鉢合わせすることもなくなったから、もう行くわ。また来ることになるかもしれないけど」

女は名残り惜しそうに、二人の夫の名前が前後に記されたベンチに挨拶をした。木々の向こうで、ちょうど噴水に今年最後のライトアップが始まった。

銀製のポットの中に通い月

夫婦

今日はわざわざ遠いところから、妻の命日に来ていただいて、ありがとうございました。男所帯でむさくるしい家ですが、どうぞゆっくりしていって下さい。

ええ、じき一年になります。突然だったので、最初のうちはずいぶんこたえましたが、最近になってやっと少し慣れました。私たち夫婦はご存知の通り子供もいませんし、ずっと二人っきりで暮しておりましたから、家内が元気でいる頃でも、人様から見たら、ずいぶんと静かなひっそりした暮らしに見えたかもしれません。それでも残されてみると、生活というのは一人と二人では、まあこんなに違うものかと驚きました。

私があまりぽつんと所在なくしているものですから、まわりの者は猫を飼えだの、犬がいいだの、喪が開けたら後添えを貰えだのという人もいる始末で。えっ、まだ若いのだから、それもいいんじゃないかなんて。あなた、年寄りをからかわないで下さい。死んだ家内より私の方が七つも年上なんですよ、じき七十になる男が、再婚もないもんです。

再婚なんて考えたこともありませんが、こうして突然一人になってしまうと、死んだ家内との生活、というより過ぎた年月のことばかり考えてしまいます。考えるといっても、気がつくと思い出しているのですね。きりもなく次々と思いだされて、一日がそれだけで過ぎてしまうこともあるくらいです。

桂子さん、そうお呼びしてよろしいでしょうか。家内があなたのことをよくそう呼んでいましたから。あなた、家内と同じ函館の出身ですよね。勤めていた会社に同じ函館出身の新入社員がいると嬉しそうに言ったのが、あなたのことを噂する最初でした。

ええ、ちょっと、他の人では気がつかないくらいですが、少し訛りがありますね。家内とそっくり同じ。

だからあなたが焼香にみえられた時、すぐ気がついたのです。直感というやつです。二十年前、家内が勤めて五年ほどたった頃、「あなたの奥さんは上司と浮気をしています」と私に電話をくれたのは、あなたですね。

そんなに驚かないで下さい。二十年も前。そして当人が故人となった今では、すべてが時効です。今更蒸し返して責めたり詰問したりする気は毛頭ありません。

責めるどころか、実はあなたがこうして家に来てくれるのを私はずっと待っていました。家内との三十年に及ぶ結婚生活を思いおこすにつけ、あのことは私の中にどんどん大きな意味を持ってきています。いつか誰かに話してみたい。聞いてもらいたいという思いは日に日に膨らんで。そのことは家内の友達は勿論他に誰も知らない秘密でしたから、本当にただあなた一人が、心おきなく話せる唯一の人と言えるのです。

桂子さん、どうぞ私の話を聞いて下さい。妻に逝かれた気の毒な鰥《やもめ》のせんない愚痴と思って、少し長くなりますが、我慢しておつきあい願えないでしょうか。

ありがとうございます。じゃあ、お言葉に甘えて。その前にちょっとお茶を入れ替えてきましょう。妻はもっぱら日本茶でしたけれど、私は昔からコーヒーが好きで。そうですか、桂子さんもですか。それは嬉しい。じゃあ、今豆をひいてたててきますから、ちょっと待っていて下さい。

嬉しいですねえ。自分のたてたコーヒーをこんなに美味しそうに飲んでもらえるなんて。ずいぶん久しぶりです。きれいな女の人と向き合って、ゆっくりコーヒーを飲むのなんか。

失礼ですが、桂子さんはちょうど妻が勤めを始めた歳くらいじゃあないですか。そうですか。四十六ですか。妻があの男とつきあっていたのと同じ歳頃ですね。

いいんですよ、そんなに恐縮しないで下さい。二十年前といえばあなただってまだ二十六歳、潔癖でむこうみずで、自分勝手で。それがまだ全部許されて、女の魅力になるような、そんな年齢じゃあありませんか。

「あなたの奥さんは上司と浮気をしています。妻の変化に気がつかないあなたにも責任があるんじゃないですか」

最初の電話は確か、こんなふうでしたね。一字一句覚えていたわけじゃあないんですよ。何度も何度も思い出して、反芻して。もしかしたら、勝手に作り変えてしまっているかもしれません。

「あなたの奥さんと上司の恋愛はまだ続いています。取り返しのつかなくなるうちにやめさせて下さい」

怒っている相手はむしろ私で、妻のことを心配しているのだと二度目の電話ではそんな印象を受けました。答えを待っているらしい息を詰めている気配に、この人はきっと僕や妻よりずっと若いに違いないと思いました。

「それが事実としても、私にどうしろというんですか」

確か、そんなふうに答えたと記憶しています。こちらも怒ったり興奮したりはどうしても出来なくて。少しは夫として、冷静さを誇示する見得もあったかもしれません。

「どうしろって言われても。でも、あなたたちは夫婦じゃないですか」

密告した相手の方が動揺して、困惑する様子にもっとこの人と話してみたいという不埒な思いも湧いたくらいです。

そんなふうにちらちらと妻の遺影を見ないで下さい。大丈夫、家内だって、今更怒ったり、なじったりするはずがありません。でもどうしても遺影の存在が気になるのだったら、どうでしょう、庭の見える縁側にでも席をうつしましょうか。私がこれから話すことも、その方がずっと話しやすいし、聞きやすいかもしれません。もし面倒でなかったら、どうぞ、コーヒーカップを持ったまま。

梅が終わって、桜が咲くまでずいぶんさっぱりと何もない庭ですが、まだ水仙がいくらか咲き残っています。良い匂いがするでしょう。沈丁花です。

こんな話をしながら言うのもなんですが、桂子さん、あなたって人はずいぶんと繊細な人なんですね。二十年前の僕の勘は見事に当たったわけだ。仏間から庭に移っただけで、まるで違う人のように表情が晴れて、新鮮な好奇心があなたの顔を十歳も若若しくしています。故人のことをこんなふうに言うのも気がひけますが、妻にはそういう繊細で変化に富んだところが全くなかった。いえ、けなしているわけじゃあないんですよ。田舎の女らしいちょっと鈍重で、しんねりとしたところが妻とするには、むしろ落ち着いていいと、ずっと思っていたくらいですから。

さて何からお話したらいいでしょう。ずいぶん長い間、架空の告白をするように声にださずに喋っている按配だったので、いざ話すとなると頭の中にいろいろな出来事が押し寄せてきて、順序よく正確に話すことが覚束ない気がします。

遠回りをしますが、まず私のことから少し話させて下さい。家内と出あった当時、私は二十六歳でした。父親は早くに死に、伊豆で旅館経営をしながら僕と兄を育ててくれた母親にも急に死なれて、少し参っていました。

桂子さんはご存知かもしれませんが、家内も高校二年生の時に母親に死なれています。父親が母親の一周忌もすまないうちに愛人と再婚し、当然彼女と義母の中は最悪の状態だったようです。家内は二人っきりの姉妹で、歳の離れたお姉さんはもう嫁いでいましたから、彼女はただ家を離れたいばかりにわざと遠い本州の勤め先を決めたようでした。

「青函連絡船に乗って東京に来ました」

彼女は新入生の歓迎会でたまたま隣合わせになった私にそう言ったのです。

セイカンレンラクセン。その言葉を聞いた時、私と彼女の運命はおおげさに言えば決まったようなものでした。母親に死なれて、人生が半分になったような失意に浸っていた私の頭の中に、名前しか聞いたことのない船と、その船が往来する青い海原が目に浮かんだのです。聞こえない汽笛が響いて、その船の先端にテープの切れ端を握りしめた孤児のような家内の姿が重なって…。

笑われてしまいましたね。本当に今思えば若い男のセンチメンタルな思い込みに過ぎないんです。でも、言い訳を言うようですが、恋のきっかけなんていうのはどれも似たようなもんじゃないですか。自分勝手な思い込み。むしろすすんでする誤解。

笑われた気安さで話しますが、当時の家内は大手町界隈のＯＬにしては、ずいぶん野暮ったく、幼い感じでした。襟の詰まった服にみんなより厚いストッキング。おどおどしているかと思うと、バカにされたくないと急に居丈高になったりして。どちらにしても地方から出てきた女の子の虚勢と危なっかしさが透けていて。

二人っきりになると、堰を切ったように自分の生い立ちや境遇を性急に話し続けるのです。青函連絡船に乗って出たきた孤児のような若い娘。広い東京に誰一人身よりもなく、女子寮に住み、帰りたくてもすでに帰る家もない。僕の胸の中には同じ孤児同士の共感と、弱くて不幸な娘を守ってやりたいような騎士道的愛がごっちゃになっていたのでしょう。若い時分のそんな思い込みが、彼女の家庭願望と直結するのに時間はかかりませんでした。

お互いの恋の正体を分析するどころか情熱の燃焼すら見届けないまま、僕たちは半年後に結婚しました。

ええ、そんな無謀で無知な結婚が当然迎える結果はわかりきっています。驚きと失望。諦めと、惰性。

僕はちょうど高度成長の波にのって膨張を続ける企業の戦士となって、仕事に逃げればそれですみました。彼女も子供でも生まれていれば想像していた「家庭」の図の半分は達成できて満足したかもしれないのです。

社宅の狭い部屋で、彼女は田舎の人独特の我慢強さと寿退社の意地とで基礎体温を測り続けるだけの日々を長い間送りました。

しかし子供は出来なかった。まだ当時は「石女」などという蔑称が残っていた時代です。特に彼女の生まれ育った田舎では偏見は根強かったのでしょう。どんな検査もしないいまま、妊娠しない自分自身を恥じて、彼女は仕事を理由に家庭を省みない夫を表だって、責めるようなことはしませんでした。

つまらない結婚生活でしたよ。彼女にとってもでしょうが、僕にとってもそうだったのです。疲れきって家に帰っても、無口な妻が変わりばえのしない料理を並べて待っているだけなのですから。何がおもしろいのかちっともわからない。陰気で、そのくせ強情そうな様子で僕の様子をいちいち黙って見ている。今の言葉で言えばうざったいって言うんでしょうか。

男なんて身勝手なものです。自分はどんな努力もせず、それが習い性になっている癖に、何にも訴えず、皮肉や嫌味を言う才覚もない妻の存在につい苛立ってしまう。不満を通り越して、だんだん彼女の存在が不気味にさえ思えてくる始末で。

我慢も限界に近づいている時でした。ある広報誌に勤めている女性と出合ったのは。僕は四十歳。仮にAさんとしておきましょうか、彼女は三十歳でした。

本当にすべて妻とは正反対の女性です。明晰、快活で、少し鋭すぎるほど繊細で。容貌も好みも都会的で洗練されているのに、天性の無邪気さを失っていなくて。

やがてAさんも僕の恋に答えてくれましたから、しばらくは有頂天になるほど幸福でした。四十にもなっていながらずいぶん不謹慎な話ですが、僕は自分が結婚していることさえ支障とは考えなかったくらいです。週に二度逢い、都合をつけて休暇をとっては旅行をしました。Aさんも仕事が忙しかったので、その程度の逢瀬で充分だったのだと思います。

勿論妻は僕の変化に気付いていたでしょう。でも彼女はなぜか僕のことを「仕事一筋の女嫌い」と決め付けていたらしく、「浮気」などとは疑ってもいませんでした。

「以前と比べると優しくなった」

嬉しそうに何度も言ったくらいです。あなたならよくご存知でしょう。嫌味を言ったり、遠まわしに詮索したりなど出来る女ではないのです。仕事以外には何も興味もない根っからの会社人間と信じていたのでしょう。つまり想像力とか、直感とかいうのがあまりなかったのでしょうね。

僕とAさんとの蜜月は二年半続きました。別れは突然、思いがけない形でやってきました。Aさんの死です。取材先で自動車事故にあって、即死でした。

死後五日たって僕はそれを知りました。まだ当時は携帯電話もありませんでしたから、仕事が終わって一週間後に逢う予定の日まで、僕は何も知ることができませんでした。

愛する者の突然の死ほど残酷なものはありませんね。目のまわりに金色の輪が出来るのです。熱く焼けるような痛みが視野を取り囲むだけで、一滴の涙も出ない。灼けた金色の輪の中から、僕は彼女のいない世界を茫然とみつめるしかなかった。

Aさんの死は僕の遅い青春、というよりか人生の彩りのすべてを奪ってしまったかのようでした。

「けれど僕たちは巡りあい、愛しあうことができた」

痛みに似た喜悦が突然全身を貫くかと思うと、その直後に「彼女の声を聞くことはもう決してない」と思うだけで、歩くことも立っていることも出来ないほどの虚脱感に襲われるのです。

本物の喪失感というのは悲しみや嘆きとは違う形で表われるものなんですね。僕は生きている真似をするのに必死でしたが、生活というのはどんな破綻も裂け目もなく普通に過ぎていくのです。

妻はよく笑いました。変化というのはそれくらいです。僕のぼんやりを指摘しては笑うのです。どんなことでもすぐ忘れてしまう夫を「呆けたんじゃないの」と言って、鬼の首でもとったように、揶揄するのです。怒ったり、癇癪を起こしたり、不機嫌にすらならない無力な夫に安心しきって。あんなに嬉しそうな家内を見るのは結婚して初めてだったかもしれません。「こんな生気のない夫と生活しているとこっちまで、呆けちゃいそう」などとさも勝ち誇ったようにいう始末で。そのあげくに「私ももう一働きしないと」などといそいそとパートの仕事を探して、勤めを始めたのです。

二つ三つとパート先を変え、そのうち社会に出ることに自信がついたのでしょう。四十を過ぎて正社員として働き始めた先で彼にあったのです。上司だった男は僕より五歳若かったそうですね。当初は聞きもしないのに、社内の話を何だかはしゃいだ様子で喋りましたから。桂子さん、あなたのこともよく話題にしていました。

「同じ函館なのに、市内の人は私のような田舎育ちと違うのね。東京の人みたいに垢抜けてるのよ」

「セイカンレンラクセンって言ってもピンとこないみたいで。ぽかんとしてるの。今どきの人ってそんなものなのかしら」なんてね。

「若い人は電話の応対やコンピューターなんかは得意でも、字を書かせるとまったくなってなくて。所長は社用の宛名書きなんかは全部私の所へ頼みにくるのよ」

思いだされましたか。妻はそれほど頭がいいわけでも、才覚があるわけでもありませんでしたが、唯一の自慢は専業主婦時代に通信教育で学んだペン習字でした。

今思えばちょうどその頃だったんでしょうね。所長と言われている男と親しくなったのは。あなたから電話を貰った時、ちょっとほっとしたのです。妻の関心が家庭から他に移れば、僕は自分の世界に誰に遠慮なく存分に浸ることが出来る。勿論自分の恋愛に対する罪の意識も少しはあったでしょう。

「上司と親しくなるくらいの楽しみは家内にもあっていいだろう」

そんなこと、夫や傍の者がとやかく干渉することでもない。本音を言うとその程度だったのですよ。怒りもなく嫉妬もなく。僕は僕の悲しみや失意をほおっておいてくれればそれでよかった。

そんな怖い顔をしないで下さい。僕は当時、Aさんを失った痛手からどうしても抜け出せずに仕事も家庭もすべて形をなぞるのが精一杯で、ただ彼女との思い出にすがって生きていたのです。

「だって、あなたたちは夫婦じゃあありませんか」

若いあなたにそんなふうに言われた時はつい微笑んでしまったくらいです。僕たちはただ社会的に家族という単位の男女に過ぎない。愛し合った二人は生まれ変ったなら連理の枝、比翼の翼というのに、自分にはその片方の梢、片翼がもがれてしまっている。何を今さら、「夫婦」

だなんて。

その一方で、抑えきれない喜びや情熱に日増しに若やいでくる妻を僕は冷ややかに見ていたのです。

もうおばさんの妻が髪を奇妙な形にカールしたり、派手な下着を身に着けたり。料理嫌いなのに、いそいそと弁当を作ったりして。

あんなふうにあからさまに変わったら、勤め先ではよほど目立ったでしょうね。気付かないのは当の本人だけ。噂や中傷の的になっていたのは想像できます。妻に同郷としての親しさや好意をもっていたあなたにはそれが我慢できなかった。違いますか。このままでは早晩、妻は職場にいられなくなる。そんなふうに危惧された末の密告電話だったのではありませんか。

半年後、そんな理由のせいかどうか。所長は転勤しましたね。妻の退職はかろうじて避けることができました。あなたも内心ほっとされたでしょう。でも、二人の関係はその後もずっと続いていたのですよ。家内が五十を過ぎ、僕の定年が近づくまで二人は間歇的に会っていました。

私の三年間の恋愛。妻の十年に及ぶ情事。それでも私たちはずっと夫婦として一緒に暮してきた。夫の喪失感と、妻の罪の意識。それらは通奏低音のように日々の暮らしにすっかり溶け込んでいたのです。

たった三年という短さで途切れた私の恋と違い、生き続ける妻の恋はやがて変質し、情熱は萎み、幻想も錯覚も賞味期限を過ぎる。その様を僕は死んだ恋人の仇を討つような気持ちで観察していたと言ったら、あなたは軽蔑するでしょうか。冷え切った仮面夫婦の暮らしを哀れむでしょうか。

あなたからの電話で妻の恋を知ってから、僕は熱心にゴルフを始めました。当初はゴルフ狂のようだった専務とのつきあいで始めたのですが、これがとてもおもしろい。はまった、というんでしょうか。休日は早朝から出かけて、帰宅して一眠りすると夕方はまた練習に出かける。運動をするので、体の調子はいいし、不眠も治った。つきあいは増えるし、接待ゴルフの収穫というおまけまである。

「明日はゴルフだから」と言うと、妻の顔に浮かぶ喜悦の表情。それは私にある種の皮肉な満足をもたらしたものです。

僕がゴルフから夕方帰ってくると、妻はいない。そんな時は決まって家の中にカレーの匂いがしている。情事の罪滅ぼしに彼女は食事の支度をして出かけるのです。カレーでない時は稲荷寿司。あぶらげを甘く煮て、酢飯を詰め込んだだけの稲荷寿司が大皿いっぱい。

いいんですよ、気にしないで気楽に笑ってくださって。そして男と逢って帰ってくると、翌日はコロッケ。

「北海道のジャガイモは日本一おいしいから」――

それが彼女の口癖でした。妻は料理らしい料理は何も知りませんでした。早く結婚したせいもありますが、もともと食事にあまり興味がなかったのでしょうね。唯一の自慢料理は北海道のジャガイモで作ったコロッケと、ポテトサラダでした。

逢瀬の数だけのカレーと稲荷寿司。罪の意識と比例する量の北海道のジャガイモを僕は十年間食べ続けたわけです。

余談ですが、定年になって仕事をやめるとすぐに、台所をリフォームして自分の使いやすいように変えました。それと同時に料理は僕が作り、後片付けは妻という分担が自然に決まりました。家内はもうカレーも稲荷寿司も作ることはありませんでしたが、誰か客がくるたびに「北海道のジャガイモ」で作ったポテトサラダを大量に作っていましたね。

桂子さん。これが僕たち二人の「夫婦」という形です。

私の三年間の恋愛と、妻の十年に及ぶ情事はある意味で秤のように釣り合って、私たちの結婚生活のありふれた枠組みを作っていたのかもしれません。それに例え失っても、それを永遠に隠さなくてはならなくても、人を愛した記憶というのは甘美なものです。そうした記憶を持たないことよりずっといい。歳をとってくると、よけいそう思えてなりません。

あなたにそのことをいつか伝えたいと思っていた。

ええ、勿論十年間嫉妬が全くなかったと言えば嘘になります。騙され、嘘をつかれるということはどんな立場であれ愉快なことではありません。

一泊の予定で行ったゴルフが中止になって、途中で帰ったことがあります。運悪く、妻を送ってきた相手の男と鉢合わせをしましてね。

「急な仕事が入って、奥さんをお借りしました」

慌てた挙句とんでもない言い訳を言う男を妻は冷ややかに見ていました。伏せた目の隙間から僕の反応をしっかり観察している。ほら、家内の目はちょっと斜視気味だったでしょ。平然としているだけでなくその目の奥には好奇心すら閃いて。

いや、なかなかのしらばっくれ方でした。妻の思いがけない大胆さに感心したくらいです。それに比べて男のみっともなさと言ったら。怒る気にもなれませんでした。

私自身の恋だって、年月を重ねれば同じようなみっともなさを暴露してしまったことに違いないのです。Aさんは図らずも命を賭して思い出を守ったことになります。

ええ、死ぬまで家内も秘密を守り通しましたよ。私が定年になり在宅している時、たまに男から電話があったようです。

「電話番号を間違っているんじゃないですか」

剣もほろろに受話器を置いて、「また間違い電話。いやになっちゃう。今度はあなたがでてよ」

上手にしらばっくれて電話を切っているのを何度か見ました。男からだったのでしょう。

そうですか。所長さんの奥さんも亡くなったのですか。それで納得がいきます。寂しくなって、家内と拠りを戻したかったのでしょうね。

しかし妻は十年間ですっかり気が済んだようでした。私の作った三度の食事を「上手ねえ。私が作ったのよりずっと美味しい」と言って、存外満足そうでしたよ。

桂子さんはこんな顛末を聞いて安心されましたか。少しがっかりされましたか。でも少なくとも二十年前の密告電話に対する罪の意識というか、後味の悪さみたいなものは払拭されたんではないでしょうか。

鳥を見ていらっしゃいますね。可愛いものでしょう。ひまに任せて時々餌付けらしいことをしているのです。木の実や米を撒いたりして。

あっ、珍しい。ほら雀に混じって、体の白いきれいな鳥がいるでしょう。あれは雪頬白といって、とてもめずらしい渡り鳥です。くりりっくりりっていい声で鳴きます。

奥さんが会いにきたのかもしれないなんて。桂子さんもずいぶんロマンチックなことを言われるんですね。でもあれは違いますよ。

家内は生前口癖のように言っていました。

「あなたが先に死んだら私はすぐ北海道に帰るつもり。もう一度生まれ変わっても決して函館を出たりなんかしない。セイカンレンラクセンに乗って出てきても、東京なんかちっともおもしろくなかった」って。

俳誌

『つぐみ』掲載句

二〇〇一年より参加した俳誌『つぐみ』に
発表された魚住陽子のすべての俳句を掲載。

二〇〇一年十月一日　No.* 11

秋冷

一日にして秋冷君を恨まず
行きあいの雲に似合いの歩幅かな
ふうという樹のそばを行く手をつなぎ
ゼリー食べ夏の一個の死を看取る
蝉しきりまた思い出すいやなこと
未練という腐蝕もありて夏暑し
夫に桃我に葡萄の甲斐の宿
茅野原にたじろぐほどの弱さかな
振向けば目にぼうぼうと彼岸花

*俳誌『つぐみ』はNo.11までは『つぐみ通信』として発行された

二〇〇一年十一月一日　No. 12

葱発光す

寂しさに蓋する夕べ芋を煮る
運動会終りし庭に雲遊ぶ
新米やギリシャの塩をふって食う
良夜かな枕三つも引き寄せて
栗饅頭栗出てくれば母想う
思い出もみんなはたいて焚き火跡
佐久峠積まれし葱の発光す
翳りやすき部屋より出でて秋の坂
柘榴裂けて告白の酷さかな
蝶道は人には見えず彼岸過ぎ

二〇〇二年一月一日　No.13

夕暮れや薔薇の渦なる出会いかな
錦秋の蜘蛛の邸宅耀けり
木の実拾う痛き言葉をよけながら
逆さまに炎とどまる沼の秋
どんぐりの数珠は二重に塚眠る
木々透けて天使の通る道が見え
大欅秋を娶りて耀きぬ
病む子規の客待つ俳句寂しけり
空中で生き物となり木の葉飛ぶ
埋ずみ火か灰なるものか掻き立てる

二〇〇二年二月一日　No.14

冬ざれや野の果を見る錆ゆく目
せせり蝶木の葉の屍体取り囲む
冬紅葉よろずの神の立ち戻る
風布という名の美しき青蜜柑
訛りある男つぎつぎ鐘を撞く
明け方に眠る癖あり冬の猫
耳鳴りしまた雪のくる知らせかと
鳥の影人みな遠く賀状書く
初春や猫横切って光増す

二〇〇二年三月一日　No.15

野の拳るいるいとして桑残る
如月の雨どこか遠くが濡れている
風信子ゴッホの耳も生えるらし
根深汁実入り少なき恋となり
部屋中に菫さしたる回復期
煙草の日まっすぐにして寒明ける
探梅や光り過ぎたる藪を抜け
三月の窓つい油断して透き通り
雨の日の花壇のへこみ春隣

二〇〇二年四月一日　No.16

雛納め遠くで母の咳ひとつ
梅散って池行く鯉の紋となり
どの花も近く覗けばものを言い
春疾風富士ひとひらとなりにけり
水ぬるむあてどころなき昼の夢
ストローに吸い込まれたる春二日
春昼や天に漂う湖のごと眠る
山笑う茂吉の歌のぬっと出て
春霞あっちこっちにいる自分

二〇〇二年五月一日　No.17

うらうらと桜見る日のがらんどう
八重一重出会いがしらの花吹雪
桜散り地界眩しき午後となり
風だけの玩具となって桜散る
花冷えの土鍋の粥の白さかな
桜散る声なき慟哭にまぶされて
朔太郎全集売って夜半の春嵐
ファックスの紙詰まり春の爪音
木は丸く花は四角のクレーの絵
春愁や少し離れてクレー見る

二〇〇二年六月一日　No.18

風光り指みな光り別れたる
母の庭に母の顔浮く朴の花
マグノリア嘘の尊きことのあり
夕暮れや母の泰山木ゆるゆる話す
山々は笑い過ぎて田に雪崩れ
五月祭林から拍手鳴りやまず
緑陰や酩酊を生む壺を抱き
美し月ゆっくり進む別れかな
草臥れて陽炎は母に突き当たり
五月逝き傷ある薔薇を買い叩く

二〇〇二年七月一日　No. 19

雲雀野に雲雀以外の影拾う
待つという接木はいかに五月尽
クレーの絵どれも小さく笑っている
口開いて眠る老婆や朴散華
ふっくらと瓦蒸さるる薄暑かな
わたくしの夜の小ささスイカズラ
雨止まず空木咲ききる覚悟かな
枇杷の種捨てて深夜の目となりぬ
もう一人の私厄介な豆御飯
青々と莢に先立つ別れかな

二〇〇二年八月一日　No. 20

青桐や心の蓋の軽きこと
端居して異国の歌をきれぎれに
片かげり喪服の列のにじみ出て
逢引や他人の庭のぐみの花
肩の染み半島となり鰯雲
校庭のカンナ一人のかくれんぼ
風蘭を仰ぎし後の別れかな
頬紅や朝一刷毛の合歓の花
降りて止み止みてまた降る枇杷の雨
床の間に蟻の大名座りおり

二〇〇二年九月一日　No.21

朝顔やいっせいの紺夢孵る
夏の川二つ渡って逢いに行く
嵐去り自分の中の草木見る
花火消えまた新しき闇にあう
蜩の声せつせつと別れはあるか
秋めくや旅の相談まとまりぬ
阿波踊り見に行く人と立ち話
行き合いの雲それぞれの物語
金魚屋の水を跨いでついて行く
谷を行く胸に竜胆溢れさせ

二〇〇二年十月一日　No.22

声ばかりヌスットハギの留守居かな
白無花果裏返し食う他人《ひと》のこと
実家《さと》の梨年々水の味となり
御嶽街道上れば萩の突き当り
キクイモと猫に待たれる坂の上
蟻の巣に風吹いている一人かな
忍野八海草も流れていたりけり
月朧ろ回送列車に父の影
虫の声絶えて闇夜を身構えり

二〇〇二年十一月・十二月　No. 23

花芒立ち泳ぎして彼方まで
物干竿に秋風亡命を説いており
夜叉の面となって振向く花野かな
野良猫にむくろじをやる夕まぐれ
寂しいと言ってしまって爐赤し
色鳥や宿の浴衣のよろけ縞
空高し巻き寿司を買う列に入る
通過する駅美しや葉鶏頭
なぶられし芒の風の濁りかな
木の実投げて告白の代わりとす

二〇〇三年一月一日　No. 24

アブラスキあそこで待てと言われけり
富士　茜　秋姫　金色の籾の中
気がつけばイタヤカエデに似た手相
西脇順三郎や猫とも会わず郁子の垣
明日からは老人となるさねかづら
落ち葉焚きなどしてみたし里帰り
杓子菜や塩ふる婆の出番かな
茶の花や今日だけの人歩み寄る
木枯らしや子規の二百句持ち歩く

二〇〇三年二月一日　No. 25

母の家いっさんに暮れ柚子明かり
冬木立梢揺するはどの記憶
我の影啄ばみし後百舌猛り
椿の実十字にはぜて形見とす
雪の朝人の家はカレーの匂い
しずり雪か魂の襤褸落ちかかる
更地という地球の生地に春日射す
初春や空也最中の暖かき
皇后の花降る歌や冬真澄
美しき生活の正体よ霙降る

二〇〇三年三月一日　No. 26

透き通るものみな好きで蕪煮る
春泥や轍に沿って別れたる
大津絵の鯰の髯よ春よ来い
蝋梅や蝋涙匂う一夜かな
冬の底で京菜の泥をとっている
だんまりの齟齬抱いている春火鉢
冬麗や信仰という無味無臭
金平糖ありあまる幸福のつのつの
唐三彩の馬の目うるむ凍て月夜
陽だまりに鉢集めれば母も居て

二〇〇三年四月一日　No. 27

海へなり山へなり菜の花従いてくる
春寒や赤い卵を買う男
影薄く流れ宵春の小窓かな
薄目して雛おんじきの二本指
貝寄せの干菓子ほろりと忘れ癖
息吹卵割って菜の花飯とせり
春塵や踊る一遍の足の裏
野の東隊組み直す花起し
茎立ちや焦点のない町ばかり
許されている三月の水陽炎

二〇〇三年五月・六月　No. 28

花冷えやバス停にバス現れず
こんなにも水恋うものか桜花
桜花その重なりに黄泉の淵
溜息も映されているか宵の春
落花止まず日常は水の下
北上に待つ人もなし柳船
桜花ゆっくり忘れていくつもり
心奥に白蓮の散る部屋のあり
明色の胸部写真に春の痣
莢むいてまた莢むいて春日や

二〇〇三年七月一日　No. 29

青梅を踏むこの近道は抜けられず
さえずりに押され崖の見ゆるまで
芍薬の日々牡丹の日々眠り癖
鳥の声いくつか真似て人と逢う
パン種を叩く日常の柏影
問いもせず根曲がり竹を全部剥く
額には梧桐の影ユダの家
雨降り花絵手紙に雨はみだして
鳥より高く深山蓮華に母の影
谷うつぎ紺屋の土間で目をつむる

二〇〇三年八月一日　No. 30

大姥百合まだまだ雨の降りそうな
桃を詠む男の歌をみな憎み
水ばかり飲む蝶のいて木の欠伸
坂を行く母の背後に蝉の国
石切り場の石廃れゆく立葵
冷凍庫には背開きの鮎一列に
合歓咲いて二十年後の橋渡る
中庭の神の体臭ローズマリー
ごろた石に木槿一輪の迎えかな
大昼寝男二人が消えており

二〇〇三年九月一日　No.31

遠き世で茗荷きざんでいる無聊
すべりひゆとなって出ていく朝まだき
もらい煙草して夕立のくる気配
日雷たった二間の留守居かな
存問や蚊帳吊草がお湯に浮き
どれほどの蕾ふふむや蓮畑
羅や偽らざるは肩ばかり
泡立つ日々の集合として雲の峰
小鬼百合とあの人の夢へ咲きに行く
花火果て手土産の闇一個づつ

二〇〇三年十月一日　No.32

萩の月寝台二つつなぎおり
風船蔓動きいる種後生かな
敗者には敗者の飛沫葛の花
肩紐のすべりやすさよ鰯雲
月しろや仰向けに寝て諦めず
駅の名は波久礼と読むや山ほろし
勝者みな行き方知れず水の秋
雲の峯いづくの橋も落ちにけり
山鴫のかすかに反りて飛び発たず
萩の道かかと落としてしまいけり

二〇〇三年十一月・十二月　No. 33

零余子飯一日分の空元気
新涼や胸の干潟のまた少し
テーブルに紫苑夢かたづけて
雨月かな手足畳んだままでいる
終点は海のある町葛の花
海は右側秋の真ん中を逸れて行く
弦月や夜の電車の交叉せず
銀木犀立ち止まれば透き通る人
雲飛ばす熊野神社の笛の音
湯畑に三日出ている赤い月

二〇〇四年一月一日　No. 34

秋日の丸ごと入る鯉の口
時雨きて木の葉魚影の群となり
そよごの実薬師如来の赤い唇《くち》
屏風絵の虎が水飲む暮れの秋
眉薄き女の見入る枯れ野原
冬麗や山門の先は行き方知れず
くしゃみして離れて座る苔の秋
縁側に木の実並べて子の手品
歳時記の小春を伏せて眠りたる
山茶花やひたりひたりと寝ずの番

二〇〇四年二月一日　No.35

冬落葉なにかと言うとすぐ眠る
一列の葱の寝床や初日の出
初買いの少し破れている袋
さんざしの垣根に三日ぶら下がる
鉄斎の孤心尖るや白き富士
餅花を揺らし上七軒の小鬼くる
初水や白玉甘く沈みけり
不甲斐なき柚子押し返す朝湯かな
出て行った子供の夢や鏡餅
一月のとりとめのなさ小豆粥

二〇〇四年三月一日　No.36

子の吐息二つ三つは風花に
窓磨く二枚半だけ春隣
反る石よ力道山の墓にミモザ
薄き春鳥笛の後見失う
凍土なり老母の声に髯根あり
口細の魚干さるる春の風
のし梅を買う七賢もいて春兆す
大根ステーキ日本の鬼出て行かず
いっさんに鳥影墜ちる春の壁
浅き春里描く筆の細かりき

二〇〇四年四月一日 No. 37

大楠の根の国巡る浅き春
夢のあとさき立ち雛の通せんぼ
来宮へ三日日蜜柑の色に沿い
通り抜けられない道に芽木光る
春めくやぐり茶急須を覗き込む
吊るし雛よじれ縮緬の魚の夢
花散って睦言めくや夜半の月
みずうみの水の旅だち浅き春
目を閉じて白木蓮の夢に触れ
まて貝や身体というぬるい水

二〇〇四年五月・六月 No. 38

花吹雪一人現れ二人消え
せつせつと降って音消す桜かな
花の木やどの路地からも犬と影
鳥曇り決して鳴らない電話あり
花の雲待つ人の側近づけず
花びらを喰って吐き出す小鴨かな
新緑や鴉己れを王とせり
花を敷き花の天蓋見る憂ひ
春かげろう見覚えのある服を着て
かごめかごめ振り向けばみな花の影

二〇〇四年七月一日　No.39

牡丹園ひとまわりして母が消え
空心の八つ連なる豆の家
煙の木連れ立つ人の名を忘れ
万緑や自転車置き場の土間匂う
梅びしを透き通りゆく五十代
濡れそぼつ青葉の座する石であり
大葦切騒ぎやめたる野の家系
兄の胡座ゆるやかなりし枇杷ほうる
根曲がり筍箱根峠で霧を売り
白玉や浮き上がるまで母でいる

二〇〇四年八月一日　No.40

烏賊の皮いっせいに剥く星月夜
雪渓や眠れる龍の動き出す
狛犬のさびさびとして胴長し
別れなどなんともなきやテレビ消す
埋立地さまよふ昼顔の一族
大いなる夢などはなく氷割る
着古した上布に透ける山河なり
その昔父母である人水鶏鳴く
桃食って母娘三人膝崩す
冬瓜に天地自由の境地あり

二〇〇四年九月一日　No.41

直接に垂直に存在を問うかなかな
ここへ来て鉾はゆっくり向きを変え
雨だけを待つとおぼしき夕端居
吊り鉢の金魚が雲を食べており
待つ人の肩に積乱雲ぞくぞく
嫉妬には舌も歯もあり凌霄花
初秋や生活の音尖るなり
夏の雲車輌にふいと連結す
新涼や向き合う人の貝釦
今朝の秋帆布の袋縫いあがる

二〇〇四年十月一日　No.42

朱で描く鳥の足より秋きたる
秋冷や水に刃物の匂いあり
銀製のポットの中に通い月
水のないプール九月の人魚いて
秋の楕円李朝白磁の壺に入り
雪平で胡麻鯖を煮る時雨かな
川霧や声だけの人連れてくる
えのころ草踏まれて雲になるところ
「あっ、消えた」少年秋の大魔術
やままゆが化粧する女見ていたり

二〇〇四年十一月・十二月　No.43

うたたねや真葛の島となっている
木の実落つ石の割れ目の開く刻
江の島や鯨の染みの児童館
丸窓に柚子より青い海実る
葡萄パン抱え隧道を抜け秋に会う
橡の実と走鳥類の記憶かな
五つ目の目となり牛膝ついてくる
井戸に立つ壁画の女秋動く
水引の仕付けほころぶ野の四方
坂道で秋のしっぽを踏んでいる

二〇〇五年一月一日　No.44

月夜茸一穂の詩の中にいる
晩秋や影は喪服を着ているか
募金箱に増えてゆくらし袋茸
一茶忌や痰切り豆の黒かりき
花梨漬け猿梨を漬け日々を漬け
山錆びて白秋に似た男行く
けやき太郎けやき次郎の屋敷跡
寒声の貫くものと暮らしおり
五頭山の鯉少し浮く年の暮
傷痕に手を置く宣誓のごと

二〇〇五年二月一日　No. 45

飛行船空の臓器として動く
鉈切りの根菜並ぶ留守居かな
風花や色なきスープすくいたり
義姉の手の反りて危うきふくと汁
流氷や詞のない唄を口ずさむ
風花を道案内に谷戸を抜け
手術前冬菜の寝床見て帰る
羽根付きの点滴針の淑気かな
早世の一族の岸飛行船
誰の夢かすめ盗らんや末期の眼

二〇〇五年三月一日　No. 46

夜の桟ただ雪折を待つばかり
ふるさとの葱の甘さを切り刻む
雪の道また三叉路の雪にあう
土佐文旦手にも胸にも余りある
春鏡オフェーリアの脚はみ出す
踏青や振り返るたび名を忘れ
雛の手爪のなければ指とも見えず
水底や蜂蜜澱む春となり
杜子春の袂で孵る茹で卵
白鱚や光るものみな春の鉾

二〇〇五年四月一日　No.47

侘び助や一花滑りし風の層
芹の根の水に汚れていたるかな
鳥覗く卵の国の春となり
初蝶やその心臓の赤き線
マーチゆく土筆音符となりしかな
釈迦牟尼の欠伸の中に春の席
島浅蜊とめどなく吐く島の水
百草や百婆の髪の数を蒔く
周防灘蛸壺にある夢の屑
恐竜の白き肋や春の雲

二〇〇五年五月・六月　No.48

抱卵やこの世に生きぬもの動く
花遊び絵皿の唐子橋渡る
春愁や箔打ちの金破れたり
青鮫のはんぺんになる朝ぼらけ
老いの春ときどきちがう名で呼ばれ
慣れ鮨や息を詰めたる春の底
結願や大豆の丸く美しく
山はみだし久留米躑躅の小火起こる
漉餡の闇に恋猫見失う
沈金の鑿に鎮まる白牡丹

二〇〇五年七月一日　No.49

蔦若葉輪郭だけの聖家族
春愁や雲南の茶のほとびけり
老年にさまよいありて蜂を飼う
鮎雑炊また雨脚の速くなり
藍立つや軒に燕の帰らぬ日
風の巣を落とし葛の葉姫参る
木曽川や梶とる人の有無もなく
祖父映る床屋の鏡に狐雨
花薊陵墓の丘の暗さかな
あけび籠逆さにすれば半夏雨

二〇〇五年八月一日　No.50

乱れ籠山賊雨が子を連れて
梅漬けて風に色なき頃となり
いくつもの浄土見逃す蓮見舟
土用東風桜煮の蛸鍋にあり
莫蓙に寝て五色の雨に濡れしかな
金継ぎの朝顔の皿蔓錆びて
瀑布など見たこともない寓居かな
短夜やベンガル虎の夢の道
風鈴の舌ひびわれし暇乞い
山消して石置く軒の白雨かな

二〇〇五年九月一日　No.51

日暮れ坂金魚の匂い降りてくる
家系図にもれる人いて油蝉
空耳に誘われて出る火蛾の路地
草刈って草積みしまま虫の闇
月よりの使者は眠りしジャワ更紗
裂織に朱の混じりたる今朝の秋
どの花の蜜とも知らず朴の匙
白髪抜く鏡の奥につくつくし
奥付に青き蛾のいる本を閉じ
街道に馬の首浮く雨月かな

二〇〇五年十月一日　No.52

参道に黄金桃を試食せり
秋団扇老いの余白を裏返す
葛ひけば芋饅頭の月動く
雲一家体育館の窓に棲み
茨の実魔法使いの長い留守
鷹風や小凶の頬過ぎにけり
膝病んで灯心蜻蛉増えやすき
街道に雀焼く店荻の風
月夜茸表札のなき門に生え
欠け櫛やいつか茫野に生まれけん

二〇〇五年十一月・十二月　No.52

百夜かけ木の実を落す山であり
苔の秋雨の輪郭閉じ込める
七日ごと風の名変る稲田かな
嵯峨菊のみなしまわれし寺明かり
浜焼きの藁にくすぶる鯛の塩
手のひらにネジのついたる枯葉かな
紐電車ここが終点大銀杏
棒切れを飛ばし子どもの秋終る
近江漬けの塩たってくる夜寒かな
風花やはかなきものにある汚れ

二〇一三年十一月一日　No.113

野分あと君にかすかな火の匂い
霧の墓一対となり動きだす
草の実のはぜて無頼の土となり
人買いの舳先きらめく枯葦野
母となる運命持たず鳥渡る
裏山に木の実を磨く神もいて
眷属のひとりでありし落葉焚き

魚住陽子さんのこと

つはこ江津

焚火は記憶を呼び起こすという。魚住陽子が体験し得なかった観測史上もっとも暑い夏をようよう乗り越え、晩秋の風に吹かれながら焚火の白煙にむせていると、亡きひとがどこからともなくやって来る。

空木咲く頃の忌日を予約せり　　陽子

亡くなってから発行された魚住陽子句集『透きとほるわたし』にこんな句を見つけた。初夏から夏にかけて白やピンクの愛らしい花を咲かせる空木《うつぎ》が好きだったようだ。子どものころ駆け回った埼玉県小川町の野山にも自生し、彼女の胸底ふかく秘かに育まれていたに違いない。命を終えるなら、自然界のあらゆるものが生命感に充ち溢れ、空木の咲く頃に……、魚住はそんなことを思っていたのか。

２０２１年8月22日、夫君によれば、当日、彼女は台所にいてなにか急に思い出したように別室にいき、そこで絶命していたという。永く宿痾とたたかってきた彼女にとって、いつ自然の不意打ちがあっても不思議でないようなぎりぎりの日々であった。スマートフォンには亡くなったその日の13句が残されていたという。

人と人との交わりは当然のことながら唐突に始まり、濃淡を繰り返す波のようなものだが、魚住陽子との交わりも、ときに色濃く、ときに水のようなものになりながら彼女の最期までつづいた。

どちらからともなく掛ける電話はほぼ毎回一時間ちかくに及んだ。彼女が免疫抑制剤を遣いながらの油断のならない体調であることは百も承知しながら、つい、「元気そうじゃない！」と言ってしまう。「カラ元気ってやつよ！」魚住の言葉もほぼ毎回おなじ。事実、滑舌のよい艶のある声は元気そのものに思えた。

そういえば、こんな句もあった。

零余子飯一日分の空元気　　陽子

〈俳句集団つぐみ〉というちょっと気取った名前の俳句の会が立ち上がったのは、２０００年11月、ホチキス止めの「つぐみ」を経て、翌年11月に冊子化（月刊）に踏み切った。略称「つぐみ」の冊子化1号の扉には

凩や虚空をはしる汽車の音　　正岡子規

が措かれ、あたかもこの小さな集団が、凩が吹きすさぶ中、虚空を切り裂きながら驀進する汽車と並走するかのような高揚した気分を伝えている。

この俳句集団は、私を含めて三人の編集発行人が、それ以前に所属していた或る俳句結社の運営に反発して一緒に退会し、その後に立ち上げたものである。私はといえば俳句に携わってまだ5年ほどで、何とも元気なものである。

この同人誌の依って立つところ、目指すところは冊子化1号に掲げた〈飛翔のこころ〉として次のように詠った。

「私たちは子規に学び、よき伝統の定型感と韻律を基本に、時代と向きあい、今の生活感覚、今の俳諧、いまの叙情をもった文学としての現代俳句の創造をめざす。」

20数年を経て改めて読み返してみると、いささか冷や汗が出る思いであるが、これを実現する方途として、指導者をおかないこと、自立した多様な個性を大切にすること、他の芸術・他の文芸ジャンルとの交流を積極的に進めること、などあるべき姿として今日も継承している。「つぐみ」という名称は、鳥の名を冠した俳誌をイメージしていなかった私には、当初賛同しきれないものがあったが、他に妙案も泛ばず、まあいっかの見切り発車というのが正直なところであった。ではあったが、のちのち鶫の生態を知る中で、この20数名の烏合の衆になかなか相応しいのではないかと思うようになった。

鶫は晩秋、一群となってシベリアから飛来し、平地で一羽ずつ暮らすが、伴侶を得て5月ごろまた群れて仲間と一緒に北方へ帰る。前述の〈飛翔のこころ〉にも、「個と集団との関係の実にさっぱりとした野鳥である。」と書いている。

2001年、魚住陽子はこの設立したばかりの俳句集団に参加した。

月刊俳誌「つぐみ」は、会員はそれぞれ一頁分の発表スペースを持ち、上段に俳句、下段にエッセイという体裁であった。フィクションの世界を表現の場としている魚住は、当然だが当初から「わたしはエッセイは書きません」と言い、俳句10句と〈俳句と短い物語〉という掌編小説の連載をスタートさせる。

毎号、小説が載る俳句同人誌というのはあの頃はまだ珍しかったと思うが、これは会の目指すところと魚住の思いが融合されたものとして内外から歓迎された。結局、魚住は28篇もの掌編小説を「つぐみ」誌上に発表することになる。それが本書に収録されている作品である。

後年、魚住は俳句愛好者を小説に登場させ、俳句を語らせているが、「つぐみ」への俳句の発表や俳句から触発される掌編小説の執筆が後の作品を準備したとは言えないだろうか。

俳句同人誌「つぐみ」は、当初は編集発行人三人体制で、私が直接魚住と接触する機会はさほど多くなかった。親しく話をするようになったのは彼女が「つぐみ」を辞める少し前からであった。

2006年、魚住は「つぐみ」を辞し、個人誌「花眼」を創刊する。花眼とは平たく言えば老眼のことである。ある種の覚悟を秘めてスタートした個人誌であったが、10号にて「花眼」を終刊するまでの5年間は、常人の想像を超えた病気とのたたかいの時間でもあった。

腎臓移植後の拒絶反応を恐れつつ宥めつつの日々のなか、あるとき魚住から声がかかった。

「二人で句会をやらない」

月に一度、上野広小路のファミリーレストランで落ちあい、20句だったかを持ち寄り、互選をして論評しあった。句会が果てると、不忍の池の周りを経めぐった。

彼女は能弁、私はどちらかというと訥弁の方だから、彼女は調子を合わせるのに苦労したことだろう。そのうち、さまざまな結社・同人誌に所属する人たちが組織の垣根を超えて研鑽しようという超結社句会「駿の会」が鳥居真里子さんを中心に立ち上がり、そこに二人とも合流することになって、短い二人句会は幕を閉じた。

そもそも、なぜ私などと二人句会をやろうなどと考えたのか。それを尋ねたことはなかった。おそらく、小説と地続きの物語性に富んだ魚住の俳句とは趣を異にする私の作風が、魚住にとっては興味があったのではないだろうか。

言葉に衣を着せぬ魚住だが、お互いの俳句について激しく応酬するような場面は記憶していない。ふたりの依って立つ地平が微妙に違うので、その違いを認めながら互いの俳句に敬意をもって接したからであろう。従ってむしろ、俳句作品をめぐっての話より余談の方が記憶に刻まれている。

句会のひまひまに、ふっと口をついて出た話や、興味本位に尋ねたことなど、ふいに憶いだすことがある。あるとき何の話のついでだったか「わたしさぁ、英語がからっきしダメでさぁ、それで大学いかなかったの」と魚住はカラカラと笑った。二人句会を始めて間もない頃だったと思うから、私の緊張をほぐそうとしてくれたのかもしれない。

そうかと思うと、私が「小説の筋って、どんなふうに湧いてくるっていうか、集めるんですか」

と訊くと、ひそひそ話でもするように声のトーンを落とし、「あのね、喫茶店にひとりでいるとね、いろんな人の話し声が意外と聴こえてくるもんなのよ」と言う。あのときの悪戯っぽい表情の少女のような彼女も忘れがたい。

二人句会のある日、魚住は私が句集を出さないことに、強い口調で「江津さんには野心というものが無さすぎる」と詰め寄った。「私はあと十年位しか生きられないのよ。私が跋文を書くから……」とまで言ってくれた。その衷心からの言葉を私は聞かなかった。

無論、私の方にもそれなりの理由はあったが、おおかたは怠惰の為すところであった。私が具体的に考え始めたとき、魚住にはもうその体力は残されていなかった。魚住が亡くなってからこのやりとりを繰り返し思いだす。そして、思いだす度に彼女への申し訳なさと自らの不甲斐なさに苛まれている。

私は10冊の「花眼」の〈あとがき〉を幾度読んだことだろう。そこには作家魚住陽子ではなく、ひとりの人間魚住陽子がいる。この「魚住陽子物語」を読むたび、私は目蓋を熱くする。「つぐみにはエッセイを書かない」と言った魚住だが「花眼」9号の〈あとがき〉の末尾をこう結んでいる。

「『花眼』にあとがきがあってよかった。この欄がなかったら、私の気持ちをどう伝えたら、何に託したらいいのかわからずに途方にくれただろう、と狭量な作者は実は心底ほっとしている」と。

魚住陽子は作家の古井由吉氏を敬愛していた。古井氏は彼女の作品が、三度芥川賞の候補になったときの選考委員だった。(「静かな家」「別々の皿」、「流れる家」)

古井氏が他界されたのちに出版された『書く、読む、生きる』(草思社)に「言葉について」という文章がある。その中で、言葉というのは「長い長い歴史からできあがったもので、自分の勝手にならない代わりに、自分が追いつめられたときに支えになってくれる。」と書いている。

魚住陽子も言葉に支えられたのだ。

もう此処にはいない人を想ってその人のことを書く。凡庸な友人にできることは才に溢れた作家の早い死を惜しみ、魂魄の鎮まるのを祈るだけだが、少しだけ言葉を交わした者として、ある日あるときの魚住陽子の体温と息遣いを伝えることができただろうか。

畏友・魚住陽子とはどんな人だったのか。端的に云えば自分に厳しい〝胆力のひと〟と言えるだろう。生来の資質や宿痾に加えて、物語を紡ぐことへの飽くことない欲求が彼女を一層強くしたのではないか。さらに言えば、風雪に耐えながら時代を超えて連綿と継承されて来た俳句という最短詩形もまた、創作活動にささげた魚住陽子の生涯の一端を支えたのではなかろうか。そう信じている。

かっちりとした洋服をまとい、少し背中を丸めて、笑顔で向こうからやって来る彼女の眼にはいつも強い光があった。

小説の書けない時――あとがきに代えて

加藤　閑

魚住陽子はいつごろから俳句を詠むようになったのだろう。

最初は詩を書いていた。小説を書くようになってからも、季節ごとに短歌を口遊むことはあったが、俳句に興味を示したという記憶があまりない。彼女の処女出版である『奇術師の家』（一九九〇年、朝日新聞社）の「あとがき」に引いたのも、太田水穂の歌「二十年秋にこころをつくしきてけふ草の実のとぶさまをみき」であった。

それなのにいつの頃からか、気がつくと俳句をつくるようになっていた。自宅のマンションの会議室を借りて定期的に句会を催すまでになった。創作面でも俳句への関心は高まり、掌編と言えるような短い小説に俳句を付した作品が多く書かれた。

それは魚住陽子の作品が出版界からあまり顧みられなくなったのと時期が重なる。魚住自身にも創作への迷いがあったのだろう。これらの作品が保存されたパソコンのフォルダは「小説の書けない時」と名付けられていた。小説が書けないなら俳句を取り込んだ文章でもと思ったのか、最初の頃は〈掌編〉とさえ言えないほどの短い文章で筋書きすら覚束ないものだった。しかし書き進むうちに手ごたえを感じたらしく、徐々にしっかりした骨格を備えた作品が増えていった。

「小説の書けない時」には全部で六四編の作品が保存されている。（後に個人誌『花眼』に収録される作品三編も保存されているがここでは数えない）うち二八編が『つぐみ』に掲載されており、一編「温泉」だけが千葉県の大網白里町で発行されていた地域文芸誌『ノア』に掲載された。以上二九編を「Ⅰ」として前半に発表順に収めた。残り三五編は未発表である。同様に「Ⅱ」としてディスクに保管された順で収録した。したがって、本書には未完のまま保存されていた作品一編を除く六三編全てが収録されている。また、「Ⅱ」の中の「白い服」は、後に個人誌『花眼』№４（二〇〇七年七月発行）に掲載され、さらに魚住陽子没後刊行の『坂を下りてくる人』（二〇二三年駒草出版）に収録された作品「白い花」のバリアントであるが、今回あえて収録した。

これらの作品は、第一回の朝日新人文学賞を受賞したり（「奇術師の家」）、芥川賞や三島賞の候補になった時代から個人誌『花眼』での作品発表に至る橋渡しの時期の作品群として、魚住文学を俯瞰する上で重要であるばかりでなく、後記の作品を予感させる充実した作品も少なくない。作品内容もバラエティーに富んでおり、私小説的な内容を持つ「公園」や「ドライブ」

から「白い服」や「羽虫」のようなフィクションとして書かれたものまで幅広い。「水の庭」のように彫塑館の池の鯉を語り手とした快作もあって楽しめる書物となったと、作者に代わって言っておこう。

なお、本書は成り立ちから言って魚住陽子の『つぐみ』作品集の趣があるので、同誌に掲載された俳句も巻末に全句収録した。また、『つぐみ』発行人であるつはこ江津氏による魚住との交遊についての文章を併せて掲載する。魚住の『つぐみ』、引いては俳句とのかかわりについての一端を読み取っていただければ幸いである。

書籍化するにあたり、すでに『つぐみ』『ノア』に活字化されたものについてはそれぞれの発表誌を、未発表のものについてはパソコンに保管されたデータを底本とした。

また未発表作品には末尾の俳句が付されていない作品が四編あった。さらに複数の作品に同一の俳句が付されているものがいくつかあったが、いずれも原稿のままとしたので、読者諸氏は本文で参照されたい。

あきらかな誤字脱字等はこれを改め、読みづらいと思われる漢字（特に花や鳥の名）には最低限のルビを施した。また、「とうり」「づつ」などこの作者固有の表記の癖についてはそのまとした。発表作品の初出時期は次頁の通りである。

料理　二〇〇一年十月（『つぐみ通信』No.11）
蔦　二〇〇一年十一月（『つぐみ』No.12）
指輪　二〇〇二年一月（『つぐみ』No.13）
美しい骨　二〇〇二年二月（『つぐみ』No.14）
言葉　二〇〇二年三月（『つぐみ』No.15）
猫　二〇〇二年四月（『つぐみ』No.16）
ホーム　二〇〇二年五月（『つぐみ』No.17）
百足　二〇〇二年六月（『つぐみ』No.18）
作品　二〇〇二年七月（『つぐみ』No.19）
秘密　二〇〇二年八月（『つぐみ』No.20）
公園　二〇〇二年九月（『つぐみ』No.21）
ドーナッツ　二〇〇二年十月（『つぐみ』No.22）
ダブルデライト　二〇〇二年十一・十二月（『つぐみ』No.23）
怒りっぽい女　二〇〇三年一月（『つぐみ』No.24）
かけら　二〇〇三年二月（『つぐみ』No.25）

プール　二〇〇三年三月（『つぐみ』No.26）
花　二〇〇三年四月（『つぐみ』No.27）
包丁　二〇〇三年五・六月（『つぐみ』No.28）
エンゼルトランペット　二〇〇三年七月（『つぐみ』No.29）
傷痕　二〇〇三年八月（『つぐみ』No.30）
足のない鳥　二〇〇三年九月（『つぐみ』No.31）
訃報　二〇〇三年十月（『つぐみ』No.32）
姉妹茸　二〇〇三年十一・十二月（『つぐみ』No.33）
山茶花日和　二〇〇四年一月（『つぐみ』No.34）
雪　走る　二〇〇四年二月（『つぐみ』No.35）
花の雨　二〇〇四年三月（『つぐみ』No.36）
信仰　二〇〇四年四月（『つぐみ』No.37）
五月の迷子　二〇〇四年五・六月（『つぐみ』No.38）
温泉　二〇〇五年十二月（『ノア』Vol.8）

【著者プロフィール】

魚住陽子（うおずみ ようこ）

1951年、埼玉県生まれ。埼玉県立小川高校卒業後、書店や出版社勤務を経て作家に。1989年「静かな家」で第101回芥川賞候補。1990年「奇術師の家」で第1回朝日新人文学賞受賞。1991年「別々の皿」で第105回芥川賞候補。1992年「公園」で第5回三島賞候補、「流れる家」で第108回芥川賞候補。2000年頃から俳句を作り、『俳壇』（本阿弥書店）などに作品を発表。2004年腎臓移植後、2006年に個人誌『花眼』を発行。著書に『奇術師の家』（朝日新聞社）、『雪の絵』、『公園』、『動く箱』（新潮社）、『水の出会う場所』、『菜飯屋春秋』、『夢の家』『坂を下りてくる人』『半貫石の女たち』（ともに小社）、句集『透きとほるわたし』（深夜叢書社）がある。
2021年8月に腎不全のため死去。

五月の迷子

2024年5月31日　初刷発行

著　者　魚住陽子

発行者　加藤靖成

発行所　**駒草出版**　株式会社ダンク　出版事業部
〒110-0016　東京都台東区台東1-7-1
邦洋秋葉原ビル2F
TEL 03-3834-9087／FAX 03-3834-4508
https://www.komakusa-pub.jp/

カバー絵　加藤 閑
ブックデザイン　宮本鈴子（株式会社ダンク）
組　版　山根佐保
編集協力　株式会社ひとま舎

印刷・製本　シナノ印刷株式会社

落丁・乱丁本はお取り替えいたします。
定価はカバーに表示してあります。

2024 Printed in Japan
ISBN978-4-909646-77-4